COME WITH ME
DU BIST MITTEN DRIN
in NEW YORK

mit

SALLY
BEA
JIL
CELINE
JANE

WELCOME - ENJOY - HAVE FUN - RELAX
BE EXCITED and IN LOVE

IM

TOP *Floor*

Fünf Frauen aus New York kämpfen täglich, jede auf ihre eigene Weise, in den persönlichen wie beruflichen Top Floor aufzusteigen.

Sally, dreißig Jahre alt, mit perfektem Aussehen, ergattert einen Top-Job. In ihren Augen ist Liebe sinnlos und beruflicher und gesellschaftlicher Erfolg das Einzige, was zählt. Ihren sympathischen, attraktiven Chef Geoffrey möchte Sally am liebsten verführen. Doch leider gibt es da eine Konkurrentin, die anfänglich unscheinbare Bea.
Jil, Sallys blasse Assistentin, verbringt heiße Nächte mit dem erfolgreichen coolen Künstler Michael und liebt gleichzeitig Jesse, einen süßen Mann mit Teddybär-Charme aus ihrem Heimatort Bath. Jane, Beas Mutter, glaubt, das Glück für ihre Tochter steuern zu müssen, die sich ihrer Meinung nach auf dem falschen Pfad des Lebens befindet, weil Karriere für die gewissenhafte Bea an erster Stelle steht. Celine, Beas Cousine, wird Assistentin vom kalten, arroganten Harry. Celine kämpft gegen seine Anziehungskraft an, der sie mit der Zeit kaum noch widerstehen kann.
Und dann ist da noch New York, mit seinem Glanz, Lichtern, Schauplätzen, Modewelten, Galerien, Kunst und Society, seiner ewigen Faszination, die alle einnimmt in dem niemals endenden Kampf um den Aufstieg in den so ersehnten Top Floor des Lebens.

KIS KISS

TOP Floor

ROMAN

Lektorat: Lisa Breitsameter
Covergestaltung und Layout: Zero Media, München

Kerstin Huebner
Luise-Ullrich Straße 8
82031 Grünwald
E-Mail: info@kis-kiss.de

ISBN 979-8-7270-4140-6
Imprint: Independently published

»Alles, was die Seele durcheinanderrüttelt, ist Glück.«

Arthur Schnitzler

WEEK ONE

SALLY

Sally tat mit ihren dreißig Jahren alles, um top auszusehen. Sie war schlank, eins fünfundsiebzig groß, hatte einen durchtrainierten Körper mit wohlgeformten Muskeln, lange, dicke blonde Haare, einen leicht gebräunten Teint – sie selbst konnte sich morgens kaum vom Spiegel lösen, so vollkommen war das Bild, das sich ihr bot. Doch ein Blick auf die Uhr mahnte sie, diese Bewunderung zu unterbrechen: Ein perfektes Aussehen würde bei ihrem Chef nicht als Entschuldigung für Zuspätkommen gelten.

Sally arbeitete seit zwei Jahren bei Mansfield & Strutton, einer bekannten Werbefirma in Manhattan, wo sie einen kometenhaften Aufstieg hingelegt hatte. Ob es an ihrem Aussehen lag oder ihren Fähigkeiten, darüber machte sie sich nicht allzu viele Gedanken. Manchmal hatte sie ein klein wenig schlechtes Gewissen, wenn ihre Kollegin Beatrice mal wieder übergangen worden war, obwohl deren Vorschläge oft sehr kreativ und überraschend waren. Aber Beatrices Erscheinung war alles andere als Aufmerksamkeit erregend. Nicht jeder kann das Glück haben, mit meinen Genen geboren zu werden, dachte Sally. Und auch wenn man nicht dieses Glück hat, muss man sich doch auch nicht gleich so gehen lassen. Selbst schuld.

Ein letzter Blick in den Spiegel – wow, das blaue Kostüm von Cerutti saß wie eine zweite Haut. Einfach lässig. Jetzt aber los, ein langer Tag lag vor ihr. Meetings, schneller Lunch bei der Maniküre, Präsentation des neuen Projektes, hinterher in das hippeste Sportstudio der Stadt, danach ein kleines Abendessen mit Detoxgetränk, schwupp, um zweiundzwanzig Uhr ins Bett. Augenringe konnte sie sich nun wirklich nicht leisten.

BEA

Schrilles Sieben-Uhr-Klingeln in Beatrices Ohren. »Kaum zu glauben, dass der Tag schon wieder anfängt«, brummte sie unter ihren zwei dicken Kissen hervor. Sie war doch gerade erst eingeschlafen, und jetzt sollte sie schon wieder ihr warmes Bett verlassen?

Draußen war es ja noch dunkel. Doch es nützte nichts, sie musste sich aufraffen. Heute stand ein wichtiges Meeting an, auf das sie sich seit Wochen vorbereitet hatte. Also Augen zu bzw. auf, und heraus. Mit einem schwerfälligen Schwung richtete sie sich auf und schleppte sich ins Bad. Nächster Schock: der Blick in den Spiegel. Ihre dunklen widerspenstigen Haare standen noch mehr zu Berge als normalerweise. Auf der Backe prangte eine dicke Schlaffalte, und die Wimperntusche von gestern war in der Nacht unter ihre braunen großen Augen gewandert. Na, was für ein wunderbarer Anblick im Spiegel! Egal, sie begann mit den Renovierungsarbeiten, um den Schaden einigermaßen zu begrenzen. Ab in die Dusche, Haare und Gesicht schrubben, die nassen Haare danach straff zu einem festen Pferdeschwanz zurückbinden, eine Ladung Creme aufs Gesicht in der stillen Hoffnung: Knitterfalte ersticke daran!

Schnell weg aus dem Bad, dachte Beatrice. Den nächsten Horror hielt sicherlich ihr Kleiderschrank für sie bereit. Und sie sollte recht behalten: Der Anblick ihrer trostlosen Kostüme, die aussahen, als befänden sie sich in einem Jahrhundertschlaf, verbesserte nicht gerade ihre Laune. Yes, was für eine Auswahl, ich nehme den blauen Hosenanzug. Eine sichere Entscheidung ist immer gut, ohne Wenn und Aber, dachte sie, und eh sich der arme Hosenanzug versah, zwängte sich Beatrice in ihn hinein. Jetzt nur noch den Reißverschluss zu machen – wenn da nicht die drei Kilo zu viel auf den Rippen protestiert hätten.

Verdammt, nee, jetzt noch das Telefon ... Wer ruft denn um diese blöde Zeit an? Beatrice griff hastig nach dem Störenfried, um im gleichen Moment die liebliche Stimme ihrer Mutter zu hören. »Bealein, hast du eine Minute Zeit?« »Nein, Mutter, hab ich nicht, bin komplett im Stress.«

»Ach, das ist aber ärgerlich, gleich so früh am Morgen. Hab gerade Zeitung gelesen, und da ist so eine gute Kritik über die neue Inszenierung der Oper La Traviata von Verdi in der Met. Dachte wir gehen da zusammen hin? Was meinst du?«

»Mutter! Mir steht im Moment nicht der Sinn nach irgendeiner Oper. Ich muss mich beeilen, komme sonst noch zu spät!«, schrie Beatrice schrill.

»Aber Liebes, doch nicht irgendeine Oper ...«, das waren die letzten Worte ihrer Mutter, bevor Beatrice auflegte. Die hatte wirklich Nerven, konnte sich nicht vorstellen, dass es auch Menschen gab, die zur arbeitenden Bevölkerung gehörten.

Mit einem etwas schlechten Gewissen flitzte sie zurück zum Spiegel, um anzuerkennen, dass entweder der Hosenanzug in den Müll gehörte oder sie mindestens drei Kilo abnehmen musste. Sie entschied sich für die erste Alternative. Eine halbe Stunde später hetzte sie wie schon die Tage zuvor ins Büro.

SALLY UND JIL

»Hi James«, zwitscherte Sally dem Portier zu, der in seinem schwarzen Frack einfach zum Anbeißen aussah. Aber dafür fehlte wahrhaftig die Zeit. Schnell hastete sie zum Fahrstuhl des achtundzwanzigstöckigen Gebäudes und wenige Minuten später befand sie sich ganz oben in ihrem schicken Büro mit Blick auf den Hudson River. Um es hierher zu schaffen, musste man eine Menge auf sich nehmen. Keiner ahnte wie viel, und sie selber hatte den Großteil einfach vergessen oder verdrängt. Schlechtes Gewissen? Ja, ab und zu, aber immer seltener. Das behinderte doch nur Leben und Karriere und verursachte womöglich auch schlaflose Nächte, die sich im schlimmsten Fall noch auf ihre Schönheit auswirken konnten.

Ein Klopfen an der Tür riss sie aus ihren Gedanken. Herein rauschte Jil, ihre Assistentin: groß, schlank, blass, immer etwas übermüdet aussehend. »Morgen, Sally, hier ihre Unterlagen für das heutige Meeting. Ich habe alles nochmal überarbeitet. Freue mich, wenn Sie zufrieden sind«.
»Danke, Jil, ich werde gleich einen Blick darauf werfen. Sei doch so lieb und bring mir einen grünen Tee«.
»Mach ich.« Jil nickte. »Ich wollte dich an das heutige Meeting in einer Stunde erinnern.«
»Danke, ich weiß Bescheid.«
Leider nimmt ja auch diese Bea daran teil, dachte Sally etwas angewidert, und schon war Jil wieder verschwunden. Die Arme, dachte Sally, sie kriegt einfach zu wenig Schlaf. Irgendwie hat sie ihr Leben nicht im Griff. Ok, nun an die Arbeit. Sally nahm einen Schluck des dampfenden Tees, der schon auf ihrem Schreibtisch bereitstand, und schon war sie in die Unterlagen versunken, um dem kommenden Vortrag den letzten Schliff zu geben.

BEA IM TAXI

Mein Gott, jeden Morgen der gleiche dämliche Verkehr. Einen Hubschrauber müsste man in dieser Stadt haben, aber zu dieser Kategorie gehörte sie wahrhaftig nicht. Sie konnte sich glücklich schätzen, ihr Büro im dritten Stockwerk zu haben. Das hatte Sie einer Beförderung zu verdanken, die nach einem monatelangen Tag-und-Nacht-Projekt mit erfolgreichem Abschluss für sie heraussprang. Die jahrelange Arbeit in einem Großraumbüro war damit beendet aber nicht vergessen.

Beatrice dachte an ihre Mutter, die so ein Leben gar nicht kannte: eine Frau, die ganz jung geheiratet und in ihrem Vater die große Liebe gefunden hatte, mit ihm durch die Welt gejettet war – mal hier Kunst studiert, im nächsten Land dann wieder Fotografie bzw. alles oder auch nichts gemacht hatte. Hauptsache die beiden waren immer zusammen. Solche Papageien sind eine Seltenheit. Immer noch verliebt, und das nach dreißig Jahren! Total unnatürlich, sich nur auf Mann und Kinder zu konzentrieren. Wo blieb man dabei selbst? Sie wollte so ein Leben nicht, aber hatte sie jemals wirklich die Wahl gehabt? Sie kannte niemanden in ihrer Generation, der sich nicht für Ausbildung, Job und Karriere interessierte. Trotzdem dachte sie immer mal wieder für einen kurzen Augenblick an das freudestrahlende Gesicht ihrer Mutter, wenn sie morgens die Kritiken der neuesten Operninszenierungen studierte. Einfach lächerlich, so den Tag zu beginnen, aber auch irgendwie schön.

Ein jäher Stopp des Taxifahrers riss sie aus ihren Gedanken: Ach, endlich da, bloß schnell raus; denn in einer Stunde fand das Meeting statt. Sie hatte die einmalige Gelegenheit, ihre Ideen für einen Kosmetikkonzern zu präsentieren. Hastig bezahlte sie, ein kurzes Danke, und schon befand sie sich im Gebäude, wo an gleicher Stelle immer noch James stand, der ihr einen guten Morgen wünschte.

»Danke, ich hoffe es geht Ihnen gut«.
»Ja, Miss, alles in Ordnung, bei Ihnen hoffentlich auch?«
»Ach, James, wie immer keine Zeit, viel zu tun, muss leider weiter.«
Und so verschwand auch Beatrice im Fahrstuhl – nicht auf dem Weg ganz nach oben, aber immerhin in den dritten Stock.

JANE

»Bea, bist du noch da?« Aber das war nicht der Fall. Ach, die Arme wieder mal im Stress. Aber so unfreundlich muss man nun auch nicht sein, dachte Jane etwas verschnupft. Sie ließ den Blick über ihren riesigen Garten schweifen, der mehrmals die Woche von ihrem Gärtner José gepflegt wurde. José war vor Jahren aus Mexiko eingewandert, wie und wann wusste Jane weiß Gott nicht, sie war nur glücklich, dass ihr Garten so fantastisch aussah. Außerdem schien er ihr absolut fröhlich, denn er sang sogar bei der Arbeit. Ach, schon wieder abgelenkt von unnötigen Gedanken, meine Güte, jetzt kam auch sie noch in Stress.

Ein Blick auf ihre Hände erinnerte sie an ihren Termin um zehn Uhr bei Melanie, die beste Maniküre in Town, endlose Warteliste, wenn sie da zu spät käme, – nicht auszudenken. Anschließend Mittagessen mit Carolyn, die sie dringend darum gebeten hatte, und dann Termin bei Dr. Hatwick, dem bekanntesten Psychiater weit und breit. Sie hastete die Marmorstufen ihres Hauses empor, um sich in die neuste Anschaffung von Armani zu werfen. Mein Gott, wo ist nur der Autoschlüssel?
»Lucia!« Sie rief nach ihrer Reinigungsfrau. »Geh bitte noch mit Buddy, sei so lieb!«

Schon war sie draußen, tätschelte kurz Buddy, ihren dreijährigen Neufundländer, der schläfrig am Eingang lag und sie kaum beachtete. »Ciao, mein Dicker, pass gut auf alles auf!« Ein Blick auf die Uhr veranlasste sie, schnell in ihr Auto zu steigen. »Bea hat Stress, was soll ich bloß sagen«, murmelte sie vor sich hin, und rauschte dann mit ihrem gestylten 911er Porsche die Auffahrt hinaus.

TEAM MEETING

Pünktlich saßen alle am getäfelten Mahagoni-Konferenztisch in einem großzügigen Raum mit bodentiefen Fenstern und atemberaubendem Blick direkt auf den Hudson River. Wo bleiben denn Geoffrey und diese Beatrice, dachte Sally ungeduldig. In diesem Moment traten beide gemeinsam ein. – Gemeinsam! Das glaub ich jetzt nicht, Zufall oder Absicht? Sally spürte, wie ihr heiß wurde, eine Hitzewelle, als wäre sie schon in den Wechseljahren. Allein wie diese Beatrice hier erscheint. Viel zu dick in einem engen verblichenen Hosenanzug. Ein kurzer Blick von Bea, und schon saß sie Gott sei Dank weit weg von ihr und Geoffrey. Ja, da gehört sie hin, dachte Sally, ans Ende des Tisches, und schon wechselte ihr Interesse von Beatrice zu Geoffrey. Nein wirklich, wie gut er wieder aussieht, dachte Sally. Dunkelblauer Armani-Anzug, schneeweißes Hemd, dazu eine weinrote Hermès-Krawatte. Sein dichtes Haar saß perfekt, ohne dabei frisiert zu wirken. Die grünen Augen betrachteten ruhig die Anwesenden.

Beatrice wirkte dagegen nervös und verunsichert. Sie hatte rote Flecken im Gesicht und schaute unruhig in die Runde. Sallys Hitzeattacke verflog schlagartig bei diesem Anblick. Stattdessen breitete sich ein wohliges Gefühl des Mitleids in ihr aus. Dann vernahm sie die ruhige, sachliche Stimme von Geoffrey.

»Guten Morgen, meine Damen, heute beginnen wir gleich mit den Vorschlägen der neuen Werbekampagne für Henssler & Co., der Welt größten Kosmetikfirma, und außerdem stellen wir ein neues Konzept für eine vegetarische Fast-Food-Kette vor. Sally, sei so gut und fang an!«

Dabei betrachtete er sie wohlwollend.

»Gerne Geoffrey.« Und schon begann Sally eifrig ihr Konzept vorzutragen, eine Anti-Aging-Kampagne für die Frau ab vierzig, dem sinnlosen Kampf gegen das Altern, aber der bedingungslosen Suggestion, mit diesen Produkten endgültig den Vernichtungskampf gegen die Falten zu gewinnen.

Sally präsentierte ausführlich und exakt mit vielen Charts und war komplett in ihrem Element, wie ein Fisch im Wasser. Bea betrachtete Sally fasziniert, wie sie da selbstbewusst vortrug, ohne einen Hauch von Unsicherheit, mit einer gewaltigen Überzeugungskraft, als ob es nur sie und ihren Vorschlag gab und sonst nichts und niemanden. Sie dagegen hatte immer bei allem Zweifel und Bedenken. Bei Sally dagegen kein Hauch davon. Unfassbar! Von der konnte sie nur lernen, und das hatte sie auch vor. Sie würde sich nicht einschüchtern lassen. Warum auch? Außerdem fand sie die Vorschläge für die neue Kosmetikfirma etwas konventionell und ein wenig »boring«. Es riss einen nicht gerade vom Sockel.

Sally startete danach mit dem Vortrag der vegetarischen Fast-Food-Kette, der sie einen neuen Namen gab, Dreamy Vegetarian, für Menschen im Middle-Age-Bereich. Auch den präsentierte sie mit allem, was dazu gehörte. Am Ende war sie sehr stolz auf sich. Der Blick zu Geoffrey sprach Bände. In der Ferne hörte Beatrice plötzlich ihren Namen.

»Bea, seien Sie doch so gut und beginnen Sie jetzt.«
»Ich ... Ach, ok ... Ich fange gleich an.« Mein Gott, jetzt war sie an der Reihe! Schweißperlen standen ihr auf der Stirn, aber ein kurzer Blick zu Geoffrey flößte ihr ein wenig Ruhe ein.
»Also, die Kosmetiklinie, die Sally gerade vorgestellt hat, die sich ja mehr auf die Middle-Age-Frau bezieht und dem Altern den Kampf ansagen soll, ist total interessant, aber ich habe mir eine andere Kundengruppe ausgesucht, nämlich die Young Generation. Es muss dafür eine neue junge Produktlinie geben. Ich nenne sie The Yellow Line und um sie den jungen Menschen vorzustellen, dachte ich an gelbe Kosmetikboxen, die an allen Schulen, Colleges und Universitäten ver-

teilt werden. Diese Verteilung könnte anfänglich über drei Monate hinweg stattfinden und danach sind diese Produkte nur in speziellen Stores oder online erhältlich.«

Sally war etwas blass geworden. Ihre giftigen Blicke trafen Bea. Da stand diese Bea, von Nervosität keine Spur, und vertrat eine hervorragende Idee. Ihr Blick wanderte zu Geoffrey, der sich nichts anmerken ließ, weder Begeisterung noch Ablehnung. Bea merkte von alledem nichts. Sie präsentierte informative Charts, dazu Zeichnungen, wie das Produkt aussehen sollte. Diese Yellow Box sah zum Fressen aus, einfach zum Zuschlagen, einfach ein Killer! Diese dumme Kuh! Sally meldete sich zu Wort, ein verzweifelter Versuch, um noch das Schlimmste abzuwenden.
»Also, da habe ich schon so meine Bedenken, Bea. Drei Monate kostenlos Produkte verteilen ist eine große Investition.«
»Das habe ich mir erst auch gedacht und die Kosten vorkalkuliert.« Bea präsentierte eifrig die Schätzungen auf einem Chart. Leider war daraus ersichtlich, dass die Kosten im Vergleich zu anderen Werbeaktionen relativ niedrig waren. Sally gab auf und hoffte inständig, dass Geoffrey diesen Vorschlag abschmettern würde.

RENDEVOUZ MIT HARRY

Sally verließ ärgerlich das Büro, um sich einen schnellen Lunch zu gönnen. Diese kleine ehrgeizige Bea würde tatsächlich mit ihrer neuen Werbekampagne beim Kunden ankommen. Mehr noch, Geoffrey war auch davon begeistert, obwohl Beatrice wer-weiß-wie-unmöglich auch noch in ihrem uralten Hosenanzug aussah. Und dieser angeklebte Pferdeschwanz, zu einem wichtigen Businesstermin. Inakzeptabel! Wie konnte man nur so auftreten? Hatte Geoffrey noch alle Sinne beisammen? Diese plumpe Frau, kaum zu glauben. Anstarren tut er mich schon seit Jahren, aber heute war er anscheinend ganz angetan von dieser ungepflegten Vogelscheuche. Ja, ihre Ideen waren nicht nur verdammt gut, sondern sie wurden auch ziemlich selbstbewusst und sauber durchstrukturiert vorgetragen, so wie der Kunde es haben will. Das hätte sie selbst nicht besser gemacht. Mist, ein Plan musste her. Am Ende würde die noch die Stockwerke heraufrücken – und ehe sie sich versah, würden ihre Büros nebeneinander liegen. Nicht auszudenken. Was für ein Alptraum!

Hoppla, um ein Haar wäre sie mit ihrer Stirn gegen die Scheibe des Restaurants gerannt. Auch noch das todschicke Lunchrestaurant Charly, wie peinlich. Das hätte ihr gerade noch gefehlt, mit einer Beule im Büro aufzutauchen. Was für ein Scheißtag, fluchte sie innerlich und stolperte prompt in die Arme von Harry, einem ehemaligen Studienfreund.

»Harry, ich fasse es nicht, ewig nicht gesehen, was machst Du denn hier in New York?«

Harry – groß, dunkle Haare, kalte graue Augen – lächelte sie erfreut an.

»Mein Gott ist das lange her. Du siehst ja noch umwerfender aus als vor Jahren!«

Plötzlich wird aus dem Scheißtag noch ein Traumtag, dachte sich

Sally und zeigte Harry ihr allerschönstes Lächeln.
»Mensch Harry, kaum zu glauben!« Sie umarmten sich innig.
»Bist Du allein hier?«, fragte Harry.
»Ja, und Du?« Harry nickte, nahm ihre Hand und schon kam eine hübsche Kellnerin, um sie an ihren Tisch zu führen.

Harry und Sally hatten sich an der Princeton University kennengelernt. Sally saß damals in einer Marketing Vorlesung. Gelangweilt ließ sie ihren Blick durch den Vorlesungssaal schweifen und wie ein Adler eine Maus, erspähte sie den gutaussehenden Harry, der konzentriert der Vorlesung lauschte und von ihr keinerlei Notiz nahm.
»Das wird sich schnell ändern«, schmunzelte Sally, streckte ihre schlanken leicht gebräunten Beine aus und versuchte sich jetzt auch auf den monotonen Vortrag zu konzentrieren. Und so kam es dann auch. Beide waren sich sehr ähnlich, äußerlich wie innerlich.

SINGLE LUNCH

Beatrice hätte am liebsten einen Luftsprung im Fahrstuhl gemacht, der sie vom achtundzwanzigsten Stockwerk zum Ausgang beförderte. Dabei hatte der Tag so stressig begonnen. Doch nun könnte sie die ganze Welt umarmen. What a day! Ihr Chef Geoffrey war von ihrem Vortrag begeistert gewesen. Das hatte sie niemals erwartet. Er fand ihre Idee genau richtig und passend für den neuen Kunden Henssler & Co, der ein neues Produkt auf den Markt bringen wollte. Die ganze Arbeit war nicht umsonst, dachte sie. Und wieder schossen ihr die warmen ruhigen Augen ihres Chefs durch den Kopf, wie er aufmerksam ihrem Vortrag lauschte. Hatte dabei nicht auch ein bisschen Bewunderung in seinem Blick gelegen? Na ja, mit ihren drei Kilo zu viel auf den Hüften und dem grauen Anzug direkt aus der Steinzeit war das sicherlich nur Einbildung.

Dagegen hatte er selbst wie aus dem Ei gepellt ausgesehen. Elegant gekleidet, die Krawatte lässig gebunden, was seine leicht gebräunte Haut etwas offenbarte. An seinem schmalen männlichen Handgelenk trug er eine stylische Uhr (mit Marken kannte sie sich nicht so aus). Seine feinen Hände ruhten auf dem Tisch. Überhaupt, alles an ihm strahlte Ruhe und Gelassenheit aus. Beatrice, stopp! Du wirst dich wohl nicht etwa ... Doch ehe sie sich versah, war sie mit dem Fahrstuhl im Erdgeschoss und auf dem Boden der Tatsachen gelandet.

Hastig stieg sie aus. Viel Zeit für Lunch hatte sie jetzt nicht mehr. Deshalb schnell ein Sandwich beim Imbiss gegenüber vom In-Restaurant Charly besorgen. Der Imbissverkäufer war ein netter junger Student, der sein Studium damit finanzierte, hier mittags zu arbeiten.
»Was darf es denn heute sein?«
»Ach, ich nehme das Thunfischsandwich und ein Wasser.«

Am liebsten hätte sie den Cheeseburger genommen, aber dann erinnerte sie sich an die morgendliche Begegnung mit dem blauen Hosenanzug.
»Alles klar, hier, das macht sechs Dollar.«
»Danke, stimmt so.« Beatrice nahm ihr Sandwich und stellte sich an einen der vier Stehtische mit Blick auf das Charly.

Dort erblickte sie ein schickes Paar, das am Fenster saß und sich angeregt unterhielt. Das war doch Sally, die sich natürlich nur mit angesagten Freunden umgab und über die Zeit und das nötige Kleingeld verfügte, dort Lunch zu essen. Ja, Sally sah verdammt gut aus und war super erfolgreich. Beatrice hatte ein klein wenig den Verdacht, dass sie vielleicht eine Affäre mit Geoffrey hatte, allein wie Sally ihn doch immer sehr vertraut ansprach und ansah. Heute bei der Präsentation schien es Beatrice so, als ob Sallys Blicke zu ihr nicht gerade von der freundlichen Sorte waren. Ihre Augen wirkten kalt und missbilligend. Beatrice nahm es nur im Hintergrund wahr, da sie sich voll auf ihre Präsentation konzentrierte. Jetzt aber beim Mittagessen wurde ihr bewusst, wie feindselig Sally sie angestarrt hatte. Sonst nimmt sie nie Notiz von mir, dachte Beatrice, einmal vor Monaten trafen wir uns zufällig im Fahrstuhl. Die Türen begannen sich gerade zu schließen. Sie sah mich, wie ich zum Fahrstuhl hetzte, und hielt gnädigerweise die Tür auf. Ich trug mal wieder meinen verknitterten Anzug, sie ein totschickes hellbeiges Seiden-Outfit. Ihr Blick glitt über mich, von oben nach unten. Dann drehte sie sich zu den Fahrstuhltasten um und fragte mit gekünsteltem Lächeln: »Für Sie der dritte Stock, nicht wahr?«
»Ja, richtig«, murmelte ich, »Danke«, und eh ich mich versah, war ich in meinem Stockwerk und sie fuhr weiter nach oben. Kein weiteres Wort wechselten wir damals, nur noch »Have a nice day!«

Jetzt hatte sie aber genug über Sally nachgedacht! Sie musste dringend ins Büro. Geoffrey wollte noch ein paar Verbesserungen, die sie morgen mit ihm besprechen sollte. What a Date. Ihr Herz klopfte etwas schneller, als sie an ihn dachte. Noch ein letzter Blick auf die beiden, die immer noch beim Lunch saßen und anscheinend alle Zeit der Welt hatten. Sie jedenfalls musste los und schon saß sie wieder am Schreibtisch und war in ihre Aufgabe vertieft.

SALLY UND HARRY

Sally aß ein vorzügliches Beeftatar und trank ein Glas köstliches Detoxwasser dazu. Eigentlich wäre Champagne angebracht gewesen, um das nach so langer Zeit zufällige Zusammentreffen mit Harry zu feiern.
»Also was treibt dich denn in diese niemals schlafende Stadt? Dachte, du warst bei Hambrecht & Co in San Francisco?« Dabei nahm sie ein Schluck Wasser und blickte ihn lächelnd an.
»Da war ich drei Jahre lang, aber dann kam dieses grandiose Angebot von Lambert & Company als Partner. Da konnte ich nicht widerstehen, obwohl natürlich San Francisco eine wirklich lebenswerte Stadt ist. Aber sonst hielt mich nichts dort. Ehrlich gesagt habe ich kaum Zeit für Freunde und wenig persönliche Kontakte, natürlich auch keine feste Beziehung, no time. So vermisse ich eigentlich nur meinen Psychiater. Der war allerdings verdammt gut.« Er lachte kurz auf und nippte an seinem Glas Wasser.
»Und wie geht es dir, liebe Sally?« Er zog fragend eine seiner buschigen Augenbrauen hoch und sah sie intensiv mit seinen klaren, etwas kalten Augen an.

Eigentlich interessierte er sich wenig für seine Mitmenschen, eher gar nicht. Einmal saß er wartend im Besprechungszimmer eines Arztes, wo auf dessen Wand folgender Spruch hing: »Das Maß aller Dinge ist die Menschlichkeit.« Dieser Satz überraschte ihn. Es war ihm fremd, sein Leben einem Dienst für die Menschlichkeit zu widmen. Gab es da draußen wirklich Menschen, die Geld und Karriere hintenanstellten, um der Menschlichkeit zu dienen? Für ihn waren Menschen Mittel zum Zweck. Er wäre niemals Arzt geworden. Dafür liebte er die Menschen zu wenig. Das mochte er an Sally, sie war aus demselben Holz geschnitzt wie er. Sally lachte etwas verlegen.
»Ja, mir geht es gut, habe genau das erreicht, was ich immer wollte, bin Projektmanagerin bei Mansfield & Strutton geworden.«

Sally kannte Harry ziemlich gut. Er hatte etwas Kaltes an sich und konnte sehr arrogant zu Menschen sein, die er nicht brauchte, die aber ihn brauchten, so wie Kellner, Putzfrauen und untergebene Mitarbeiter. Sie alle hatten zu leiden. Lob bekamen sie nie. Er interessierte sich nur dafür, dass sie ihre Aufgaben erfüllten – von persönlichen Problemen wollte er nichts hören. Am meisten hasste er Angestellte, die ihm dumme Fragen stellten. Deshalb hatte er vor der Tür seines Offices ein Schild angebracht mit der Aufschrift: »Think first before you come in«. Einmal hatte ihn ein Kollege gefragt, wo er denn seinen Urlaub verbringen würde.
»Mein Job ist meine Vacation«, war seine Antwort gewesen und er hatte auch so gefühlt. Er konnte sich absolut nicht vorstellen, etwas total Sinnloses zu machen und dabei noch zu relaxen. Unvorstellbar boring!

Sally empfand sich nicht als selbstsüchtig. Aber sie musste ehrlich zugeben, dass auch sie nicht gerade die Aufopferung in Person war, wenn es um Sorgen anderer Menschen ging. Ihr wurde im Leben auch nichts geschenkt. Sie musste sich alles hart erkämpfen, obwohl sie so gut aussah. Das gute Aussehen half, war aber bei weitem kein Garant für Erfolg. Schöne Menschen neigen oft dazu, ihren Ehrgeiz zu drosseln in der Annahme, dass ihr Aussehen ihnen viele Türen von allein öffnet. Das wollte sie auf keinen Fall. Sie steckte sich ihre Ziele hoch: Top-Abi, Top-Uni, Top-Aussehen. Mit dreißig wollte sie heiraten, natürlich nur ein Top-Rennpferd im Stall, dann Kinder und eine fünfsprachige Top-Nanny – noch vor der Geburt des ersten Kindes eingestellt. Niemand würde sie daran hindern können. Absolut niemand!

Sie wollte nicht so ein Leben wie ihre Mutter, die sich damals in Seattle unsterblich in einen Deutschen verliebt hatte und aus Liebe zu ihm nach Berlin gezogen war, genauer gesagt in den kleinen Vorort Spandau, wo er in der Stadtverwaltung arbeitete. Dort wurde Sallys

Mutter mit ihr schwanger und lebte als Hausfrau vom kleinen Gehalt eines Beamten. Wohl auch aus Kostengründen bekamen sie nur ein Kind. Jeder Euro wurde dreimal umgedreht und die Kleider für Sally waren selbstgenäht. Sie sahen zwar nett aus, aber eben nur nett.

Gedankenvoll lächelte sie Harry an. Auch sie konnte sich schwer vorstellen, eine Pause – sprich Urlaub – zu machen. Sie war im Job in ihrem Element. Hier drehte sich alles um sie und ihre Anweisungen. Sie roch dabei die Bewunderung der anderen, die sie genoss und aufsog wie jemand, der Sauerstoff brauchte. Überall, wo sie auftrat, folgte ihr dieser Duft und brachte sie zum Schweben. Es war wie eine Droge, von der man nicht genug bekommen konnte, und am Abend sank sie wie betäubt und zufrieden ins Bett.

»Darling, hast du meine Frage gehört oder bist du mal wieder woanders?« Harry sah ungeduldig auf die Uhr. »Ich muss leider los. Superwichtiges Meeting mit ein paar chinesischen Geschäftsleuten!«
»Oh sorry, ja Harry, wir sollten uns zum Abendessen treffen, hoffentlich noch in diesem Jahr. Lass uns telefonieren, um einen Termin auszumachen. Was meinst du, schaffen wir das bei unserem straffen Programm?«
»Für dich, Darling, nehme ich mir alle Zeit der Welt«, erwiderte Harry mit einem bewundernden Blick auf Sally und gab ihr dabei seine Handynummer. »Hier hast du auch meine. Mal sehen, wer es von uns beiden zuerst schafft anzurufen«, schmunzelte Sally und eh sie sich versahen, Küsschen, Küsschen, ciao, ciao, nice to see you, und schon ging jeder seiner Wege und seinen Aufgaben entgegen.

COMING HOME

»Mein Gott, das hätte ich fast vergessen!«, schrie Bea innerlich. Heute war ein Abendessen bei ihren Eltern in Greenwich Village geplant, um zwanzig Uhr. Nun war es schon achtzehn Uhr – und sie immer noch im Büro. Hastig sammelte sie ihre Unterlagen zusammen. Gott sei Dank war sie mit den Ausbesserungen für ihren Chef Geoffrey fertig geworden. Aber nun war die viel schwierigere Aufgabe zu bewältigen: pünktlich zu ihren Eltern zu kommen, was jetzt schon fast unerfüllbar war, und dort einen relaxten Abend zu genießen.

Es war manchmal nicht so einfach, die Fragen – besonders die ihrer Mutter – easy zu beantworten, ohne ihr an die Kehle zu gehen. Hilfsmittel wie Alkohol konnten es manchmal verhindern, zu viel Alkohol allerdings beschleunigten den Weg an die Gurgel. Besonders heikel wurde es, wenn auch ihre Mutter selbst zu viele Gläser Wein trank. Dann bestand die Gefahr einer Eskalation. Und da ihr Vater oft nichts mitbekam, weil er sich mal wieder in seinen Gedanken auf dem Mars befand und somit kläglich daran scheiterte, die Streithähne auf eine friedlichere Ebene zu locken, platzte leider des Öfteren der am Anfang schöne Abend. Und dann waren die Beteiligten plötzlich jeder für sich allein: Bea befand sich auf dem Weg nach Hause, ihre Mutter mit Migräne im Schlafzimmer, nachdem sie ihre Abschiedsworte an ihren völlig verdatterten Mann gerichtet hatte: »Du bekommst hier wohl gar nichts mit«, oder »Du hast den ganzen Abend kaputt gemacht«. Dann rauschte sie ins Schlafzimmer, nicht ohne dabei theatralisch die Schlafzimmertür zuzuknallen, was mal wieder neue Risse in den Wänden der Villa hinterließ. Ihr Vater ergriff daraufhin unerschüttert endlich die Gelegenheit, sich eine schöne Zigarre anzustecken und sich in den Wintergarten zurückzuziehen, um alles in einen friedlichen Schlummerrauch zu vernebeln. Endlich Ruhe! Jetzt noch den zwanzig Jahre alten Scotch, und in seinem Kopf ertönte seine neueste Filmmusik, die er gerade für Warner Brothers fertig gestellt hatte.

Herrlich, heute wird es ein wundervoller Abend werden und Papa, du wirst heute keine Gelegenheit haben, deine Zigarre zu rauchen, dachte Bea; denn nicht nur sie war heute Abend eingeladen, sondern auch ihre Cousine Celine, die für ein paar Tage aus Boston zu Besuch war, um an Ostern in New York zu shoppen, und die sich großartig mit ihrer Mutter verstand.

Celine war glücklich verheiratet mit Bill, einem Mann, den man wohl einen Traumschwiegersohn nennen konnte. Sie hatten bereits zwei Kinder und lebten in einer schönen Villa in einem Vorort von Boston. Genauso so hatte sich das ihre Mutter für Bea vorgestellt. Stattdessen lebte sie als Single, weit und breit niemand in Sicht, viel zu viel Arbeit für ein kleines Gehalt, kaum Zeit für ihr äußeres Erscheinungsbild. Bea verstand manchmal selbst nicht, dass sie sich ihr Leben so ausgewählt hatte. Ihre Eltern hatten sie nie zu diesem Weg gezwungen, ihr Vater schon gar nicht. Er war ein liberaler Mensch, erfolgreicher Komponist für Werbespots, der sein Leben genoss und sich niemals in ihres einmischen würde. Er war einfach nur glücklich, wenn sie es war.

Ihre Mutter dagegen war anders. Sie konnte es nicht lassen, Einfluss zu nehmen, da sie überzeugt war, den richtigen Weg für sie zu kennen. Nicht, dass ihre Mutter Beas Selbstständigkeit nicht gut fand, aber sie glaubte letztendlich, dass das wahre Glück in der Gründung einer Familie steckte, statt im Single-Dasein und der Karriere.
»Bea, deine Generation hat es richtig schwer, alles unter einen Hut zu bringen. Und dafür habt ihr nicht unbegrenzt Zeit, denn Kinder mit vierzig sind fast unmöglich«, mahnte sie des Öfteren. Aber Ihre Mutter dachte offensichtlich nicht daran, wie schwer es war, dies in die Realität umzusetzen.

Bea hatte einige Männer kennengelernt und sich auch verliebt. Aber am Ende ging das Verliebtsein genauso schnell vorbei, wie es gekommen war. Sie konnte manchmal gar keine Gründe nennen. Es waren bisher einfach nicht die Richtigen gewesen. Vielleicht waren ihre Ansprüche auch zu hoch. Aber waren es die Ansprüche oder die Chemie, die eben immer nicht passte? Ja, humorvoll sollte er sein, eigenständig, männlich, liebevoll, gutaussehend, klug, selbstbewusst, interessant ... Hm, war das denn zu viel verlangt?, dachte Bea. Na ja, wenn sie sich selbst so betrachtete, war es doch etwas zu hoch ins Regal gegriffen. Aber träumen durfte man ja wohl noch.

»Ma'am, entschuldigen Sie.« Der Taxifahrer riss sie aus ihren Gedanken. »Leider haben wir etwas Stau, aber das ist nicht so schlimm. Ich ändere die Strecke leicht ab. Ist Ihnen das recht?«
»Kein Problem. Hauptsache ich bin um zwanzig Uhr da«, erwiderte Bea. »Werde mein Bestes geben.« Und schon nahm er einen Schleichweg. Bea war nämlich direkt vorm Büro in ein Taxi gestiegen, das sie so schnell wie möglich nach Greenwich Village bringen sollte. Sie hatte es nicht einmal geschafft, sich noch umzuziehen, was ihre Mutter sicherlich bemängeln würde. Und tatsächlich schaffte sie es dann auch pünktlich vor die Tür der superschicken Villa ihrer Eltern.

Kaum ausgestiegen kam Buddy angerast, vor Freude bellte er laut und wedelte mit dem Schwanz. William, der Butler, öffnete ihr die Haustür mit den freudigen Worten: »Miss Bea, schön Sie zu sehen. Ihre Eltern erwarten Sie schon.« Bea lächelte William an, drückte ihm die Hand und kraulte währenddessen Buddy.
»Ach William, auch ich freue mich dich zu sehen. Bin so froh, es pünktlich geschafft zu haben.« Und schon wurde sie in das warme Licht ihres Zuhauses aufgenommen. Jetzt konnte nichts mehr schiefgehen. Wie gemütlich es hier war! Ein unfassbarer Kontrast zu ihrer unordentlichen, kalten Wohnung, dachte sie intuitiv und erblickte in der imposanten Halle einen riesigen Strauß weißer Lilien,

der auf sie einen wundervoll süßen Duft wie ein sanfter warmer Regen niederrieseln ließ und damit gleichzeitig all die Anspannung des Tages von ihr nahm.

SALLY UND GEOFFREY

Sally war wieder mal – zusammen mit Jil – sehr spät im Büro. Denn das Motto einer erfolgreichen Firma hieß: Wer sucht, der findet. Und wenn sie einmal zu suchen anfingen, fanden sie auch Arbeit. Einiges hätte man auch auf morgen verschieben können. Aber wer wusste schon, welches neue Projekt wieder reinkommen würde. Verschieben war hier ein Dirty Word. Nicht umsonst befanden sie sich im achtundzwanzigsten Stockwerk. Die Lichter in den unteren Stockwerken waren längst ausgeschaltet, aber nicht hier oben. Außerdem hatte Sally heute ein ausgiebiges Mittagessen gehabt, da sie ja zufällig Harry getroffen hatte. Eine unerwartete und erfreuliche Begegnung, wo doch der Vormittag gleich so unangenehm angefangen hatte.

Bea sollte bei Geoffrey eine neue Werbestrategie vorstellen. Dummerweise war sie schon vor ein paar Monaten mit einer guten Arbeit aufgefallen. Das wiederum hatte dann Geoffrey doch prompt mitbekommen, wie genau, wusste Sally nicht. Deshalb bekam Bea wohl diesmal die Chance, Geoffrey direkt zuzuarbeiten. Sally selbst war mit Arbeit komplett vollgestopft. Vielleicht war das der einzige Grund, warum diese plumpe Bea eine solche Aufgabe bekam?

Direkt nach dem Mittagessen mit Harry rauschte Sally in Geoffreys Büro mit den Worten: »Hi Geoffrey, kann ich dich kurz stören?« Geoffrey, der gerade tief in seine Unterlagen versunken war, reagierte seufzend: »Ja, was gibt's? Aber bitte Sally, mach es kurz, ich muss noch was vorbereiten.« Dabei warf er einen kurzen Blick auf ihre schönen Beine. Sie hätte gerne eine Affäre mit Geoffrey gehabt. Doch es stellte sich als sehr schwierig heraus, dies in die Tat umzusetzen. Bei dem Vorstellungsgespräch damals stand für sie eines fest: Den schnappe ich mir! Erstens sieht er umwerfend aus. Also bedeutete es für sie keinerlei Opfer. Und zweitens schadet es der Karriere auch nicht gerade.

Aber sie hatte sich die Sache einfacher vorgestellt, da Geoffrey auf »hard to get« spielte. So mussten alle Register gezogen werden. Strategie Nummer eins: hilflose Fragen stellen, die sie natürlich selbst beantworten konnte. Aber dann hätte sie nicht so oft die Gelegenheit gehabt, ihn in seinem Büro zu besuchen. Und wenn sie ging, blieb ihr wahnsinnig betörender Chanel-Duft zurück. Strategie Nummer zwei: sehr langsam ins Büro schreiten, dann langsam das Büro wieder verlassen, also Geoffrey die Gelegenheit geben, ihre perfekte Figur zu bewundern. Und Strategie Nummer drei: immer als allerletzte das Büro verlassen oder, besser gesagt, so lange warten, bis Geoffrey das Büro verließ, in der Hoffnung, er käme nochmal vorbei, was er auch sehr oft tat.
»Sally, immer noch da? Kann ich Dir noch irgendwie helfen?«
»Ja«, sagte Sally und dachte: KÜSS mich doch einfach!
»Gerne«, antwortete Geoffrey, »Was hast Du auf dem Herzen?« Bestimmt nicht über Business reden, dachte Sally. Stattdessen antwortete sie: »Hätte da noch ein paar Fragen für das morgendliche Meeting.« Dabei schaute sie ihn mit ihrem schönsten Lächeln an, das ihre großen blauen Augen noch strahlender erscheinen ließ. Geoffrey dagegen blieb neutral und sachlich, und so sprachen sie den Case noch mal durch.
»Mein Gott, ist das ein Eisblock.« Sally seufzte innerlich und versuchte sich auf das Gespräch zu konzentrieren.

So waren schon Monate vergangen, ohne dass irgendetwas geschah. Jeden Tag überlegte sich Sally eine neue Strategie, aber der Eisblock blieb unter null. Dann kam der Moment, als Sally glaubte: Jetzt bringe ich ihn zum Schmelzen. Sie sollte mit Geoffrey für einen Pitch nach San Francisco fliegen. Geoffrey war in ihr Office gekommen und hatte darum gebeten, ihn auf der Geschäftsreise zu begleiten. – Nein, geht leider nicht. Ich hocke lieber hier mit Jil herum und drehe Däumchen, bis du wiederkommst!, wollte sie ihm am liebsten scherzhaft zurufen. Stattdessen sagte sie cool: »Ja Geoffrey, lässt sich bestimmt irgendwie einrichten.« Dabei schaute sie auf ihre Termine und dachte: Jetzt beginnt die Affäre. Dann rief sie scheinheilig: »Ach, wird eng, aber ich bemühe mich.«

»Das wäre schön. Ist zwar nächste Woche Samstag, aber der Kunde ist verdammt wichtig. Wir sind da leider nur zu zweit, da Arthur das Wochenende schon komplett verplant hat.« Geoffrey seufzte. Oh, dachte Sally, was für eine furchtbare Situation. Ich und Geoffrey allein in San Francisco, und sie freute sich diebisch. Jetzt entwischst du mir nicht mehr ... »Also kommenden Freitag um acht Uhr starten wir. Hallo? Hörst du überhaupt zu?«, fragte Geoffrey.

»Ja, das geht. Bis dahin haben ich alles vorbereitet. Schick mir noch die Unterlagen«, sagte Sally ganz ruhig. Dabei war sie insgeheim schon mit Plan B beschäftigt: Wie verführe ich meinen Chef?

JIL

»Jil, wir haben heute noch einiges zu tun. Bis Ende der nächsten Woche muss alles fertig sein«. Jil saß an ihrem Schreibtisch mit angezogenen Schultern und blickte Sally durch die offene Tür an, die aufrecht in ihrem Büro stand und vor Dynamik platzte.
»Ja, das schaffen wir schon«, antwortete sie. Jil war Sallys persönliche Assistentin – oder eher Sklavin. In New York zu arbeiten, ohne einen Haufen Geld zu haben, bedeutete: Der Tag war ein einziger Dauerlauf. Rennen zur Arbeit. Rennen zum Lunch. Die Herausforderung beim Lunch war, sich das Sandwich in fünfzehn Minuten reinzustopfen, hinterher schnell das Ganze mit Wasser runterzuspülen, um nicht daran zu ersticken, und dann im dynamischen Walking-Tempo zurück zum Schreibtisch zu hetzen.

Der Tag in Brooklyn begann morgens früh in ihrem Fünfzehn-Quadratmeter-Zimmer mit Blick auf die nächste Hauswand. Wenn sie das Wetter checkte, hieß es: Kopf aus dem Minifenster nach oben drehen. Ah, heute blauer Himmel, dann ziehe ich eine leichte Jacke an, und – nicht zu vergessen – die Marathonlaufschuhe. Nichts wie raus zum Start des täglichen Rennens: so schnell wie möglich zum Train. Rucksack mit Kosmetik und Pumps auf den Rücken geschnallt, und los ging's. Fehlte nur noch die Startpistole. Schminken ging erst im Büro, da ein komplett verschwitztes Gesicht mit runtergelaufener Mascara bei Sally gar nicht gut ankommen würde.

Sally schüchterte sie ganz schön ein. Sie traute sich nie, ihr mal ein wenig Widerstand zu leisten, zum Beispiel bei komplett ungerechter Kritik oder blödsinnigen Aufgaben in den späten Abendstunden. Sally knallte ihr solche öfters einfach auf den Schreibtisch und verabschiedete sich dann lächelnd mit den Worten: »Jil, denk daran, wenn du mal so weit kommen willst wie ich, musst du härter arbeiten als alle anderen.« Mit diesen Worten marschierte sie aus der Tür und wenn Blicke töten könnten, wäre Sally spätestens draußen im Flur tot umgefallen.

Jil kam aus Bath, einem kleinen Ort im Bundesstaat Maine mit circa achttausend Einwohnern. Dort wohnte sie mit ihren Eltern in einem Hausboot am Kennebec River. Sie hatte einen liebevollen Vater, der morgens mit dem Boot zu seiner kleinen Bootswerft fuhr, wo er mit vier Angestellten alte historische Yachten restaurierte. Schon als Kind faszinierte ihn kaum etwas so sehr wie Boote. Besondere historische Segelschiffe waren seine Leidenschaft. Von der kleinen Erbschaft seines Onkels erfüllte er sich den Traum, Beruf und Hobby zu vereinen. Wenn es die Zeit erlaubte, nahm er Jil in seinem Boot mit. Wenn ihr dann der kühle Wind des Atlantiks übers Gesicht strich, war sie hellwach und glücklich. »Jil«, erinnerte sie sich immer wieder an den Satz, den der Vater ihr, als sie circa zwölf Jahre alt war, einmal an Bord draußen auf dem Meer gegen den Wind zuschrie: »Das Leben ist zu kurz, um auf das Glück zu warten. Das Glück kommt nur ab und zu vorbei, aber die Zufriedenheit bleibt jeden Tag. Doch nur dann, wenn du deine Leidenschaft findest und verwirklichst.«

Damals verstand sie ihren Vater nicht ganz. Ihre Leidenschaft war die Familie, ihr Zuhause. Also hatte sie doch schon alles. Sie war mehr als zufrieden. Mit den Jahren allerdings schlich sich plötzlich ein Unruhegefühl in ihr Herz, erst ganz schwach, dann immer heftiger. Das Hausboot erschien ihr plötzlich so eng, die Fahrten mit Vater zu der Werft nicht mehr so erfrischend und auch das Gefühl des Glücklichseins stellte sich nicht ein. Sie träumte von der großen weiten Welt. Diese Luft gab es nur in New York. Ihre Mutter, die mit siebzehn Jahren in Paris als Au Pair gearbeitet hatte, konnte sie verstehen. Sie lebte nun schon eine Ewigkeit in Bath und betrieb dort einen kleinen Laden für Segelbedarf. Jil erinnerte sich an die tollen Geschichten, die ihre Mutter damals von ihrer Au Pair Zeit in Paris erzählt hatte, und die sie als die beste Zeit ihres Lebens bezeichnete. Jil wollte das auch erleben. Deshalb wählte sie sich dann New York aus, oder New York wählte sich Jil aus, da sie ein sehr attraktives Angebot von Mansfield & Strutton bekam.

Jil ging in Bath zur High School, dann nach Princeton ins College. Das Lernen fiel ihr immer sehr leicht, immer war sie Klassenbeste. In ihrer Freizeit war sie sehr oft zu Hause und genoss dort die Anwesenheit ihrer Familie und Freunde. Doch ihre Karriere hatte immer Vorrang. Ihr nächstes Ziel war, in einer erstklassigen Firma zu arbeiten und danach den MBA an einer Top-School zu machen. Die Eltern freuten sich, als sie hörten, dass sie in New York bei Mansfield & Strutton genommen wurde, auch wenn es Ihnen schwerfiel, dass Jil nun nicht mehr so viel Zeit für Besuche zuhause hatte und es jetzt in ihrem Hausboot ruhiger werden würde. Ja, und nun war sie hier in der Stadt der unbegrenzten Möglichkeiten. Aber diese unbegrenzten Möglichkeiten stellten sich als sehr begrenzt heraus, besonders wenn man persönlicher Haussklave von Mansfield & Strutton, sprich Sally, war.

Durch ein lautes Brummen des Handys wurde sie aus ihren Gedanken gerissen. Jesse war am Telefon, ein alter Freund von ihr und ihrem Vater: »Hi Jil, wollte deine Stimme hören. Wie geht es dir, und was macht New York?« Jesse war dreißig und arbeitete in der Werft bei ihrem Vater. Die beiden verstanden sich auf Anhieb bestens. Sie teilten die gleichen Leidenschaften und hatten dadurch genügend Gesprächsstoff. Jesse war ein bodenständiger Mann, der komplett in sich ruhte. Mit ein bisschen zu viel auf den Rippen, seinem Bart und den dunklen lockigen Haaren ähnelte er einem knuddeligen Teddybären. Ihr Vater brachte ihn ab und zu zum Dinner mit und Jil war irgendwie fasziniert von der Gelassenheit, mit der Jesse sein Leben anging. Am Tisch des Hausboots wurde an so manchem Abend bis spät in die Nacht über das Leben philosophiert. Jil verstand Jesse nicht: Wie konnte man nur für immer in Bath bleiben wollen, ohne Ehrgeiz, an seiner Karriere zu feilen? Er schaute sie belustigt an, wenn sie und ihre Mutter von der Welt da draußen schwärmten und deren tausend Möglichkeiten und den unterschiedlichsten Begegnungen mit Menschen. »Ich freue mich so sehr auf New York. Dann beginnt endlich mein Leben!«, rief Jil erhitzt in die abendliche Runde. Würde sie heute noch so denken, nach zwei Jahren New York? Hatte sie damals kein Leben in Bath?

EXTRAVAGANZ

Jane kam die Treppe herunter in einem extravaganten Kleid von Alexander McQueen, die neue Eroberung ihres Tages. Für ihr Alter sah sie wirklich fantastisch aus. Natürlich hatte dieses Aussehen verdammt nochmal ihren Preis, nicht nur finanziell, sondern es fraß viel Zeit und Ehrgeiz. In der Jugend wird es einem geschenkt, »you take it for granted«. Das heißt so viel wie: Was man sich nicht erarbeiten muss, schätzt man auch nicht so sehr. Dann im Alter wird einem erst bewusst, wie vergänglich alles ist, und denkt sich: Where the fuck ist die Jugend geblieben? Spätestens in diesem Moment beginnt der Kampf gegen die Zeit. Besser gesagt, man erklärt dem Alter den Krieg. Nur, dass der Feind unsichtbar und stumm ist und wohl der sichere Sieger. Man erklärt ihm trotzdem den Kampf. Was bleibt einem auch anderes übrig.

Und von diesem Moment an gilt es alles zu tun, um nicht alt zu wirken bzw. alt auszusehen. Innerlich wie äußerlich. Es beginnt mit Beobachtung und Kontrolle des gesamten Körpers. Jegliche Falte oder Ansatz einer Falte wird brutal bekämpft, egal wie. Es gibt keinen Halt, auch wenn man sich dabei der Gefahr aussetzt, am Ende wie eine Mumie auszusehen. Das, so fand Jane, hatte sie allerdings bis heute erfolgreich verhindern können. Gott sei Dank! Aber stetig folgte der nächste Angriff gegen das Altern. Durch unermüdliche Stunden mühsamer sportlicher Tätigkeit mit einer kreischenden Privattrainerin wird gegen die Erschlaffung der Muskeln angearbeitet. Außerdem folgt ein straffer Ernährungsplan, der alle Feinde – wie fette Schokolade oder Alkohol – verbannt. Ja, sehr mühsam, und trotzdem klopft das Alter unermüdlich an wie zum Beispiel beim Rückwärtsfahren und der Hürde, danach den Nacken wieder richtig einzurenken. Ach, und dann ab und zu dieses Erlebnis, dass Menschen plötzlich freudig auf einen zustürmen, man selber aber keine

Ahnung hat, wo und wann einem diese Person jemals über den Weg gelaufen sein soll.

Schwamm drüber, lächeln, the show must go on! Das ist das Motto. Nobody is perfect, selbst Jane nicht; denn es gab Abende, wo sie all ihre Vorsätze über Bord warf, um stark beschwingt von ein paar Gläsern Wein ins Bett zu wanken. Heute allerdings wird es nicht dazu kommen, beschloss sie. Heute kam ihre Tochter Bea und sie wollte einen klaren Kopf behalten, da Bea ihr gegenüber sehr empfindlich war und keinerlei Kritik von ihr ertrug. Total übertrieben, seufzte Jane, ist doch alles nur gut gemeint. Die neue Generation ist einfach nicht kritikfähig und sofort aufgebracht und beleidigt. Meine Güte, was hatte sie sich alles von ihren Eltern anhören müssen, ohne dann gleich aus dem Haus zu stürmen, dachte Jane, während sie die Treppe herunter schritt. Selbst Robert, ihr Mann, trat manchmal auch in dieses Fettnäpfchen, wenngleich es selten vorkam. Sätze wie »Bea, wo arbeitest du nochmal« oder »Was machst du eigentlich überhaupt«, brachten Bea zur Weißglut. Dann spielte Robert immer sofort das Unschuldslamm und versank in eine Art Dornröschenschlaf, bei ihm war das seine Musik. Niemand konnte ihm richtig böse sein. Er war einfach durch und durch ein lieber Mensch und auch Beas Weißglut zerschmolz schnell. Er war schließlich ihr Vater.

»Nur bei mir bleibt das Feuer«, bemerkte Jane, »dabei bin Ich hier das Opfer!«. Bei diesem Gedanken betrachtete sie sich im großen, reich verzierten Spiegel der imposanten Eingangshalle und bewunderte ihr Äußeres. Ihr ebenmäßiges Gesicht, das lange, glatte, dunkle Haar, welches einen tollen Kontrast zu ihren klaren hellgrünen Augen bildete. »Oh, nein, eine Wimper auf der Wange! Schnell weg damit.« Ein wenig blass sah sie heute aus. Sollte sie nicht lieber noch etwas mehr Rouge auf die Wangen auftragen?
»Madam«, William riss sie aus ihrer Besorgnis, »es ist alles angerichtet.« »Danke, William, jetzt fehlt nur noch meine Tochter, oder?«

»Ja«, antwortete William, »Ihr Mann und ihre Nichte sind schon in der Bibliothek und erwarten Sie.«
»Ach, gut, danke.« Mit diesen Worten waren Blässe und Selbstmitleid vergessen und Jane ging schnellen Schrittes in Richtung Bibliothek.

BEA UND CELINE

»Miss Bea, Ihre Familie erwartet Sie in der Bibliothek.«

»Na dann mal los!« Bea marschierte mit den allerbesten Vorsätzen hinein. »Bea, mein Kind, wie erfreulich dich zu sehen und auch noch so pünktlich!« Mit diesen Worten schritt ihre elegante Mutter auf sie zu, umarmte sie und gab ihr ein Küsschen auf die Wange. Ihre Augen schauten sie freudig an. Ihr Blick zeigte Bea, dass Sie natürlich längst bemerkt hatte, dass sie sich noch immer in ihrer Arbeitskleidung befand. »Ja, Mama, tut mir fürchterlich leid, dass ich mich nicht umgezogen habe, aber ich komme direkt aus dem Büro. Wenn ich zuerst in meine Wohnung und dann zu euch gefahren wäre, hätte ich es niemals pünktlich geschafft.« Dabei dachte Bea an ihren trostlosen Kleiderschrank. Hätte sie da eigentlich überhaupt irgendeine Auswahl gehabt?

»Super, alles egal, mein Schatz, Hauptsache, wir haben dich hier bei uns«, antworte ihr Vater lachend und gab ihr herzlich einen Kuss auf die Wange. »Hallo Papa, du siehst prima aus!« Robert trug eine hellbeige Cordhose, dazu einen extraweichen dunkelblauen Kaschmirpullover und braune Wildleder-Sneakers. Sie wusste, dass ihr Vater sich genauso wie sie nicht für Mode interessierte, aber ihre Mutter legte großen Wert darauf. So schleppte sie ständig neue Sachen für Robert ins Haus, und die alten, die er am liebsten jeden Tag tragen würde, waren dann einfach von einem auf den anderen Tag verschwunden.

»Hallo Bea, freue mich sehr, dich endlich mal wieder zu sehen! Du führst ja ein so intensives Leben.« Mit diesen Worten umarmte und drückte Celine ihre Cousine. »Ich freue mich auch! Wie geht es dir und deiner Familie?«, fragte Bea etwas erhitzt von dieser intensiven Begrüßung. »Ach, Kinder, lasst uns bitte rübergehen. Ich sterbe vor

Hunger«, rief Robert in die Runde. »Ja, wirklich eine gute Idee. William wird sonst noch ungeduldig«, bemerkte Jane. Zusammen gingen sie ins Esszimmer und setzten sich an den festlich gedeckten Tisch mit Blick auf den erleuchteten prachtvollen Garten. William trat sofort ein und servierte eine köstliche Suppe von Tomatenessenz, frischem Baguette und einem trockenen Weißwein von Nappa Valley.

»Also, liebe Celine, wie geht es dir?«, fragte Bea nochmals. »Mir geht es wunderbar, seit ich wieder arbeite«. Dabei nahm Celine einen Schluck von dem eisgekühlten Weißwein. Jane schaute Celine fassungslos an. Sie hatte keinerlei Ahnung davon, obwohl sie den ganzen Tag mit Celine zusammen gewesen war. Na ja, sie waren erst Shopping gewesen, dann noch beim Friseur und hinterher ein kleiner Lunch. Aber da hatte Jane die ganze Zeit über ihr Leben erzählt und Celine ihr schweigsam zugehört.

Celine war eine große, schön gewachsene Frau mit kurzem rötlichen Haar und hellgrünen Augen. Sie sah aus wie eine Schottin, die in den Highlands lebte. Ihr Vater, der Bruder von Jane, betrieb ein Unternehmen für Zahnkeramik mit Filialen in den ganzen USA. Ihre Mutter war Yogalehrerin mit eigenem Studio. Celine hatte nie den Ehrgeiz gehegt, die Welt durch ihre Karriere zu bereichern. Sie wollte immer Familie und ein großes Haus, und so heiratete sie Bill, einen etwas herben Menschen, wie Bea fand. Nicht aufregend, keine Unterhaltungsbombe, eher eine Schlaftablette, durchschnittlich aussehend, aber solide, treu und fleißig. Für Celine war er genau der Richtige, um ihre Pläne zu erfüllen. Sie bekamen Kinder, hatten ein schönes Haus in Boston und Bill arbeitete Tag und Nacht, um alles zu finanzieren. Celine versorgte Haus und Hof und machte dabei einen höchst zufriedenen Eindruck. So jedenfalls kannte Bea sie. Und nun diese Nachricht. Celine arbeitete. Kaum zu glauben! Jane saß mit offenem Mund da und verstand die Welt nicht mehr.

»Celine, Kleines, bitte was? Du arbeitest? Wo bitte? Und warum? Geht es euch wirtschaftlich denn schlecht?«
»Mama, nicht alle Menschen arbeiten nur, weil es Ihnen wirtschaftlich schlecht geht«, bemerkte Bea trocken. »Ach ja Bea, dich habe ich ganz vergessen. Du bist eine Ausnahme. Aber warte mal ab, wenn du erst den Richtigen gefunden und Kinder hast. Dann vergeht dir der Spaß, alles unter einen Hut zu bringen: Familie, gutes Aussehen, Zeit für Gäste, für Kinder. Und dabei nicht zu vergessen, dem Ehemann Aufmerksamkeit zu schenken in charmanter, entspannter Form und dabei nicht abgehetzt und übermüdet auszusehen, nach einem Zwölf-Stunden-Tag. Wo bleibt da noch Zeit für irgendetwas, außer ohnmächtig ins Bett zu fallen? Kein Wunder, dass die Scheidungsrate so hoch ist«, seufzte Jane.
»Mama, so einfach kannst du dir das doch nicht machen«, erwiderte Bea, »ja wir Frauen sind heute in einer anderen Situation. Endlich können wir uns verwirklichen und werden nicht mehr in den Haushalt verbannt. Der moderne Mann teilt sich die Arbeit mit Haushalt und Kindern, sodass jeder die gleiche Zeit für die Karriere hat.« »Aber zumindest die Schwangerschaft gehört der Frau allein«, murmelte Jane. »Mutter, bitte zieh es nicht ins Lächerliche! Wir sind heute stolz, als Frauen an der Vorherrschaft der Männer zu rütteln. Und die Männer dürfen endlich auch zu Hause bleiben, ohne dass es ihrer Karriere schadet. Im Gegenteil, es fördert eher der Karriere, weil es mittlerweile von jeder modernen Firma erwartet wird.«

»Darling«, Jane wandte sich Robert zu, der lächelnd die Diskussion verfolgte, »bist du arg traurig, nicht unseren Haushalt geleitet oder gar unsere kleine Bea nicht gewickelt zu haben?« Und was hätte ich dann eigentlich in dieser Zeit gemacht, überlegte sich Jane stirnrunzelnd. Gott sei Dank servierte in diesem Moment William den nächsten Gang: Rehrücken mit Maronen, Spitzkohl und kleinen Kartöffelchen, dazu einen Chateau-Neuf-du-Pape 1995. Diese kulinarische Pause brachte Beas Temperatur von gefühlten sechzig Grad auf angenehme siebenunddreißig. Doch beim Glas Rotwein passte sie mit den Worten »Nein, William, für mich nicht, habe morgen eine wichtige Verhandlung.« »Das ist sehr schade, aber wir stoßen trotzdem an«, meinte Jane. So erklang das Kristall der Gläser und damit entstand eine wunderbare kleine Schweigeminute. Warum Celine plötzlich wieder arbeitete und warum es ihr jetzt wieder besser ging, war bis zu diesem Zeitpunkt noch immer nicht geklärt, dachte Robert, während er sein köstliches Reh verzehrte.

DINNER TALK

»Entschuldige bitte, jetzt sind wir ganz vom Thema abgekommen. Celine, also du arbeitest jetzt?«, fragte Bea. Dabei schaute sie sie interessiert an. Celine war eine zurückhaltende Person, die sich nie in den Vordergrund drängte. Genau das Gegenteil von Mama, dachte Bea. Für Bea war Celine immer irgendwie eine geheimnisvolle Frau, die hinter ihrer Introvertiertheit einen starken Willen besaß. In ihren Gesichtszügen war etwas Wildes, und Bea hatte immer das Gefühl, dass in Celine mehr steckte als nur eine Mutter und Ehefrau, die den Haushalt führte. Bea war es ein Rätsel, warum sich Celine Bill als Ehemann ausgesucht hatte. Sie erinnerte sich noch an ein Gespräch mit ihrer Mutter damals vor Celines Hochzeit: »Ich denke, Bea, Celine möchte einen Mann, auf den Verlass ist. Sie braucht keinen Mann, der sie den ganzen Tag bespaßt. Sie will ein sicheres Leben und das hat sie definitiv mit Bill.« Das war vor sieben Jahren. Heute machte Celine auf alle einen sehr glücklichen Eindruck.

Bea beobachtete Celine, wie lässig und doch elegant sie da saß. Sie ruhte offenbar vollkommen in sich und sprach ganz gelassen und offen in die Tischrunde. »Wisst ihr, Bill ist ein wirklich solider, fleißiger, sorgsamer Vater und Ehemann und ich dachte, dass er ganz gut zu mir passt, und ich mit ihm eine wunderbare Familie gründen kann, was wir ja auch geschafft haben. Aber mit den Jahren wurde mir klar, dass mir das für den Rest meines Lebens zu wenig ist. Bill und ich sind doch unterschiedlich. Man sagt ja, dass Gegensätze sich anziehen, aber mittlerweile glaube ich, dass nur das Äußere dabei gemeint ist. Bill ist immer korrekt. Aber ihm fehlt so ein bisschen die Leichtigkeit des Seins. Er ist nie spontan, nie verrückt, sieht die Dinge immer recht ernst. Alles muss geplant sein. Jahrelang habe ich es ignoriert und die perfekte Mutter und Ehefrau gespielt. Bill hat es nicht mal gemerkt, dass mir was fehlt«, seufzte Celine. Dabei strich sie sich mit ihren schönen, eleganten Händen durchs Haar. »Am Ende jeden Tages bin ich mit gemischten Gefühlen ins Bett gegangen. Bill war entweder schon eingeschlafen oder wollte mit mir über die Ergebnisse des Tages sprechen. Ich möchte nicht so ein eingespieltes Paar darstellen, wo jeder nur seine Aufgaben erfüllt«, erklärte Celine leise, »ich will mehr!«

»Aber was erwartest du du dir denn?«, fragte Jane erschrocken, worauf Celine erwiderte: »Ich wünsche mir einen Mann, mit dem ich durchs Leben tanze und gemeinsam mit einem Lachen dem Ernst des Lebens den Wind aus den Segeln nehme«. Bea spürte, wie sie bei diesem Satz eine Gänsehaut bekam, sie verstand Celine total. Jane war zum ersten Mal sprachlos. Das plötzliche Schweigen wurde von Robert unterbrochen, der das Gespräch nachdenklich verfolgt hatte: »Meinst du nicht, Celine, dass du ein wenig zu viel vom Leben erwartest?«

Zuvor hatte Robert an diesem Abend das Wort noch nicht ergriffen, da er sich meistens in der Welt der Noten, der Töne und Klänge befand. Auch Jane schaute verwundert auf, als sie registrierte, dass ihr Mann sich nun in das Gespräch einmischte.
»Ich kann nur als Mann sprechen und für mich ist Bill ein wirklich toller Kerl. Es mag ja sein, dass er seine Fehler hat, aber haben wir die nicht irgendwie alle? Bill liebt dich, er kümmert sich um die Familie, er arbeitet hart, damit ihr euch ein unabhängiges Leben leisten könnt. Wir Männer versuchen unser Bestes, aber manchmal bemühen wir uns vergebens und verstehen die Unzufriedenheit von euch Frauen nicht.«
Dabei nahm Robert einen Schluck von seinem guten Scotch. Es fehlte ihm nur noch seine edle Zigarre. Aber was würden die Damen davon halten, in einen schönen Davidoff-Nebel eingehüllt zu werden? Keine gute Idee. Also blieb es nur beim Whisky. »Ja, Robert, du magst Recht haben, dass ich einfach zu hohe Ansprüche habe. Ich will mich ja auch nicht von Bill scheiden lassen, aber ich brauche eine Verände-

rung. Deshalb arbeite ich wieder. Bill ist nach New York versetzt worden und wir ziehen jetzt dahin um.«

»Ach nein, ihr zieht nach New York? Das ist doch wunderbar!«, rief Bea aus. »Dann werden wir uns sicherlich öfter sehen, falls es die Zeit erlaubt. Wo arbeitest du denn dann?«
»Ich habe ein Jobangebot als Assistentin bei Lambert & Company.«
»Wow, tolle Firma«, bemerkte Bea anerkennend. »Aber was machst du mit Kindern, Haushalt und so weiter?«, fragte Jane zweifelnd.
»Die Kinder sind schon in der Anderson Elementary School angemeldet«, erzählte Celine.
»Bitte, dort? Die ist doch nur für hochbegabte Kinder«, bemerkte Jane beeindruckt, »da kommt man ganz schwer rein.«
»Wir sind da auch durch eine ziemliche Prozedur mit den Kindern gegangen. Es werden sogar die Leadership-Qualifikationen des Kindes überprüft«, stöhnte Celine.
»Ach, das ist doch wirklich übertrieben«, lachte Robert, »als ob man so etwas bei kleinen Kindern schon rausfinden könnte!«
»Doch, das geht. Sie beobachten die Kinder in der Gruppe, wie sie sich verhalten, ob sie sich unterordnen oder die Initiative übernehmen, und ziehen daraus ihre Resultate«, berichtete Celine.

Wie hätte ich da wohl abgeschnitten, dachte Bea. Hatte sie Führungsqualitäten oder ließ sie sich schnell unterbuttern? Ergriff sie je die Initiative oder war sie in Wahrheit immer froh, ihre Arbeit auf dem Schreibtisch vorzufinden? War sie Unternehmerin oder bessere Angestellte? Sie selbst würde sich eher in die zweite Kategorie einordnen. Sie war extrem gut, wenn man ihr eine Aufgabe zuteilte. Aber wenn der Schreibtisch leer war ohne Aufgaben, saß sie eigentlich sprach- und tatenlos da und hatte keinerlei eigene Ideen und Antrieb, eher den Gedanken: Arbeitstag beendet.
Bea schaute über diese Erkenntnisse etwas frustriert auf die Uhr und bekam einen riesigen Schreck. Oh my god, so spät? Sie sprang auf mit

den Worten: »Ihr Lieben, ich muss leider los. Ich habe einen Uber-Wagen bestellt. So gerne ich diese Unterhaltung fortgesetzt hätte ...«
»Ach, Kind.« Jane stöhnte enttäuscht. »Jetzt haben wir gar nichts von dir erfahren.«
»Mama, das holen wir ganz bald nach. Ich muss schnell ins Bett. Morgen habe ich einen wichtigen Termin mit Geoffrey, meinem Chef.« Bea küsste ihre Mutter auf die Wange.
»Den Namen Geoffrey höre ich öfter von dir. Wie ist der denn? Sieht er gut aus? Ist er verheiratet?«, fragte Jane neugierig.
»Mama, er ist mein Chef. Mach dir da bitte keine Hoffnungen«, antworte Bea energisch.

William trat ein mit den Worten: »Miss Bea, ihr Taxi steht vor der Tür.« »Danke, ich komme!« Und dabei umarmte sie fest ihren Vater und ihre Mutter und küsste dann Celine: »Celine, wir telefonieren. Bis bald! Und: Welcome to New York!« Mit diesen Worten rauschte Bea hinaus in den Wagen.

JANE UND ROBERT

Jane machte sich für die Nacht bereit. Sie saß vor einer kostbaren antiken Kommode aus dem achtzehnten Jahrhundert, die sie mit Robert in Wien beim Bummeln in einem Schaufenster gesehen hatte. Jane war wie angewurzelt stehen geblieben. Es war Liebe auf den ersten Blick; nicht für Robert, aber für Jane und wenn Jane sich etwas wünschte, gab es keinen Halt mehr.
»Darling, meinst du nicht, es ist ein wenig umständlich, diese alte Kommode in einem Stück nach New York zu verfrachten? Und wo soll sie überhaupt stehen?« Doch Jane war schon im Geschäft und Roberts Bedenken waren wie vom Winde verweht, während Jane eifrig verhandelte.

Nun saß Jane vor diesem wertvollen Stück, auf dem ein goldener, verzierter Spiegel stand, und schminkte sich sorgfältig in ihrem imposanten Schlafzimmer ab, während sie in Gedanken nochmal den vergangenen Abend Revue passieren ließ. Robert lag schon in ihrem gemeinsamen riesigen Bett, das mit Kissen übersät war, und las die New York Times. »Endlich verstärken sie die Sicherheit in den Zügen von New York, nach all den endlosen Überfällen und Belästigungen der Passagiere. Überall Kameras und Security. Der neue Bürgermeister gefällt mir. Endlich räumt mal einer auf, so dass die Bürger nachts wieder sicher U-Bahn fahren können«, bemerkte Robert. Jane, die sehr konzentriert auf der Suche nach einer neuen Falte war und dummerweise auch prompt eine entdeckte, meinte etwas gereizt: »Wann bist du denn das letzte Mal mit öffentlichen Verkehrsmitteln gefahren. Das ist ja eine Ewigkeit her.« Dabei versuchte sie, die neue Falte durch eine Massage zu glätten. »Darling, ich sorge mich nicht um uns, sondern um die Menschen, die spät von der Arbeit kommen und mit der U-Bahn nachts nach Hause müssen«, versuchte Robert zwecklos Jane zu erklären. »Ja, ja, das versteh ich«, meinte

Jane, während sie ihre Nachtcreme Forever-Young auftrug.
»Robert, hast du denn den Abend genossen? Leider hatten wir von Bea nicht besonders viel«, bemerkte Jane und schaute Robert an, der noch in seine Zeitung vertieft war. »Robert, lass doch jetzt mal die Zeitung weg«, brummte Jane und kuschelte sich an ihn an, während er genüsslich ihren zarten Jasmin-Duft einsog. Er zog sie gefühlvoll zu sich hin und gab ihr einen zarten Kuss auf den Mund. »Liebling, wie machst du es eigentlich, immer noch so schön und anziehend zu sein?«, fragte Robert. »Ach, Robert, du weißt gar nicht, wie viel Zeit das kostet. Früher war alles so easy. Man sah immer gut aus, ob man durchgefeiert hatte oder nicht. Heute muss ich aufpassen, was ich trinke, esse und wann ich zu Bett gehe. Und wie ich schlafe. Wenn ich nachts auf dem Bauch liege mit dem Gesicht im Kissen, sehe ich am nächsten Tag hundert Jahre älter aus. Die Rückenlage ist viel besser, nur dass ich dann kein Auge zu bekomme und am Morgen wie gerädert aussehe. Probleme, über die ich früher nur den Kopf geschüttelt habe.«

Robert lachte laut auf: »Ach, Süße, ich sehe das alles nicht. Für mich bist du die schönste Frau der Welt!« Dabei schaute er sie verliebt an.
»Robert, auch das ist nicht normal, dass wir nach dreißig Jahren Ehe immer noch verliebt sind«, seufzte Jane glücklich und strich ihm zärtlich durch sein dichtes, leicht ergrautes Haar. »Glaubst du, unserer Bea wird auch mal dieses Glück zuteil?«, fragte sich Jane. Bei dem Arbeitspensum hatte sie ja kaum Zeit, überhaupt jemanden kennen zu lernen.
»Alles im Leben ist Schicksal und es kommt auf den richtigen Instinkt an, sein Glück zu erkennen und zuzugreifen, wenn es vor einem steht. Ich glaube ganz fest, dass Bea unter diesem guten Stern geboren ist«, sprach Robert liebevoll zu ihr. »Ja, das glaube ich ja auch. Aber leider ist da im Moment niemand, in den sie verliebt ist«, antwortete Jane besorgt. »Da mach dir mal keinen Kopf. Das wird kommen. Ich habe da keine Sorge«, versuchte Robert mit fester Stimme nochmals Jane

zu beruhigen. »Aber sie arbeitet doch die ganze Zeit nur und sie ist da sehr ehrgeizig und sie will ganz nach oben«, stammelte Jane. »Ja, das wollte ich auch, und trotzdem haben wir uns kennengelernt«, erklärte Robert optimistisch.

Jane betrachtete Robert, seine klaren grauen Augen mit den buschigen Augenbrauen, die zarten Falten auf der Stirn und in den Augenwinkeln und seine festen männlichen Lippen. Ja, in Robert hätte sie sich immer und immer wieder verliebt, dachte sie; denn nicht jeden Tag betrachtete sie Robert so intensiv, da der Alltag so manches verschluckte und man sehr oft vergaß, ab und zu innezuhalten und sich des besonderen Moments bewusst zu werden. »Und was sagst du zu Celine?«, fragte Jane etwas müde. »Celine scheint auch nicht ihr Glück zu sehen.« »Das sehe ich auch so. Aber es hilft nichts. Sie ist nun mal unzufrieden und Wanderer kann man bekanntlich nicht aufhalten. Da sollten wir uns nicht einmischen«, bemerkte Robert. »Jane? Bist du noch wach?« Doch Jane befand sich schon tief und fest in ihrem Schönheitsschlaf. Robert lächelte und löschte leise das Licht.

WEEKEND ONE

JIL IM ZUG

Jil war um zweiundzwanzig Uhr aus dem Office gekommen, saß nun finished im Zug und dachte noch mal über das Telefonat mit Jesse nach. Als sie seine Stimme hörte, schlug ihr Herz ein bisschen schneller. Sie konnte sich das selbst nicht erklären. Er war ganz und gar nicht ihr Typ. Ein Mann ohne Ehrgeiz. Ohne große Ambitionen, die Welt zu sehen. Immer in Bath, diesem kleinen Ort. Tagein, tagaus Schiffe renovieren bei ihrem Vater. Nie etwas Spannendes erleben. Für sie war er fernab von jeglicher Realität. Dann tauchte plötzlich sein Lächeln in ihren Gedanken auf und ihr wurde so warm ums Herz. Einfach lächerlich!

Der Zug rauschte durch die Nacht. Sie freute sich schon auf ihr kleines Zimmer, wo sie zuerst eine heiße Dusche nehmen würde. Warum war sie eigentlich immer so unruhig und er so gelassen? Wurde man damit geboren, oder konnte man sich diese Gelassenheit erarbeiten? Gab es tatsächlich Menschen, die Glücks-Gene in sich trugen? Und andere sind immer auf der Suche nach ihrem Glück und finden es womöglich nie? Ihr Vater zum Beispiel hatte dieses Glücks-Gen, ohne sich dessen bewusst zu sein. Nur Außenstehende ahnten etwas davon. Ach, was würde sie dafür geben, auch so zu sein und sich nicht alles mühsam erarbeiten zu müssen. Einfach glücklich, einfach zufrieden! Aber wenn sie so die Menschen in New York betrachtete, wie sie in den Straßen umherhetzten, mit unruhigen Blicken, keiner sah den anderen an, alle waren auf der Suche nach ein wenig von dem, was Jesse und auch ihr Vater einfach so hatten. Und sie mittendrin. Auch sie war eine Gehetzte!

Jesse wollte nächste Woche nach New York kommen, um ein paar Teile für ein renoviertes Boot abzuholen. Er hatte sie gefragt, ob sie das Wochenende zusammen verbringen könnten, und sie musste zugeben, dass sie die Idee einfach umwerfend fand. Eigentlich wollte sie ihm noch die Coole vorspielen und so tun, als ob sie ganz viel arbeiten müsste. Doch selbst das konnte sie nicht. Sie freute sich so sehr, dass sie das natürlich auch gleich ins Telefon schreien musste. Talent zur Schauspielerei hatte sie wirklich nicht. Sie hasste es, Spielchen zu spielen. Das lag ihr gar nicht. Jil war nie berechnend. Sie war offen und ehrlich. Einige würden vielleicht sagen: ein bisschen langweilig. Sie hatte eine liebenswerte Art, konnte niemandem einen Gefallen ausschlagen, wurde deshalb auch Opfer vieler Situationen, was sie selbst gar nicht wollte. Dadurch, dass sie nichts Gerissenes an sich hatte, fehlte ihrer Ausstrahlung vielleicht eine gewisse Erotik.

Sally dagegen hatte genau das. Wo sie erschien, versprühte sie diese Mischung aus Gefährlichem und Sexappeal. Selbst Jil als Frau spürte es, obwohl sie gewiss nicht auf Frauen stand. Sie konnte nur ahnen, was Männer wohl fühlten, wenn Sally den Raum betrat. Dieser spezielle Duft existierte bei Jil nicht. Sie trat ein, und nichts passierte, obwohl sie wirklich keine hässliche Frau war. Jil war sehr zierlich mit kleinem Busen, schmaler Taille, heller Haut, glattem dunklem Haar, das sie immer mit einem Haarreif bändigte. Das Schönste waren ihre riesigen braunen Augen mit endlos langen Wimpern. Trotz ihrer Zartheit besaß sie eine Menge Energie. Ohne diese Energie wäre sie in New York wohl auch nicht weit gekommen. Mittlerweile war sie vierzehn Stunden unterwegs und immer noch nicht zu Hause. So ein stressiges Leben kann man nur eine Zeit lang durchhalten. Mit Familie und Kindern wäre es geradezu unmöglich, dachte Jil. Aber es gab Frauen, die ihre Arbeit trotz Kindern und Familie bewältigten. Ja, natürlich, heutzutage halfen die Männer im Haushalt mit. Doch letztendlich musste man sich nichts vormachen: Die meiste Arbeit zu Hause mit Kindern blieb an der Frau hängen. Aber sie wünschte sich Familie und eine berufliche Unabhängigkeit. Ja, so ist es nun mal, dachte Jil schläfrig, im nächsten Leben komme ich einfach als Mann auf die Welt.

»Hey, Lady, hast du mal 'nen Dollar für mich?«
Oh my god! Ein ziemlich verwahrloster Typ stand vor ihr und starrte sie mit glasigen Augen an. Jil schaute sich um, ob noch andere Gäste in ihrem Abteil mitfuhren, aber zu dieser späten Stunde war weit und breit niemand zu sehen. Jils Herz schlug bis zum Hals.

BEGEGNUNG

Jil starrte diesen sehr unangenehm riechenden Mann ängstlich an und stammelte: »Ja, natürlich!« Dabei kramte sie hastig in ihrem Geldbeutel, während ihr Herz raste. »Hey, Lady, der Zwanziger in deiner Brieftasche wäre mir noch lieber!« Mit seiner dreckigen Hand zeigte er auf den Geldschein. Der Schweiß an ihrem Körper breitete sich bis auf ihre Zehenspitzen aus und sie war einer Ohnmacht nahe. Zitternd zog sie den Zwanziger-Schein heraus und dachte immer wieder an das Gleiche: Sie musste so schnell wie möglich diesen Kerl loswerden! Die Worte ihres Vaters schossen ihr durch den Kopf: »Wenn du einem wilden Tier begegnest, beruhige es mit leisen Worten und zeige keine Angst!« Aber wie sollte sie sich beruhigen? Einatmen. Luft anhalten. Ausatmen. »Danke, Lady, hast du noch was? Könnte auch ein Handy gut gebrauchen«, raunte er ihr zu.

Er hatte lange, speckige, strähnige Haare, einen Bart, war Mitte sechzig, mit wachsweißer Haut und gelben Zähnen, die Hälfte davon vermutlich im Laufe seines Lebens auf der Straße verloren. Fast hätte er ihr leidgetan. Aber das war wohl in dieser Situation nicht passend. Der Arme, dachte sie, was er wohl erlebt hat in seinem Leben! Da ist alles schief gegangen, was nur schief gehen kann. Könnte sie je selbst in eine solche Situation geraten? Sind es die äußeren Umstände, die einen Menschen dazu bringen, oder die inneren? Aus welchen Gründen wird man kriminell? Aus Not, aus Langeweile oder aus Gier? Und hat die Erziehung dazu beigetragen? Spielt die Religion eine Rolle? Sie war christlich erzogen worden. Ihre Mutter betete jeden Abend mit ihr zusammen und sie gingen regelmäßig zur Kirche. Jil fühlte sich durch den Glauben stark. Immer, wenn sie ein Problem hatte, sprach sie innerlich zu Gott. Danach fühlte sie sich befreit und beruhigt. Wäre sie anders aufgewachsen, ohne Liebe, ohne Glauben, in Armut und Gewalt, würde sie dann heute hier stehen und andere Menschen bestehlen? Sie war sich nicht sicher.

»Hallo, Madame, kann ich Ihnen helfen? Belästigt Sie hier dieser Mann?« »Bitte!« Jil war immer noch in Schockstarre. Vor ihr stand ein großer stattlich aussehender Mann, der sie sanft am Arm hielt. »Wollte das Fräulein nur um einen Dollar bitten«, schnauzte der Bettler kleinlaut, drehte sich um und lief mit schnellen Schritten aus dem Abteil zum Ausgang. Der Zug war inzwischen in eine Station eingefahren, was Jil in ihrer Aufregung gar nicht mitbekommen hatte. »Madam, soll ich hinterher?«, fragte der Fremde. »Nein, alles gut«, flüsterte Jil schwach.

MICHAEL

Jil lag total fertig, immer noch mit Schuhen und Jacke, auf dem Bett in ihrer kleinen Wohnung in Brooklyn. Hatte sie diesen Abend wirklich erlebt oder doch nur geträumt? Erst das unangenehme Erlebnis mit diesem Menschen im Zug, der sonst noch was verlangt haben könnte von ihr, wenn da nicht plötzlich dieser Michael aus heiterem Himmel aufgetaucht wäre. Dieser Michael sah auch noch wahrhaftig aus wie der Engel Gabriel. Längere blonde Haare, groß, muskulös, mit eleganten, schönen Händen. Sie hatte ihn schon einmal gesehen, aber nie die Zeit gehabt, ihn zu beachten, da sie sich ja im Dauerrennen des Lebens befand. Heute Nacht war alles anders. Das Schönste war, dass sie zur Abwechslung mal ein freies Wochenende hatte; denn Sally hatte ihr komischerweise keine weiteren Arbeiten gegeben. Wahrscheinlich würde das noch irgendwann in den nächsten Stunden kommen. Sollte sie lieber ihr Handy bis Sonntagabend abschalten? Hm, ob sie sich das traute? Schon jetzt sah sie das vorwurfsvolle Gesicht von Sally am Montagmorgen mit der Frage auf den Lippen: »Ich konnte dich nicht erreichen. War dein Handy kaputt?« Also ließ Jil ihr Handy doch lieber angeschaltet.

Michael brachte sie zu ihrem Apartment-Gebäude und überraschte sie mit den Worten: »Endlich sind wir zu Hause angekommen.«
»Bitte? Du wohnst auch hier?« fragte sie erstaunt.
»Ja, ich wohne ganz oben. Ich habe dich hier auch schon öfter gesehen.« Er lächelte. »Nur du mich anscheinend nicht! Ich bin hier vor einem halben Jahr eingezogen, nachdem die Wohnung endlich fertig renoviert war«, erzählte er Jil.
»Ach, du warst der Verursacher für diesen Lärm!« Jil lachte. »Das ganze Haus hat dich dafür verflucht!«
»Tut mir schrecklich leid, aber ich hatte mich in die Wohnung verliebt und wollte sie unbedingt kaufen, renovieren und hierherziehen«, ent-

schuldigte sich Michael sehr charmant. »Falls du Lust und Zeit hast, komm doch vorbei und besuche mich.« Dabei schaute er sie intensiv mit seinen stahlblauen Augen an. Er hat wirklich etwas von diesem Engel Gabriel und wohnt auch noch, wie es sich für einen Engel gehört, nämlich ganz oben im Top-Floor, dachte Jil träumerisch. »Super gerne, aber jetzt will ich mich erst mal frisch machen. Ein anderes Mal!«, erwiderte Jil, »und nochmals vielen Dank für die Rettung.«
»Es war mir ein Vergnügen, liebe Jil. See you soon.« So verschwand er im Fahrstuhl, um nach oben zu fliegen. Bye bye, mein Engel, dachte Jil, und schwang sich die paar Stufen hoch zu ihrer Wohnung im ersten Stock.

Nun lag sie im Bett, todmüde und trotzdem hellwach. Come on, Jil, du wirst dich doch nicht gleich in zwei Männer verlieben. Dabei kribbelten ihr Herz und Bauch gleichzeitig. Beschwingt ging sie ins Badezimmer, wo ihre Füße plötzlich in einer riesigen Wasserpfütze standen. Um Gottes Willen, das durfte doch nicht wahr sein. Wo kam denn das Wasser her? Was sollte in dieser Nacht denn noch alles geschehen?, fragte sie sich. Wo war das Leck? Wasserrohrbruch am Wochenende? Kein Mensch würde kommen. Sie konnte die nächsten Tage zusehen, wie ihre Wohnung geflutet wurde. Was sollte sie nur tun? Haustechnik war so ungefähr die letzte ihrer Begabungen. Hey, aber einer konnte ihr vielleicht helfen: der Engel Gabriel. Außerdem, damit hätte sie ein schnelles Wiedersehen mit ihm! Instinktiv zog sie sich hastig die Schuhe an, griff zum Haustürschlüssel und rannte zum Fahrstuhl.

Herzklopfend stand sie vor den Tasten der Stockwerke und drückte »Penthouse«. Angekommen verweilte sie vor der Tür von Michael. Leise Jazzmusik drang in ihr Ohr. Ok, ich habe keine Zeit, hier lange zu warten. Sonst schwimmt meine Wohnung davon, dachte sie und drückte dabei den Klingelknopf. Eine Weile passierte nichts. Dann hörte sie hastige Schritte. Michael öffnete die Tür. »Hi! Hast du doch

noch Zeit, meine Wohnung anzuschauen? Komm doch rein!«, strahlte er. Er trug ein dunkelblaues T-Shirt mit einer hellblauen Jeans und war barfuß. Jil fing an zu stottern: »Ich kann jetzt nicht deine Wohnung anschauen. Bei mir unten passiert gerade eine kleine Katastrophe! Du musst mir unbedingt helfen. Mein Bad steht unter Wasser. Und wen soll ich anrufen, jetzt Freitagnacht? Da dachte ich an dich.«
»Ja klar, ich helfe dir«, meinte Michael hastig und nahm seinen Wohnungsschlüssel.

Die beiden eilten in den Fahrstuhl. Wenige Sekunden später stand er in Jils überschwemmten Badezimmer. Gott sei Dank ist er ja schon barfuß, dachte Jil bei sich, hoffentlich kann er mir helfen. Michael, der sich gut auskannte, machte sofort das Leck im Leitungsrohr ausfindig. Er bückte sich unter das Becken und schloss die Wasserleitung, wobei er ziemlich nass wurde. »Geduscht hatte ich eigentlich schon«, lachte Michael, während er vor ihr stand. »Aber du wirst ein Problem haben; denn dieses Wochenende wirst du hier in deinem Bad nicht duschen können.«
»Ja, das befürchte ich auch«, stöhnte Jil, »ein Hotel kann ich mir nicht leisten. Die Notlösung, übers Wochenende zu meinen Eltern zu ziehen, geht nicht. Die wohnen nicht in New York, sondern in Bath, Maine. Zu weit«, seufzte Jil. »Weißt du was? Es gibt noch eine Möglichkeit. Du kannst bei mir duschen. Wir kennen uns ja auch schon mindestens ein paar Stunden und diese Nacht bin ich halt dein Retter in allen Notlagen!« Michael lachte charmant.

Jil schaute ihn mit ihren großen Augen an und dachte sich, dass sie eigentlich kein Mädchen war, das bei fremden Männern duschte. Aber in diesem Fall? Was blieb ihr anderes übrig? Sie wollte dieses Wochenende nur in New York chillen und nicht wieder stundenlang zu ihren Eltern fahren. »Okay, Michael, ich nehme dein Angebot gerne an, wenn es dir wirklich nichts ausmacht«, meinte Jil zaghaft.
»Nein, ich freue mich. Pack ein paar Sachen ein und komm dann

hoch, duschen. Ich ziehe mir jetzt was Trockenes an.« Mit diesen Worten verließ Michael ihre Wohnung. Eine halbe Stunde später stand Jil unter der schönsten Dusche ihres Lebens. Sie schloss die Augen und träumte wie auf Wolke sieben, während das warme Wasser an ihrem Körper herunterfloss wie unter einem tropischen Wasserfall.

Jil trat mit ihren nassen Haaren aus der Dusche, die sie nur für dieses Wochenende genießen würde. Sie stellte sich vor den Spiegel, vor dem Michael wohl jeden Tag stand. Heute hatte dieser Spiegel das Vergnügen, ein anderes Spiegelbild zu erblicken.
»Hi, nein nicht Michael, ich bin es, Jil aus dem ersten Stock, die kleine Praktikantin bei Mansfield & Strutton, die jeden Morgen um sieben mit ihren Marathonturnschuhen um ihr Leben läuft. Und weißt du was? Heute Nacht bin ich nicht die kleine Jil, die brav ins Bett geht und dabei das halbe Leben verpasst. Nein, heute erlebe ich eine crazy night und renne nicht davon.«
Sie schaute in den Spiegel und sah eine fremde Frau mit großen braunen Augen, endlos langen Wimpern, schwarzen schulterlangen Haaren, heller Haut mit blassen wohlgeformten Lippen, die sie zart anlächelten. Langsam zog sie ihren Bademantel an und öffnete die Tür.

Der Anblick dieses Apartments brachte sie komplett aus der Fassung. Es glich eher einem Künstleratelier mit den großen Fenstern, dem fantastischen Blick auf Manhattan und den Hudson River und den riesigen Bildern an den Wänden. Alle in einem Stil, alle von einem Maler! Michael saß lässig auf einer schwarzen Ledercouch, fast das einzige Möbelstück dieses Raumes, und rauchte einen Joint. Im Hintergrund war immer noch die smoothe Jazzmusik zu hören. Jil schritt langsam wie in Trance auf Michael zu. Michael blickte sie wieder mit seinen stahlblauen Augen an und gab ihr ohne ein Wort zu sagen den Joint. Sie nahm einen Zug und genoss den wahnsinnigen Anblick der tausend Lichter dieser irren Stadt. So saß er auf der Couch und sie stand daneben, mit der Jazzmusik, der Aussicht und ihrem Engel.

Er gab ihr schweigsam ein Glas gekühlten Weißwein. Sie nahm einen Schluck und es war der beste Weißwein, den sie jemals in ihrem Leben gekostet hatte. Wenige Sekunden später schmeckte sie die besten männlichen Lippen, hart und doch weich, engelsgleich, auf ihrem Mund, und sie schwebte tatsächlich auf Wolke sieben. Es war Leidenschaft, es war Irrsinn, es war Wahnsinn und ehe sie sich versahen, lagen sie erschöpft und ergriffen von dieser langen Nacht auf der schwarzen Couch, schwebend mit »Some Day I'll Fly Away«.

Jil konnte nur geträumt haben; denn das passierte keiner Praktikantin aus Bath. Das war nicht das wahre Leben. Das gab es nur in Filmen oder Songs, aber bestimmt nicht hier in der realen Welt. Sie zog an ihrem Joint und nahm einen Schluck vom kalten Weißwein, der ihre heißen Lippen kühlte. Sie drehte ihren Kopf und immer noch waren da diese stahlblauen Augen und auch der Blick in die milliardenfach glitzernde Welt. »Bist du echt?«, raunte Jil und fasste zart in das Gesicht ihres Engels. »Ja, Darling, bin ich.« Dabei schaute Michael sie liebevoll an. Sie fühlte sich so relaxt und glücklich wie noch nie ihrem Leben. War es der Joint? War es Michael? War es das Apartment? War es New York? Es war all das – und sie war die Hauptdarstellerin.

»Möchtest du was essen?«, hörte Jil wie aus dem Jenseits ihrer romantischen Gedanken. »Ich jedenfalls habe tierischen Hunger.« Er stand nackt auf und offenbarte dabei einen Körper, den Michelangelo nicht besser hätte formen können. Lässig zog er sich seine Jeans an und marschierte in die Küche. Sie, noch unbekleidet mit ihrer glatten Haut, ihrer schmalen Taille und ihrem kleinen wohlgeformten Busen, fühlte sich pudelwohl, kein Hauch von Scham oder Verlangen, sich anzuziehen. Sie lag einfach da, starrte unersättlich in das unermessliche Funkeln der Skyline, das sich von Minute zu Minute in die Unendlichkeit vermehrte. Vergessen war das trostlose Apartment im ersten Stock, ihre Eltern, ihre Arbeit! Sie schwebte hier mit Millionen von Lichtern und ihrem Engel im Top Floor.

WEEK TWO

WELCOME IN NEW YORK

Celines neues Leben in New York startete. Alles gesettelt! Die Kinder waren im Elitekindergarten angenommen. Sie waren von der schicken Villa im Vorort von Boston in eine schöne Wohnung in Tribeca gezogen. Eine Nanny wurde eingestellt, die die Kinder vom Kindergarten abholte und betreute, bis sie wieder zu Hause war. Stolz saß sie vor ihrem kleinen Schreibtisch bei Lambert & Company. Sie war nun die persönliche Assistentin vom Marketingchef, Mr. Harry Walter. Auch Harry sei gerade von San Francisco nach New York gezogen, wurde ihr von der Mitarbeiterin Claude erzählt.

»Weißt du, Celine«, meinte Claude, »Harry ist auch ganz neu hier. Er ist eigentlich ganz nett, auch wenn das Schild an seiner Bürotür etwas irritiert.« Celine schaute Claude verwundert an und ging dann zu Harrys Tür, an der tatsächlich ein Schild hing mit den Worten: »Think first before you come in!« Was ist das für ein Mensch, der sowas an seiner Tür anbringt, fragte sich Celine. Ungeduldig, effizient, herzlos? Könnte passen. Aber mal abwarten, wie die Zusammenarbeit laufen wird. Sie war hier halbtags eingestellt und teilte sich die Arbeit mit Claude und falls sich dieser Harry als unerträglich herausstellen sollte, wäre es wenigstens geteiltes Leid, überlegte Celine.

Kaum gedacht, klingelte ihr Telefon auf dem Desk. Harry wollte sie sprechen. Ok, nun geht es in die Höhle des Löwen, aber denke first, bevor du eintrittst, schmunzelte Celine, klopfte an die Tür und öffnete sie. Harry schaute kurz auf und begrüßte sie kühl und korrekt.
»Hallo, Celine, willkommen bei Lambert & Company! Wir sind ja beide neu hier, aber ich möchte Ihnen nur sagen, dass ich sehr ungern gestört werde und alle Arbeiten, die Sie von mir bekommen, unverzüglich erledigt werden müssen – nicht einen Tag später. Falls Sie

Fragen haben, bitte erst draußen mit anderen Mitarbeitern besprechen und im last Case erst mit mir.«

Celine betrachtete ihn ruhig und unbeeindruckt. Er hatte kurzes glattes schwarzes Haar, das mit Gel hinter die Ohren gekämmt war, graue kalte Augen, schmale Lippen, einen gestylten 3-Tage-Bart. Er trug ein schneeweißes Hemd, einen dunklen Anzug und am Handgelenk eine Rolex. Ziemlich eitel, dieser Typ, dachte sie, während sie antwortete: »Ja, ich glaube, das habe ich verstanden, denn ihr Schild draußen habe ich schon gelesen.« Sie reichte ihm ihre Hand mit den Worten: »Ich werde mir die größte Mühe geben und freue mich auf eine harmonische Zusammenarbeit.« Dabei zog sie ziemlich arrogant eine Augenbraue hoch.

Harry schaute sie überrascht an und dachte: Okay, die lässt sich von mir wohl nicht so schnell einschüchtern. Er betrachtete sie, was er normalerweise bei Angestellten nie tat. Kurze rote Haare, hellgrüne Augen, schmale Taille, selbstbewusstes Auftreten, kein Mäuschen. Und er musste zugeben, dass sie ihn irritierte, was so gar nicht in seine Arbeitswelt passte.
»Ja herzlich willkommen«, platzte es aus ihm heraus. Mein Gott Harry, was ist los mit dir? Du wirst dich doch nicht etwa einschüchtern lassen. Schnell setzte er wieder sein Stone-Face auf und schaute ihr direkt in die Augen. Wieso hat die so grüne Augen?, schoss es ihm durch den Kopf. »Ja, hm, Celine, könnten Sie bitte meine Adressdatei updaten?«, fragte Harry etwas kühl. »Kein Problem«, erwiderte Celine mit einem Lächeln, verschwand aus dem Büro und ließ einen etwas verdatterten Harry zurück.

Celine schloss die Tür und dachte sich: So ein arroganter Typ! Aber sie würde sich ihre Laune nicht verderben lassen. Sie war viel zu froh, endlich wieder zu arbeiten, und dieser Harry, der keine leichte Aufgabe sein würde, würde sie niemals aus der Ruhe bringen können. Sie

hatte ein ruhiges Temperament und sah fast alles mit Gelassenheit. Bevor sie in Panik geraten würde – beziehungsweise bevor jemand sie aus der Ruhe bringen könnte – musste einiges geschehen. Claude saß ihr gegenüber und schaute sie neugierig an. »Na«, flüsterte sie, »wie war denn die erste Begegnung mit unserem ice-cold Harry?«
»Alles wunderbar! Ich habe gleich viel zu tun und keine Frage gestellt«, lachte Celine.

Claude und Celine verstanden sich von der ersten Minute an. Claude hatte einen trockenen Humor und nahm das Leben nicht so ernst, genau wie Celine. Celine wollte einfach nur eine Abwechslung von Haus und Kindern. Claude allerdings war Single, wohnte in Brooklyn und arbeitete seit drei Jahren schon bei Lambert & Company. Groß Karriere machte sie hier nicht. Den Ehrgeiz hatte sie nicht. Außerdem wollte sie sich nicht zu Tode arbeiten; denn sie liebte ja auch ihre Freizeit. Ihr Arbeitstag begann um neun und endete um sechs. Aber da immer mehr zu tun war, wurde Celine zu Claudes Unterstützung eingestellt. Claude fand Celine sofort sympathisch. Ihre besonnene, angenehme Art beruhigte sie. Auch das Äußere von Celine war so fein, hatte nichts Simples, erinnerte sie irgendwie an eine weite Landschaft im hohen Norden.

Plötzlich trat Harry hastig aus seinem Büro und erklärte den Damen: »Habe jetzt ein wichtiges Meeting. Bitte legen Sie mir die Arbeiten auf meinen Schreibtisch.« Und schon war er verschwunden.
»Und Ihnen auch einen schönen Tag, Harry«, lachte Celine und schüttelte den Kopf. Auch Claude lachte. Dann machten sie sich an die Arbeit.

CELINE UND BILL

Celine kam schon am ersten Tag eine Stunde später als geplant nach Hause. Sie war trotzdem glücklich und zufrieden, einen anderen Tag erlebt zu haben, der sie aus der Welt der Kinder und des Haushalts in eine Welt der arbeitenden Bevölkerung hineinkatapultierte, mit ihren Erfolgen und Misserfolgen, und sie mittendrin! Jetzt freute sie sich diebisch auf ihre Kinder, nachdem sie die von Harry aufgetragene Arbeit ordnungsgemäß erledigt hatte.

Aye aye, Sir, stillgestanden, keine unnötigen Fragen, Abmarsch. Ja, das war Harry, Oberbefehlshaber der Marketing-Abteilung von Lambert & Company. Bei dem Gedanken musste sie lachen. Ein ernster Typ, dieser Harry. Er sah gut aus, das musste sie zugeben. Groß, breite Schultern, dunkle Haare – das Gegenteil von Bill. Allerdings: Das Gel in seinen Haaren fand sie affig! Er hatte kalte graue Augen, die sie an einen Eisbach erinnerten. Wenn sie den eigenen Blick trafen, drohte man, zu gefrieren.

Nun stand sie vor ihrem Apartmenthaus in Tribeca, klein aber fein und astronomisch teuer. Bill würde Jahre brauchen, den Kredit dafür abzuarbeiten. Auch die Villa in Boston war längst nicht schuldenfrei. Bill war Anwalt in Boston bei Grandman gewesen, einer sehr renommierten Anwaltskanzlei. Es gefiel ihm dort an sich sehr gut. Doch Grandman hatte ihm seit Jahren keine Partnership angeboten, worüber sich Bill regelmäßig bei Celine beklagte. Dann, nach zwei Jahren, hatte ihm Leverfield aus New York, eine Top-Kanzlei, angeboten, bei ihnen als Partner einzusteigen. Bill war begeistert und besprach das Angebot noch am selben Abend mit Celine, nachdem die Kinder im Bett waren.

Celine konnte ihr Glück kaum fassen. Ab nach New York, raus aus dem konservativen Boston in der stillen Hoffnung, selber dort irgendwann zu arbeiten. Sie ahnte, dass Bill nicht allzu begeistert sein würde, falls sie wieder mit einem Job anfinge, solange die Kinder noch so klein waren. Er hielt nichts von Nannys, die seine Kinder erziehen würden. Schon öfter hatte er von schlechten Erfahrungen aus seiner Kindheit erzählt. Seine Eltern waren beide voll berufstätig und so wurde er ständig neuen Kindermädchen ausgesetzt, die unterschiedliche Temperamente und Erziehungsmethoden an den Tag legten. Als Kind vermisste er ein gemütliches Zusammenleben der Familie und schwor sich, eine Frau zu heiraten, die zu Hause blieb und die Familie zusammenhielt. Das wollte sie damals auch, als sie Bill in einer Anwaltskanzlei kennenlernte, wo sie als Sekretärin arbeitete und sich in ihn verliebte.

Bill war aussehenstechnisch nicht gerade der Burner. Er war eher untersetzt, dicklich und nicht gerade eine Unterhaltungsbombe. Trotzdem verliebte sie sich in ihn; denn er hatte etwas Gutmütiges und Ruhiges in seinem Wesen und er handelte immer überlegt und gewissenhaft. Sie gingen aus. Er umgarnte sie und lud sie in die teuersten Restaurants in Boston ein. Jedes Wochenende fuhren sie in irgendeine tolle Stadt und übernachteten dort immer in den besten Hotels. Sie fühlte sich damals wie eine Prinzessin. Für sie war er einer der letzten Gentlemen, die noch existierten. Die meisten Männer waren modern eingestellt: Separate Rechnungen in Restaurants und Hotels. Alles wurde getrennt, nur das Bett geteilt. Bill gab ihr zum ersten Mal das Gefühl, eine Frau zu sein, die erobert werden musste. Immer wieder überraschte er sie mit kleinen Geschenken. Er wusste genau, was ihr gefiel, da er ein guter Zuhörer war. Auch im Restaurant kannte er genau ihre Geschmacksrichtungen. Er war einfach sehr aufmerksam, was man von den meisten Männern nicht sagen konnte. Im Bett war er eher konservativ. Es war solider Sex, nicht besonders aufregend zwar, aber auch nicht anstrengend. Im Großen und Ganzen war Bill der ideale Ehemann und Familienvater!

Schon nach ein paar Monaten machte Bill ihr einen Heiratsantrag und sie sagte ja. Ob es aus Langeweile war, konnte sie nicht so genau sagen. Ihr tägliches Leben, in einem Job zu arbeiten, der nicht besonders spannend war, ohne besondere Aufstiegschancen, bot keinerlei Veränderungen. Außerdem wollte sie Kinder. Sie war mittlerweile dreißig, und time is running out für Frauen ab dreißig. So dachte sie jedenfalls. Also kündigte sie ihren langweiligen Job als Sekretärin in einer Rechtsanwaltskanzlei und bekam zwei Kinder. Sie zogen in eine schöne Villa. Sie wurde Elternsprecherin im Kinder-Krabbelkurs und dekorierte das Haus mit schönen Dingen. Abends wartete sie auf Bill. Dann saßen sie gemütlich zusammen, aßen ihr leckeres Abendessen, er erzählte vom Leben da draußen und sie von ihren Alltagserlebnissen.

So hätte es eigentlich ein Leben lang weitergehen können, wenn Celine nicht Celine gewesen wäre. Es reichte ihr plötzlich nicht mehr. Sie liebte ihre Kinder über alles und auch ihren Bill. Doch im Alltag ging es immer wieder um das Gleiche, die gleichen Mütter oder Väter, die Kindergespräche, die Frauenabende. Sie sehnte sich nach einer Berufswelt mit Abenteuern, mit Problemen, die nichts mit Kindern, Krankheiten, oder dem Haushalt zu tun hatten. Der Wunsch wurde immer heftiger. Als sie dann von Bills Angebot hörte und dem damit verbundenen Umzug nach New York, schien das Licht auf Celine. Sie beschloss, sich überall in New York zu bewerben, und sich auch durchzusetzen. Und so war es dann auch gekommen.

»Bitte, Celine, hast du es dir auch wirklich gut überlegt«, fragte Bill stirnrunzelnd, als er mitbekam, dass Celine Bewerbungen schrieb.
»Ja, schon sehr lange habe ich daran gedacht und ich hoffe, ich bekomme positive Rückmeldungen«, erwiderte Celine ruhig.
»Aber du warst doch damals, als du noch gearbeitet hast, nicht zufrieden. Warum möchtest du denn dann jetzt wieder arbeiten?«, meinte Bill zweifelnd.

»Damals war ich in einer anderen Situation. Ich träumte von einer Familie. Aber nun will ich wieder arbeiten und übrigens sicher nicht in einer Anwaltskanzlei«, erklärte Celine.
»Süße, wenn du damals nicht dort gearbeitet hättest, hätten wir uns niemals kennengelernt«, unterbrach sie Bill trocken.

Celine stutzte und dachte: Ja, das ganze Leben ist eine Reihe von Zufällen. Ein Dominostein fällt und das ganze Leben rollt in eine Richtung.
»Ach, das will ich doch damit nicht sagen«, versuchte Celine zu erklären, »das war natürlich ein großes Glück. Aber ich möchte nun etwas verändern. Ich liebe euch. Doch ich brauche am Tag etwas, was nichts mit der Familie zu hat. Bitte verstehe mich doch! Meine Bewerbungen habe ich nur zu Marketingfirmen geschickt. Ich glaube, dort kreative junge Menschen mit Lebensspirit und Dynamik anzutreffen. Und ich hoffentlich mittendrin«, murmelte Celine.
»Meinst du nicht, dass du dir da viel zu große Illusionen machst? Du warst Sekretärin in einer Anwaltskanzlei. Keiner wird dich nach irgendwelchen Marketingstrategien fragen«, meinte Bill belustigt.
»Danke, Bill, lieb von dir, echt aufbauende Worte!«, erwiderte Celine gereizt, »ich werde sicher in einem Jahr zur Marketingchefin aufsteigen und in zwei Jahren die Titelseite vom Forbes-Magazin schmücken, als erfolgreichste Managerin des Jahres!« Celine lachte, inzwischen hatte sie ihren Humor wiedergefunden. Bill kam auf sie zu, umarmte und küsste sie.
»Darling, spätestens dann übernehme ich Kinder und Haushalt. Das verspreche ich!«

Dieses Gespräch hatte vor ein paar Monaten stattgefunden. Dann kam tatsächlich zu ihrer großen Überraschung und Freude das Angebot von Lambert & Company, dann die Aufnahme der Kinder im Elite-Kindergarten, dazu noch der Kauf des schicken Apartments in Tribeca. Es war fast unheimlich, wie schnell und perfekt alles funktionierte. Ohne es zu wissen hatte sie erneut einen Dominostein umgestoßen.

CELINE IM STRESS

»Celine, erstelle bis morgen bitte eine Liste aller vegetarischen Fast-Food-Ketten in den USA und deren Outlets«, befahl King Henry der Achte, der ja fast alle seiner Ehefrauen köpfen ließ.

»Meinen Sie nicht, dass die Zeit etwas knapp ist?«, wollte Celine fragen. Aber ihr Gefühl, als sie das todernste Gesicht ihres Chefs betrachtete, riet ihr, es besser zu lassen. Wusste Harry eigentlich, dass sie hier nur halbtags beschäftigt war? Und wenn, interessierte es ihn überhaupt? Eher nicht, nein, es interessierte ihn kein Stück.

Celine beobachtete fasziniert, wie er konzentriert seine Ziele verfolgte, ohne jemals über die Sorgen oder Probleme anderer nachzudenken. Eigentlich beneidenswert, dachte Celine, damit wird das Leben viel einfacher. Sie machte sich ständig Gedanken über die Menschen, die sie gerade eventuell vermissten. Nie war sie frei; denn sie spürte ständig Verantwortung oder hatte ein schlechtes Gewissen, irgendjemandem – ihrer Familie oder ihren Freunden – nicht gerecht zu werden. Harry dagegen hatte dieses Problem offensichtlich nicht: Er hatte das Privileg, sich gar nicht erst darüber Gedanken zu machen, jemanden zu vernachlässigen oder zu vermissen. Da war anscheinend niemand. Zumindest sah es danach aus. War das die Konsequenz fehlender Empathie, was zwar Freiheit bescherte, aber gleichzeitig auch Einsamkeit? Oder fühlten sich diese Menschen gar nicht allein, weil sie in ihren Aufgaben und Zielen so gefangen waren?

Celine spürte auf der einen Seite eine Sehnsucht, dieses Freiheitsgefühl wieder zurückzuerlangen. Aber der Weg war für immer versperrt; denn die Nabelschnur ihrer Kinder würde sich niemals lösen. Und hatte sie diese Freiheit vor ihrer Ehe nicht auch erlebt? Konnte sie mit dieser Unabhängigkeit wirklich so viel anfangen? Ja, eine Weile war es schön, zu tun und zu lassen, was man wollte. Von Blume zu

Blume fliegen war herrlich und berauschend, aber schließlich wurde man dessen überdrüssig. Die Flügel wurden schwerer und schwerer und die Sehnsucht, endlich die richtige Blume zu erwischen, immer größer. Dann war man endlich am Ziel gelandet und freudig wurde die Freiheit aufgegeben! Würde es einem Typen wie diesem Harry auch mal so gehen? Sie kannte ihn viel zu wenig, und es war sowieso schon sehr ungewöhnlich, wie viel sie über diesen Fremden nachdachte.

»Celine, ist noch irgendetwas unklar?«, fragte Harry, der es ja hasste, Fragen zu beantworten. Diese Celine war ihm ein Rätsel. Sie blieb immer ruhig und gelassen. Es war ihr keinerlei Nervosität oder Hektik anzumerken. Warum machte er sich überhaupt Gedanken über sie? Kam doch sonst nicht vor! Sein Typ war sie schon mal gar nicht. Rote Haare! Er stand auf blond. Aber dieses nordische Gesicht mit den hellgrünen Augen war ungewöhnlich, passte eigentlich gar nicht zu seinem Beuteschema und trotzdem faszinierte sie ihn auf irgendeine Weise. Zu blöd, Harry, konzentriere dich! Und schon war er wieder in seinem Metier.
»Ich werde versuchen, es bis morgen zu schaffen. Ansonsten gebe ich es an Claude weiter.«
»Es muss morgen fertig sein. Wir stehen ziemlich unter Zeitdruck. Die Konkurrenz schläft nicht. Umso schneller wir ein neues Konzept vorstellen, umso größer unsere Chancen, den Auftrag zu bekommen«, erklärte er Celine und starrte auf seinen Computerbildschirm, als ob sie gar nicht existierte. Ziemlich unhöflich, dachte sie, aber who cares. Er war nun mal ihr Chef. Ihm Benimmregeln beizubringen, war jetzt keine gute Idee. »Gut, Harry, brauchen Sie noch was?« fragte sie höflich. Keine Antwort, kein Zeichen von Harry. So drehte sie sich um und verschwand kopfschüttelnd aus seinem Büro.

Claude schaute sie freundlich und fragend an. »Na, du siehst ja richtig zufrieden aus! Keine Sorge, jeder, der bis jetzt bei Harry war, und er

ist ja noch gar nicht so lange dabei, schaut danach so aus.«
»Ja«, seufzte Celine, »er hat wirklich was Autistisches an sich. Aber vielleicht ist es ja auch nur Professionalität. Auf jeden Fall will er eine Liste von allen vegetarischen Fast-Food-Ketten und deren Outlets. Und das bis morgen! Claude, können wir uns das bitte aufteilen; ich muss um sechzehn Uhr gehen. Meine Nanny will dann nach Hause und die Kinder können nicht allein bleiben«, fragte Celine.
»Natürlich, no problem! Mache ich, auch wenn ich auch noch einiges zu erledigen habe. Er weiß doch, dass du hier nur halbtags arbeitest. Bestimmt hat er das wieder vergessen. Wir können froh sein, dass er zumindest unsere Namen kennt«, brummte Claude. »Ich mache dafür keine Mittagspause«, meinte Celine hoffnungsvoll, »damit schaffen wir es bestimmt.«

Dann wurde sie vom Klingeln ihres Handys unterbrochen. Der Kindergarten war am Telefon: »Hallo, Mrs. Leven, ihre Tochter Clara hat Fieber, sie muss bitte sofort abgeholt werden. Sonst steckt sie noch die anderen Kinder an.« »Mein Gott, heute Morgen war doch noch alles in Ordnung! Gut, ich komme, brauche aber dreißig Minuten«, erwiderte Celine rasch und legte auf. Claude, die alles mitgehört hatte, sah sie mitleidsvoll an: »Oh, Shit, da musst du hin. Kinder gehen vor. Das muss sogar der Eisblock verstehen.«
»Glaubst du wirklich?«, fragte Celine zweifelnd.
»Nein, glaube ich nicht«, meinte Claude, »der weiß nicht mal, was Kinder überhaupt sind. Der ist bestimmt schon als Erwachsener auf die Welt gekommen. Aber du, beeil dich jetzt und hol die Kleine ab! Ich halte hier die Stellung.« Dabei fuchtelte Claude mit ihren Armen Richtung Tür. »Danke, Claude, du bist ein Schatz!« Und schon sauste Celine davon. Zwanzig Minuten später klingelte das Telefon auf Celines Schreibtisch. Claude nahm den Hörer ab: »Celine, bitte kommen Sie noch mal in mein Büro.« Und schon hatte er aufgelegt, ehe Claude etwas sagen konnte.

Celine brachte ihre fünfjährige Tochter Clara ins Bett. Sie gab ihr einen fiebersenkenden Saft und machte ihr kalte Wadenwickel. Diese fand Clara abscheulich, aber sie war zu schwach, um sich zu wehren. Die Nanny würde erst in zwei Stunden kommen, aber Celine fiel es schwer, Clara mit ihr allein zu lassen. So beschloss sie von zu Hause zu arbeiten, musste aber vorher nochmal ins Büro. In ihrer Not rief sie Bill an, der gerade in einer Besprechung war. »Bill, tut mir leid, dass ich störe, aber Clara hat hohes Fieber. Könntest du so lieb sein, kurz auf sie aufzupassen, bis die Nanny kommt? Ich muss dringend nochmal zurück ins Büro, um einige Dateien runterzuladen.« »Liebes, bin gerade in einer Besprechung, aber ich versuche zu kommen«, stöhnte er und legte auf.

Celine hatte ein schlechtes Gewissen, ihn von seiner Arbeit abzuhalten, und gegenüber Clara, die ihre Mutter dringend brauchte. Sie dachte auch an Claude, die jetzt allein die Stellung halten musste. Mist, aber es war nicht zu ändern. Da musste sie jetzt durch. Vierzig Minuten später stand Bill vor der Tür, ziemlich abgehetzt und genervt: »Puh, ein Verkehr, habe leider wenig Zeit. Wann bist du zurück, und wie geht es Clara?« In seinem Blick konnte sie lesen: Nur weil dir langweilig ist und du diesen Job als Zeitvertreib brauchst, haben wir jetzt Ärger. Aber er sagte nichts. Sie gab ihm einen Kuss, und schon war sie aus der Tür.

Es waren mittlerweile drei Stunden vergangen, bevor Celine wieder im Büro eintraf. Claude saß komplett konzentriert bei der Arbeit, ohne Mittagessen, und war froh, endlich Celine zu erblicken. »Hey, schön, dass du kommst. Wie gehts Deiner Tochter? Hier gab es schon dicke Luft.« Und sie zeigte mit dem Finger auf Harrys Büro. »Kaum warst du weg, rief er an. Ich bin dann in sein Büro. Er begrüßte mich mit den Worten: Heißen Sie Celine? Bin nicht darauf eingegangen und erklärte ihm deine Situation«, erzählte Claude. Celine schaute sie fragend an: »Und? Was hat er dazu gesagt?« »Ich soll alles fertig machen, egal wie lange es dauert. Er braucht es bis morgen. Du sollst zu ihm kommen, wenn du wieder da bist«, erklärte Claude trocken. »Dem ist es egal, wenn ich hier die Nacht durcharbeite«, fügte sie trocken hinzu. »Mach dir keine Gedanken! Ich nehme mir die Arbeit nach Hause. Bis morgen ist alles fertig«, beruhigte Celine sie und ging zu Harrys Tür.

BEA UND GEOFFREY

Bea betrat Geoffreys Büro. Ihr Termin bei ihm war um elf Uhr. Sie hatte alle Ausbesserungen gestern noch fertig gemacht und war mit ihrer Arbeit ziemlich zufrieden. Mansfield & Strutton bewarb sich um den Auftrag, die Marketing- und Werbestrategie für eine neue vegetarische Fast-Food-Kette auszuarbeiten. Die Firma hatte ihren Sitz in San Francisco, wo Geoffrey übermorgen den wichtigen Präsentationstermin hatte. Ihr war noch eine geniale Idee eingefallen und sie war gespannt, was Geoffrey dazu sagen würde.

Bea war heute extra früher aufgestanden, um sich sorgfältig zu stylen. Ihre dunklen glatten Haare, die sie normalerweise nur zu einem Pferdeschwanz zurückband, waren schon sorgfältig auf Lockenwickler gedreht. Ihre braunen Augen schminkte sie äußerst genau und ihre Lippen lernten zum ersten Mal einen roten Lippenstift kennen. Den dunkelblauen Anzug tauschte sie diesmal gegen einen hellgrauen Hosenanzug, der zwar nicht mehr der neueste war, aber immerhin passte. Sie hatte sich fest vorgenommen, am Wochenende mit ihrer Mutter neue Sachen zu kaufen, da sie einsah, dass es auch zu einer Karriere gehörte, sich gut zu kleiden. Oder war es Geoffrey, den sie beeindrucken wollte? Zuletzt rollte sie die Lockenwickler aus ihren Haaren und betrachtete sich im Spiegel. Ok, sieht schon toll aus, aber diese Schminkarbeit morgens noch vor ihrem Job! Nein, sie hatte definitiv keine Zeit und Lust, das jeden Tag zu machen.

Geoffrey begrüßte sie höflich: »Kommen Sie rein, Bea. Setzen Sie sich doch! Ich bin schon gespannt auf Ihre Verbesserungen.« Irgendwie sieht sie verändert aus, bemerkte Geoffrey intuitiv und schaute Bea ernst an. Bea nahm den Laptop aus ihrer Tasche und präsentierte ihre Ausarbeitung. Geoffrey wirkte überarbeitet, aber vielleicht bildete sie sich das auch nur ein. Sie jedenfalls war hellwach, trotz des späten

Abends bei ihren Eltern, hochkonzentriert und gespannt, was er wohl zu ihren Ideen sagen würde.

»Also, ich habe viel über den Namen der neuen vegetarischen Fast-Food-Chain nachgedacht. Sally hatte ja den Vorschlag gemacht, sie Dreamy Vegetarian zu nennen. Das ist auch ein fantastischer Name, aber ich finde ihn etwas konservativ.« »Wie meinen Sie das?«, fragte Geoffrey erstaunt und schaute sie nun gar nicht mehr so ernst an. »Sehen Sie es mal so: Wer ist denn überhaupt Vegetarier?«, antworte Bea intensiv. Sie war schon ganz in die Materie eingetaucht. »Ich meine, sind es die Menschen ab vierzig? Nein, ich denke nicht. Es sind junge Menschen, sei es ideologisch, sei es geschmacklich, sei es modern. Die wollen diesen Weg gehen und streben ein neues Zeitalter an. Und sie sind die Zukunft. Ich denke, der perfekte Name für eine moderne Fast-Food-Kette ist deshalb nicht Dreamy Vegetarian. Er muss hipper sein.« »Finden Sie?« fragte Geoffrey beeindruckt und dachte, diese Bea aus dem dritten Stock ist wirklich erstaunlich. Schon beim Kosmetik-Projekt fiel sie ihm mit ihren innovativen Ideen auf und jetzt wieder. »Die jungen Menschen«, ereiferte sich Bea, »wollen einen coolen Namen, so wie zum Beispiel Instagram.« »Und an was haben Sie da gedacht?« fragte Geoffrey nun gespannt. Bea warf ihm einen flammenden Blick aus ihren braunen Rehaugen zu und sprudelte begeisternd heraus: »VeggieGram! Es bezieht sich auf vegetarisch und wird mit Instagram assoziiert – schick und modern!«

Geoffrey war erstaunt und begeistert zugleich, aber morgen musste er mit seiner Projektleiterin Sally nach San Francisco fliegen, und die hatte das Konzept schon komplett ausgearbeitet. Im Gegensatz zu Bea war sie aber nicht speziell auf die Zielgruppe der jungen Menschen eingegangen. Das brachte ihn etwas aus der Ruhe. Er ahnte, dass Beas Konzept das bessere von den beiden war, oder zumindest konnte er sich eine Kombi vorstellen. »Bea, wenn Sie dies vor einer Woche vorgeschlagen hätten und es damit auch schon besser ausgearbeitet wäre

– mit Charts, ersten Test-Panel-Resultaten, etc., könnte ich das morgen mitnehmen und vorstellen. Aber jetzt ist es zu spät, fürchte ich.«
»Das verstehe ich aber eigentlich nicht«, meinte Bea eifrig, »ich würde einfach beide Konzepte präsentieren. Was gibt es zu verlieren? Wir haben heute noch einen Tag, um die Charts anzufertigen, und wenn ich die ganze Nacht durchmache. Perfekt wird es nicht, aber es wird reichen, den Kunden zu begeistern. Glauben Sie mir!« Sie war in ihrem Element und bekam dabei eine reizende Rötung auf ihren hohen Wangenknochen.

Geoffrey schmunzelte innerlich. Wenn sie nicht meine Angestellte wäre, würde ich sie zum Essen einladen. Geoffrey lebte in der Upper East Side in einem schicken Townhouse. Er war Witwer. Seine Frau war kurz nach der Geburt seiner Tochter an einer Blutvergiftung gestorben. Es folgten die schmerzlichsten Jahre seines Lebens. Wenn seine kleine Tochter und seine Arbeit nicht gewesen wären ... Er wusste nicht, was er getan hätte. Seit sechs Jahren lebte er mit Sabrina, seiner Tochter, und seiner Haushälterin zusammen. Das war sein Leben! Mit keiner Frau wollte er sich wieder einlassen, obwohl es viele Gelegenheiten gab; denn er war ein begehrter Junggeselle. »Geoffrey, wir schaffen das. Glauben Sie mir«, wiederholte Bea. »Ok, einen Versuch ist es wert. Machen Sie sich dran, aber bitte weihen Sie Sally im Moment nicht ein. Ich habe jetzt keine Lust auf weitere Aufregungen.« Bea strahlte ihn an und meinte: »Geoffrey, einfach great! Ich bin schon weg«, und sie verließ das Büro mit einem zarten Duft aus Zitrone und Mandeln.

CELINE UND HARRY

Celine klopfte an die Tür und trat ein. Harry war am Telefon. Er saß mit dem Rücken zur Tür auf seinem schwarzen Ledersessel, die Füße auf dem Tisch, und telefonierte laut. Celine stand da – von ihm keine Reaktion. Sollte sie wieder gehen und später wiederkommen?, schoss es ihr durch den Kopf. Aber irgendwie konnte sie sich nicht dazu entschließen. Ihre Füße wollten sich nicht bewegen. Harry telefonierte weiter, ohne sie zu bemerken: »Nein, Brad, keine Sorgen, wir machen diese Transaktion. Come on, was glaubst du denn. Von mir erfährt es bestimmt niemand. Lass uns morgen nochmal telefonieren. Bis morgen! Und: Mach dir keine Sorgen.« Dann legte er auf. Stille im Raum, absolute Stille. Harry starrte für eine Ewigkeit aus dem Fenster und betrachte die Skyline des Financial District in Lower Manhattan.

Celine spürte, dass sie möglicherweise ungelegen hereingekommen war. Aber jetzt war es zu spät. Sie stand einfach da und wartete auf seine Reaktion. Harry aber rührte sich nicht, er war in Gedanken vertieft und offensichtlich gerade in anderen Sphären. Ok, dachte Celine, besser schnell raus hier, aber möglichst leise wie eine Maus. Dann drehte sie sich vorsichtig um und schlich zurück. Als sie schon den Türgriff berührte, plötzlich: »Hallo Celine, hatte Sie gar nicht gehört. Wollten Sie gerade gehen oder reinkommen?« Celine zuckte innerlich zusammen. Dann drehte sie sich langsam zu ihm um. Seine grauen kalten Augen betrachteten sie, fixierten sie. Doch Celine hielt seinem Blick stand. Ihr Herz klopfte etwas schneller. Ob wegen der ungewöhnlichen Situation oder der Person Harry, konnte sie nicht sagen. Celine war nicht der Typ, der in Panik geriet, eher der Typ, der erst die Situation analysierte und dann entschied was zu tun war.

»Sie wollten mich sprechen, wenn ich wieder da bin, und hier bin ich.«
»Gut«, meinte Harry. Er wirkte etwas zerstreut und nachdenklich.

»Celine, Sie waren plötzlich weg, aber die Policy der Firma ist, dass Sie sich bei mir persönlich abmelden müssen und nicht einfach eigenmächtig entscheiden dürfen, wann Sie die Firma verlassen, aus welchen Gründen auch immer.« Celine schaute ihn mit funkelnden Augen an und bemerkte kühl: »Die Gründe, warum ich so schnell gehen musste, interessieren Sie doch sowieso nicht.« Ihre Augen blitzten.

Wow, dachte Harry verwundert, diese Celine kann ganz schön kratzbürstig werden. Harry kannte bei seinen Mitarbeitern keinen Widerspruch. Umso mehr verwunderte ihn Celine. Mut hat diese Frau, dachte er und erwiderte ziemlich arrogant: »Mrs. Leven, wenn ich mir für alle Probleme meiner Mitarbeiter Zeit nehmen würde, könnte ich meinen Job gleich an den Nagel hängen.« Er schaute sie provokativ an. Celine dachte erschrocken: Mein Gott, mit wem habe ich es hier eigentlich zu tun. Dann erwiderte sie etwas aufgebracht: »Was für eine Welt wäre das, wenn sich jeder nur noch um seine Arbeit kümmert, ohne Interesse, ohne Hilfsbereitschaft oder Verständnis für die Probleme anderer Leute. Es wäre auf jeden Fall keine mitfühlende Welt.« Harry lächelte zynisch. »Ich brauche diese humane Welt nicht. Sie behindert das Weiterkommen eines erfolgreichen Menschen, der Arbeitsplätze, Wohlstand und Zufriedenheit erzeugt, und damit erst die Voraussetzung für die sogenannte ›Menschlichkeit‹. Die anderen, und davon gibt es genügend, können sich mit den Problemen und Sorgen vom Rest der Menschheit beschäftigen, während Leute wie ich die Grundlagen dafür schaffen.«

Celine schwieg. Sie verspürte plötzlich Mitleid mit Harry. Er war ein Verirrter, einer, der nie Liebe erfahren hatte, der gar nicht in der Lage war zu lieben. Verhaftet in einer kalten Welt, wo nur Geld und Macht existieren. Gruselig! Ein Mann, der nicht viel zu lachen hat, der sein Leben versäumt, da er die Leichtigkeit des Seins nicht versteht, den Duft der Liebe nicht riechen kann und gefangen ist im falschen Sinn des Seins. Im nächsten Moment verspürte sie eine unglaubliche Sehnsucht nach ihrer Familie. Es wurde ihr unendlich warm ums Herz. Zugleich begriff sie, dass jegliche Diskussion mit diesem Menschen, der aus einer anderen Welt zu kommen schien, sinnlos war.

»Harry, ich muss Sie bitten, dass ich jetzt nach Hause gehen kann. Mein Kind ist sehr krank, aber ich werde bis morgen alles fertig haben. Außerdem muss ich die nächsten Tage von zu Hause aus arbeiten, bis meine Kleine wieder in den Kindergarten gehen kann. Ist das in Ordnung für Sie?«, fragte sie sanft. Ein paar Sekunden lang schaute Harry sie schweigend an. Er spürte ein spontanes Unwohlsein, konnte sich aber nicht erklären, ob es an der Frage von Celine lag, oder an ihrem weichen Blick. »Gut, machen Sie das! Ich werde Ihnen mitteilen, was in den nächsten Tagen zu tun ist«, erklärte er streng und abweisend, ohne sie noch eines Blickes zu würdigen. »Danke und noch einen schönen Abend«, sagte Celine, drehte sich um und schloss die Tür. Er blieb allein zurück, ein einsamer Wolf, von dem man in der Nacht nur sein Heulen vernimmt.

SALLY IM SCHOCK

Sally sauste um einundzwanzig Uhr aus dem Büro und ließ die arme Jil allein zurück, an die sie allerdings schon im Fahrstuhl keinen Gedanken mehr verschwendete. Jetzt schnell nach Hause, ein leichtes Abendessen, vorher noch ein heißes Bad, dann mit einer Rosenmaske von Sisley ins Bett. Morgen lag ein langer Tag vor ihr, alles musste vorbereitet werden für die gemeinsame Reise mit Geoffrey nach San Francisco. Sie sah sich schon zusammen mit ihm in einem Hotelzimmer und malte sich aus, was für ein leidenschaftlicher Liebhaber er wohl sei. Gut gelaunt stieg sie aus dem Taxi, das sie vor ihrem schicken Apartment in Soho abgesetzt hatte.

Der Doorman Lawrence öffnete ihr die Tür und wünschte einen schönen Abend. Sally nickte diesmal nur; denn sie wollte so schnell wie möglich nach oben in ihr Apartment, um zu relaxen und in ihre Badewanne zu steigen. Sie brauchte dringend ein Körperpeeling, damit ihre Haut weich und rosig war – für San Francisco und vor allem für Geoffrey. Die Krönung danach: eine reichhaltige, sündhaft teure Bodylotion von La Mer und ein wunderbarer Rooibos Tee. Wenige Minuten später wurde ihr Traum Realität und sie lag in der Badewanne. Im Hintergrund spielte Roberta Flack »Feel like Making Love« und der Duft ihrer Rosenmaske hüllte sie in einen Dämmerschlaf.

Kurz vor dem Nirvana riss sie das laute Klingeln ihres Haustelefons in die Wirklichkeit zurück. Nein, das musste sie sich eingebildet haben. Lawrence hatte strikte Anweisungen, sie niemals nach der Arbeit zu stören, außer wenn das Gebäude Feuer gefangen hätte. Doch das Klingeln des Haustelefons tönte weiterhin intensiv. Wütend stürmte sie aus der Badewanne, griff sich ihren Bademantel und lief mit nassen Füßen über ihren wunderschönen antiken Holzboden, um den Störenfried zu stellen: »Lawrence, ich möchte jetzt absolut nicht gestört werden. Das wissen Sie doch, dass ich nach einem so langen Arbeitstag meine Ruhe brauche«, schrie sie schrill ins Telefon. »Miss Krüger, ich bitte tausendmal um Entschuldigung, aber hier steht eine Dame, die sie dringend sprechen möchte.« »Um diese Zeit kann mich niemand sprechen, auch wenn es Melania Trump wäre«, erwiderte Sally schroff. »Miss Krüger, die Dame behauptet, sie sei Ihre Mutter, und wünscht, Sie dringend zu sprechen«, beharrte Lawrence. »Wer, bitte ... Meine Mutter ... Das kann doch nicht wahr sein«, flüsterte Sally zitternd.

Ihre Eltern wohnten in Deutschland, immer noch in diesem hässlichen Ort Spandau. Sie sah ihre Eltern jedes Jahr zu Thanksgiving, aber selten während des Jahres. Ihre Mutter verließ Berlin eigentlich nie. Sie hasste Reisen, vor allem Fliegen. Es konnte sich da unten nur um eine Verrückte handeln. Doch plötzlich ertönte in der Leitung die Stimme ihrer Mutter: »Sally, ich bin es. Ich muss dich dringend sprechen. Ich brauche deine Hilfe.« Fast wäre Sally der Hörer aus der Hand gefallen. Sie war der Ohnmacht nahe und die Rosenmaske in ihrem Gesicht fing an zu bröckeln. »Miss Krüger, tut mir leid«, ertönte wieder Lawrences Stimme, »aber die Dame hat mir das Telefon aus der Hand gerissen.« »Schon gut«, krächzte Sally, »bitte lassen Sie sie nach oben.« Dann rutschte ihr der Hörer auf die Gabel und im nächsten Moment klingelte es an der Tür.

Steif gefroren, mit Füßen aus Eis und mittlerweile vertrockneter Maske im Gesicht öffnete Sally zitternd die Apartmenttür. Entgeistert und sprachlos blickten Sally und ihre Mutter einander an. Wäre jetzt eine Stecknadel auf den Boden gefallen, man hätte sie hören können. »Mama!« Sally hatte ihre Sprache wiedergefunden. »Was machst du hier?« »Kann ich bitte erst mal reinkommen?«, fragte ihre Mutter zögernd. »Ja, entschuldige«, und die blaugefrorene Sally wich von der Tür, während ihre Mutter eintrat. »Sally, bitte, starre mich nicht so an, als wäre ich ein Geist. Du solltest dir was überziehen. Du siehst durchgefroren aus. Und was klebt da in deinem Gesicht?« Plötzlich fühlte sich Sally wieder wie ein kleines Kind, das die Anweisungen ihrer Mutter befolgte. »Ja, Mama, mach es dir gemütlich. Ich brauche ein paar Minuten«, und dann verschwand sie völlig konsterniert im Badezimmer.

JANE UND DIE ÜBERRASCHUNG

Jane wachte heute Morgen in ihrem wunderschönen Schlafzimmer auf. Die Sonne schien durch die großen Fenster herein. Robert trat an ihr Bett, frisch geduscht nach dem Joggen mit Buddy und schon angezogen. Er trug einen dunkelgrauen Kaschmir-Rollkragenpullover und eine feine Flanellhose. Sie hatte das alles in ihrem Lieblingsladen bei Bernard in der 5th Avenue gekauft. Nun stand er da wie ein frisch gebackenes Brötchen und gab ihr einen Kuss mit den Worten: »Guten Morgen, meine schöne Frau, ich habe eine Überraschung für dich.« Jane starrte ihn neugierig an mit dem Blick eines suchenden Leoparden. Sie erhob sich fragend aus dem Bett. »Was ist es? Hoffentlich gefällt es mir; denn das kann man ja nie so genau wissen bei dir ...«

Das letzte Mal war es eine Oldtimer-Rallye gewesen, bei der sie als Beifahrerin stundenlang neben ihm sitzen sollte, mit äußerst eingeschränkter Beinfreiheit. Langes Fahren hasste sie im Auto sowieso, und wenn, dann nahm sie meistens die Liegeposition ein. Davon konnte man in einem Oldtimer nur träumen! Nicht, dass sie Oldtimer nicht mochte. Sie fand sie stylisch und ultraschick. Sie hatte auch nichts dagegen, ab und zu mit Robert in einem seiner alten Jaguare oder Mercedesse in der Upper East Side herumzukurven und die Blicke der New Yorker zu genießen. Das kam allerdings nur bei traumhaftem Wetter infrage und auch nur für sehr kurze Dauer. Aber stundenlange Fahrerei in einer Rallye interessierte sie absolut gar nicht. Jetzt war sie sehr gespannt, aber doch misstrauisch, was diesmal die Überraschung sein würde.

»Also sag, Robert, was ist es«, wiederholte Jane. »Darling, hör zu, es geht diesmal um eine Rallye durch ganz Colorado. Tolle Bergpässe! Vier ganze Tage! Jeder Tag ungefähr vierhundert Meilen mit irrem Ausblick! Ist das nicht großartig?«, rief Robert begeistert und versuchte dabei sein Lachen zu unterdrücken. Jane schaute ihn entsetzt an und wollte schon losschreien. Doch da brach es aus Robert heraus: »Nein, nein, Jane, ich konnte es nicht lassen, dich etwas hochzunehmen. Ich kenne dich und habe längst begriffen, dass Rallyes für dich nichts sind.« Janes erleichtertes Gesicht hätte man filmen können, dachte Robert belustigt. »Ach, Robert«, sagte Jane verzweifelt, »jetzt spann mich nicht weiter auf die Folter, und das so früh am Morgen.« »Süße, was hältst du davon, wenn wir uns ein Oldtimer-Segelschiff kaufen, und du veranstaltest auf diesem Boot eine kleine Party. Danach unternehmen wir eine wunderschöne Segelreise mit einer Crew. Ich verspreche dir, dass alles ganz luxuriös sein wird und du dich jederzeit in eine sehr großzügige wunderschöne Schlafkajüte zurückziehen kannst.«

Janes Mund blieb offen stehen, sie hatte nichts gegen Segelschiffe und für ein paar Stunden war mal Segeln ja auch ganz nett. Aber gleich ein Boot kaufen, wo doch schon die gesamten Garagen mit Oldtimern gefüllt waren? Es war eine Überraschung, aber eine dumme Überraschung! Sie wusste, dass Robert diese Leidenschaft pflegte. Deshalb bekam er von ihr immer mal wieder ein Album mit den schönsten Segelschiffen der Welt geschenkt. Aber das sollte doch wohl reichen. Sie sah sich absolut nicht als Frau eines Kapitäns. Wie konnte sie ihn nur davon abbringen?

»Meinst du nicht, Robert, dass das sehr viel Zeit in Anspruch nimmt, die du gar nicht hast? Dann müsstest du deine Oldtimer in der Garage verkaufen, um dich ganz auf das Segeln zu konzentrieren. Außerdem bist du ja auch noch berufstätig und ich habe auch Leidenschaften, die ich gerne mit dir zusammen erleben möchte.« »Ja, Jane, ich weiß«, sprach Robert zaghaft, »aber ich möchte mir zumindest einmal dieses Schiff anschauen, das ich online gesehen habe. Es sieht fantastisch aus. Das könnten wir doch zumindest mit einer kleinen Reise verbinden. Was meinst du?«, fragte er Jane, die jetzt endgültig hellwach war.

»Wo liegt denn dieses Schiff?« »Es liegt in dem kleinen Ort Bath in Maine in einer exklusiven Werkstatt, die nur Luxus-Oldtimerschiffe renoviert. Mit dem Auto ist es gar nicht so weit. Ich verspreche dir, wir nehmen das bequemste Auto von allen und gehen dort nur in die schönsten kleinen Hotels. Was meinst du?«, fragte er zärtlich. Jane sah seine glänzenden Augen. In diesem Moment sah er wie ein kleiner Junge aus, der vor einem Tannenbaum steht und seine Geschenke betrachtet. Sie wollte ihm den Spaß nicht verderben. Deshalb freute sie sich mit ihm. Aber er musste ihr versprechen, dieses Boot nur anzuschauen und nicht zu kaufen. »Jane, du weißt gar nicht, wie sehr ich dich liebe, und die nächste Reise, die bestimmst du, egal wo es hingeht.« Er küsste sie leidenschaftlich.

»Robert, ich hab jetzt keine Zeit mehr. Stell dir vor, Bea hat mich heute ganz in der Früh angerufen. Ich war noch im Tiefschlaf. Die Fleißige war schon wieder in der Firma. ‚Mama, du musst mir ein Gefallen tun. Ich muss morgen nach San Francisco fliegen und habe dort ein ganz wichtiges Meeting. Dazu brauche ich deine Hilfe', hat sie gesagt. Weißt du, Robert, wenn das Kind, egal wie alt es ist, um Hilfe ruft, schlägt das Herz jeder Mutter schneller als der Wind!« »Das weiß ich, besonders aber bei dir.« Robert strahlte, streichelte ihre Wange und verschwand dann in sein Musikstudio.

Jane dachte an ihr Telefonat mit Bea, der sie natürlich freudig ihre Hilfe angeboten hatte. »Ja, Liebling, was soll ich denn machen, wie kann ich dir helfen?« »Mama, ich habe nur ein paar Stunden Zeit. Wir müssten uns in New York treffen. Ich brauche zwei Outfits und eine neue Frisur. Kannst du das bitte für mich organisieren?«, sprach Bea aufgeregt ins Telefon. »Kind, ehrlich, das ist die leichteste Übung für mich. Ich schicke dir eine SMS, wo wir uns treffen werden. Hoffentlich hast du dann auch noch Zeit für einen schnellen Lunch.« Keine Antwort, Bea war schon nicht mehr am Telefon.

Punkt zehn Uhr dreißig fuhr Jane in ihrem schicken Porsche Richtung City. Alles war perfekt organisiert. Bernard, ihr Lieblingsladen, der alle Designer für Mann wie Frau vertrat, wartete schon mit Champagner auf sie und Bea und nach einem hartnäckigen Telefonat mit ihrem Star-Friseur Jacó, der in die Knie gehen musste, wenn Jane sich etwas in den Kopf setzte, verzichtete er auf seine Mittagspause, um Bea um dreizehn Uhr eine neue Friseur zu verpassen. Dann, falls dafür noch Zeit blieb, Lunch im schicken Charly. Jane war äußerst stolz auf sich und freute sich, dass Bea sie um Hilfe gebeten hatte und sich damit eine seltene Gelegenheit auftat, etwas Gemeinsames zu unternehmen.

So fuhr sie bei Bernard vor und gab ihren Schlüssel an einen dieser feschen Boys ab, die dort das Valet Parking übernahmen. »Hi, Miss Bancroft, Bernard erwartet sie schon«, sprach charmant Greg, der ihren Schlüssel entgegennahm. »Danke, wie sweet von dir!«, flötete Jane und rauschte an ihm vorbei, mit ihrem hochgeschlossenen, schwarz- und rotgetupften Seidenmini und ihren roten Overknee-Wildlederstiefeln im Jaguar-Look. Ihre dicken schwarzen Haare hatte sie lässig zusammengesteckt. Dazu trug sie eine dunkelgrüne Schlangenledertasche von Gucci.

»Darling, was für eine Freude, dich zu sehen, und wie du wieder aussiehst! Habe dir doch gesagt, dass du das Gucci-Täschchen unbedingt haben musst. Du bist für sowas genau der Typ.« Mit theatralisch ausgestreckten Armen kam Bernard freudig auf sie zu, küsste sie links und rechts auf die Wange und strahlte sie an. »Ja, Bernard, ich schätze deinen Rat sehr. Aber heute musst du meiner Tochter helfen. Du wirst sehen, sie ist ein ganz anderer Typ als ich.« Dabei streichelte Jane ihre grüne Schlangenledertasche, als ob die arme Schlange noch am Leben wäre. »Das ist mir doch die größte Freude, Darling!« Bernard lachte charmant. »Möchtest du ein Gläschen Champagner zur Einstimmung?« »Ach, es ist ja schon zwölf Uhr. Was gibt es Besseres als den Tag mit einem guten Glas Champagner zu beginnen?« lachte Jane.

Jane schaute sich um. Sie war in ihrem Element wie ein Fisch im Wasser. Eh sie sich versah, hatte sie das Glas in der einen Hand und strich mit der anderen zärtlich über die neuesten Kaschmir-Kostüme, die sich anfühlten wie reine Seide. Endlich zu Hause, dachte Jane und trank genüsslich ein Schlückchen des köstlichen Rosé-Champagners.

WEEKEND TWO

SALLY UND BERLIN

Sally saß mit Geoffrey in der Business-Class und konnte ihr Glück kaum fassen. Dass sie es tatsächlich geschafft hat, nachdem, was in den letzten stressigen zwei Tagen geschehen war. Rachel, ihre Mutter, war tatsächlich den ganzen weiten Weg aus Berlin zu ihr nach New York geflogen und unangekündigt am späten Abend vor ihrer Haustür gestanden. Sally machte ihr die Türe im Bademantel auf und verfiel in eine Schockstarre. Die Mutter wartete im Wohnzimmer, während Sally sich einen warmen Jogginganzug überzog. Als Sally das Wohnzimmer betrat, hatte Rachel schon zwei Tassen heißen Tee vorbereitet. Sally betrachtete ihre Mutter, die sie mindestens ein halbes Jahr nicht gesehen hatte. Sie sah sehr erschöpft aus, mit dunklen Augenrändern und einer blassen Gesichtsfarbe. Sally spürte einen Stich im Herz, als sie das bemerkte. Trotzdem war sie wütend auf ihre Mutter, dass sie einfach so hereingeschneit war, ohne sich anzumelden.

»Mama, was um Himmels willen machst du hier? Und warum hast du mich nicht vorher angerufen? Was ist überhaupt passiert?« fragte Sally ihre Mutter etwas gereizt. »Kind, das kann ich dir erklären. Setz dich bitte und lass uns in Ruhe reden! Dein Vater ist seit zwei Wochen verschwunden. Er hat mir nur einen Brief hinterlassen, in dem stand: ‚Liebe Rachel! Muss für eine Zeit lang weg. Bitte suche mich nicht! Melde mich bald bei dir, liebe dich, dein Frank.' Sally, als ich das las, war ich fix und fertig. Ich wollte dich gleich anrufen. Aber dann dachte ich, du hast sowieso schon so viel um die Ohren. Ich musste das alleine lösen. Und ich hoffte, dass Frank sich bald melden würde, um die Sache aufzuklären. Die Tage vergingen. Kein Anruf, kein Zeichen von ihm. Dann klingelte es an der Haustür und mich traf der Schlag! Da standen die Gerichtsvollzieher. Es stellt sich heraus, dass Frank seit Monaten die Miete nicht mehr bezahlt und alle Einschreiben abgefangen hat. So stand ich von heute auf morgen auf der Straße. Mit meinen letzten Ersparnissen habe ich es noch zu dir geschafft.«

»Mama, das ist doch nicht dein Ernst!«, schrie Sally entsetzt. »Warum hat er das gemacht? Er hat doch Geld verdient. Er arbeitet doch bei der Behörde für Wohnungsbau. Da bezieht man doch ein geregeltes Einkommen.« »Ich habe mich schon gewundert, als Frank uns plötzlich einen neuen Wagen kaufte und mir schöne Sachen schenkte. Ich fragte ihn, woher er das Geld denn hatte, und er behauptete, er hätte einen Gehaltsbonus erhalten. Und dann kam heraus, dass er fristlos gekündigt wurde. Sein Chef rief mich an und erzählte mir, dass Frank Bestechungsgelder angenommen und dafür Baurechte vergeben hat.« Mit dem letzten Satz fing ihre Mutter an zu weinen. Sally konnte die Geschichte kaum glauben. Jetzt wurde ihr wieder kalt, diesmal aus Angst vor der Verantwortung für ihre Mutter. Ihr Vater ein Betrüger! Ihre Mutter ohne Mann und Geld, ohne Existenz! Und sie selbst war voll und ganz mit ihrer Karriere beschäftigt. Da hatte sie absolut keine Zeit für diesen Shit!

Ihr Kopf ratterte. Eine Lösung musste her – und zwar schnell! Sally war der Typ Mensch, der jedes Problem sofort eliminieren wollte. Aber in dieser Sache gab es keine schnelle Lösung. Dennoch, auch das werde ich hinbekommen, dachte Sally. Sie war schon ihr ganzes Leben eine Kämpferin gewesen. »Mama, alles wird gut«, mit diesen Worten umarmte sie ihre Mutter. »Du bleibst jetzt zunächst hier und wir bekommen diese Sache gelöst! Ich brauche nur Zeit zum Nachdenken. Du packst jetzt erstmal aus und wir reden in den nächsten Tagen. Leider muss ich am Freitag nach San Francisco fliegen. Ich hoffe, du findest dich hier zurecht.« Rachel schnäuzte ihre Nase, schaute dankend ihre Tochter an: »Ach, das ist das geringste Problem, mich hier allein zu beschäftigen.« Dabei gähnte sie. »Du hast Recht. Ich bin ehrlich gesagt todmüde. Wir gehen jetzt schlafen und reden morgen weiter.« Sally zeigte ihrer Mutter das kleine Gästezimmer, wo sie nun eine gewisse Zeit schlafen würde. Etwas sorgenvoll beschäftigte sie die Frage, wann ihre Mutter wohl wieder zurück nach Deutschland ziehen würde?

Deutschland, Berlin, schon lange hatte sie nicht mehr an ihre Heimat gedacht, an Spandau, wo sie bei ihren Eltern aufgewachsen war. Dort ging sie zur Schule, mit weiteren fünfunddreißig Kindern in einer Klasse. Viele Freunde hatte sie eher nicht. Sie hasste es, sich unterzuordnen. Soziales Engagement war ihr ein Gräuel. Sie konnte nur kopfschüttelnd zusehen, wenn sich ihre Klassenkameraden darum schlugen, Klassensprecher zu werden. Sich für die Gemeinschaft einzusetzen, war für sie eine reine Verschwendung von Energie, die man doch viel sinnvoller woanders investieren konnte, nämlich in sich selbst. Auch Klassenfahrten konnte sie nicht ausstehen. Ständig wurden ihr dort irgendwelche sozialen Aufgaben aufoktroyiert: gegenseitig bei den Hausarbeiten helfen, gemeinsam abwaschen, zusammen wandern und dabei in der Gruppe singen.

Sally war Einzelkind. Sie musste zu Hause nicht teilen, nicht helfen, nicht viel Rücksicht nehmen. Ihre Mutter tat alles, damit Sally Zeit für sinnvolle Aufgaben hatte, um es zu etwas zu bringen, und nicht wie sie selbst als Hausfrau in Berlin zu enden. Ihre Mutter war Amerikanerin und hatte sich in einen deutschen Austauschschüler, Sallys Vater, verliebt, kam dann nicht mehr von ihm los und zog nach Berlin, wo nicht viel später Sally geboren wurde. Ob es ihre Mutter je bereut hatte, wusste Sally nicht. Doch Mama träumte des Öfteren davon, wieder in Amerika zu leben. Sie erzählte jedenfalls sehr oft Geschichten von ihrer Heimat, und in Sallys Herz wuchs von Jahr zu Jahr der Wunsch, irgendwann nach Amerika auszuwandern.

Schon als Dreizehnjährige verschlang sie Bücher über New York. Diese Stadt zog sie geradezu magisch an. Sie war fest überzeugt, wenn man es in dieser Stadt schaffte, dann war man am Gipfel des Berges angekommen. Stattdessen aber hockte sie in Spandau in einer Dreizimmerwohnung und jeder Cent wurde mehrfach umgedreht. Ihr Gymnasium, ein tristes Gebäude aus dem neunzehnten Jahrhundert, war soweit in Ordnung, doch sie vermisste dort den Spirit, die Ambition, ein Ticket für den Eingang nach ganz oben zu ergattern. Das spürte sie dort ganz und gar nicht. Es ging eigentlich nur ums Durchkommen und nicht wirklich um Leistung. Mit Verachtung betrachtete sie die Loser, die mit irgendwelchen Tricks versuchten, ihre Prüfungen zu bestehen, während sie alles ohne großen Aufwand mit Bestleistungen meisterte. Dabei verlor sie nie ihr Ziel aus den Augen, an ein Top-College in Amerika zu gelangen. Fast fanatisch las sie schon mit gerade mal sechzehn Jahren Bewerbungsunterlagen von Eliteuniversitäten. Ihre Eltern schüttelten den Kopf und schauten sie manchmal etwas verwundert und verstohlen an.

Sie hatte eine Freundin namens Greta Berger, die schüchtern, anhänglich, naiv und nicht besonders intelligent war. Greta himmelte Sally an; denn Sally hatte alles, was Greta nicht hatte: Schönheit, Klugheit, Schlagfertigkeit und eine Menge Gerissenheit. Sie wurde die Sklavin von Sally und erledigte alles, was Sally wünschte.

Für Männer interessierte sich Sally wenig. In ihren Augen stellten die meisten von ihnen nichts dar und waren eher ein Hindernis auf dem Weg nach oben. Eines Tages präsentierte ihr Greta frisch verliebt einen soliden, einfach gestrickten Jungen namens Karl. Sie hatte nun weniger Zeit für Sally. Ihre Freizeit verbrachte sie mit Karl. Sally verlor darüber kein Wort, doch es missfiel ihr, wie sehr Karl ihre Freundin vereinnahmte. Gretas Leistungen in der Schule wurden schlechter, da Karl, der eine Lehre als Mechaniker absolvierte, ab siebzehn Uhr Gretas Zeit beanspruchte.

Dann kam der Tag, der alles beendete. Karl hatte Tickets fürs Kino, doch Greta wurde krank. Sie bat Sally, für sie einzuspringen, und Sally tat ihr den Gefallen. Bis heute konnte sie sich an das verdatterte Gesicht von Karl erinnern, als er sie von zu Hause abholte. Sally sah umwerfend aus. Sie trug ein enges schwarzes T-Shirt, einseitig schulterfrei, mit einer lässigen Schlaghose und Boots. Monatelang hatte sie für dieses Outfit in einer Edelboutique am Kurfürstendamm gejobbt. Ihre langen blonden Haare waren noch feucht von der Dusche. Mit ihren großen blauen Augen strahlte sie ihn an. Karl wusste nicht, in welchem Film er sich eigentlich gerade befand. »Komm, Karl, let´s go.« Sie nahm seinen Arm, und damit war es over mit Greta und Karl. Natürlich knutschten sie im Kino und seine Hand durfte auch kurz unter ihr T-Shirt verschwinden. Am nächsten Tag rief Sally Greta an und erzählte ihr von diesem entsetzlichen Erlebnis, wie sehr Karl sie angegangen war, und sie ihn kaum abwehren konnte. Danach war Karl history, Sally hatte ihre Dienerin zurück, und Greta zeigte wieder bessere Leistungen in der Schule.

Dann kam der achtzehnte Geburtstag, an dem ihre Eltern ihr eine gemeinsame Reise nach New York schenkten. Sally war schon öfter mit ihrer Mutter in die USA gereist, aber immer nur nach Seattle, wo ihre Großeltern wohnten. Doch diesmal vier Tage nur New York! Es war Liebe auf den ersten Blick. Sally sah New York und New York sah Sally. Sie waren füreinander geschaffen, kalt, unberechenbar, schön und skrupellos. The perfect match! Von dem Tag an stand eines fest: Nur hier wollte sie leben, und zwar im Top Floor! Dafür würde sie alles tun.

Zurück in Berlin absolvierte sie, wie erwartet, das Abitur mit Bestnote eins. Greta dagegen musste den Jahrgang wiederholen und kam dann, was Sally später aus Amerika erfuhr, zum Trost wieder mit Karl zusammen.

Sally wusste, als Halbamerikanerin mit einem deutschen Schulabschluss an ein Elitecollege zu gelangen, war ein Ding der Unmöglichkeit. Die Note eins hatte sie zwar, doch es fehlte ein Nachweis für soziales Engagement. Zu ihrem großen Glück leitete die beste Freundin ihrer Mutter ein Hospizkrankenhaus, die letzte Station im Leben eines Menschen. Auf Bitten ihrer Mutter verschaffte ihr diese Frau mehrere exzellente Praktikumszeugnisse. Perfekt! Jetzt fehlte noch der SAT-Test, den über die Hälfte der Highschoolschüler in den USA gar nicht bestanden. Doch Sally kniete sich Tag und Nacht rein und erreichte eine enorme Punktzahl. Gesagt, getan! Dann kehrte Ruhe im Hause Krüger in Berlin ein. Wochen vergingen, nachdem die Bewerbungen verschickt waren.

Schließlich kam der Tag, der Sallys Leben komplett verändern sollte und für sie bis heute der wichtigste Moment in ihrem Leben war. Sie fuhr mit der U-Bahn nach einem langen Tag von ihrem Job als Verkäuferin nach Hause. Ihre Mutter Rachel öffnete ihr schon aufgeregt die Tür und hielt einen großen Briefumschlag mit Absender der University of Princeton in der Hand. Sally nahm den Brief, rannte in die Küche und starrte auf den Umschlag. »Willst Du ihn nicht öffnen?«, fragte Rachel gespannt. Sally blieb bewegungslos stehen. Normalerweise verachtete sie ängstliche Menschen. Angst war in ihren Augen etwas für Feiglinge. Doch in diesem Moment verspürte sie eine Nuance davon, die Angst, eine Absage in der Hand zu halten. Sie gab sich einen Ruck und riss den Brief auf. Sekunden der Stille folgten. Dann wandte sie sich zu ihrer Mutter und schrie: »Mama, ich gehe nach Princeton! Und das sogar mit Stipendium!« »Mein Gott, Kind!« Die Mutter schluckte ergriffen und umarmte sie fest. Sie konnten es beide nicht fassen.

Die nächsten Wochen waren wie im Fluge vergangen. Alles musste für den Umzug vorbereitet werden. In dieser ganzen Zeit schwebte sie auf Wolke sieben. Sie, Sally, würde an einer der drei reichsten und angesehensten Universitäten der USA – neben Yale und Harvard – studieren, in Princeton, gegründet 1746, in New Jersey, ganz nah bei ihrer großen Liebe New York.

»Sally, hast du alle Unterlagen für das Meeting morgen dabei?« mit dieser Frage riss Geoffrey sie aus ihren Gedanken, während er sie ernst anschaute. Alles andere als verliebt, dachte Sally, das muss sich dringend ändern! Sie konnte sich jetzt nicht länger dem Problem »Mutter« widmen. Jetzt sollte das Projekt »Geoffrey« beginnen!

SALLY AUF GESCHÄFTSREISE

Sally und Geoffrey checkten im Hotel Fairmont ein, ein gewaltiges neoklassizistisches Gebäude, das sich im Nobelviertel Nob Hill befand und hoch wie »eine Burg auf einem Berggipfel« über San Francisco thronte. So stand es jedenfalls in dem Reisemagazin, das Jil Sally vorlas, bevor sie das Hotel reservierten. Normalerweise buchte Mansfield & Strutton immer im Hotel Loews Regency im Financial District, aber diesmal wollte Sally etwas anderes: mehr Ruhe, mehr Romantik. Da Geoffrey ihr die Hotelbuchung überließ, wählte sie dieses aus, in der Hoffnung, ungestört zu sein und niemandem zu begegnen. Schon die Lobby, die bis heute das Flair des neunzehnten Jahrhunderts ausstrahlte, dazu die Porträts fast aller US-Präsidenten, die hier schon logiert hatten, vermittelten den Touch eines einzigartigen Hotels. Sally hatte bei der Buchung persönlich an der Rezeption angerufen, um sicher zu gehen, dass sich beide Zimmer im selben Stockwerk befanden und möglichst nebeneinander lagen. Genau genommen ein Muss! Beide Zimmer nebeneinander!

»Hier ihre Schlüssel, Mr. und Mrs. Parker. Sie haben die Zimmer mit Verbindungstür«, erklärte freundlich ein sehr adretter Rezeptionist. Sally machte ein verdutztes Gesicht. Sie versuchte es zumindest und schielte dabei unauffällig zu Geoffrey, der eine Augenbraue hochzog und mit klarer, ruhiger Stimme erwiderte: »Es handelt sich hier um ein Missverständnis. Ich bin Mr. Parker, und das ist meine Kollegin Mrs. Krüger. Es ist völlig unnötig, uns Zimmer mit Verbindungstür zu geben.« »Oh, sorry, Mr. Parker, da liegt wohl ein Missverständnis vor, aber wir sind leider total ausgebucht. Die Verbindungstüren muss man ja nicht öffnen. Somit sind es zwei getrennte Doppelzimmer. Aber ich sehe gerade, Sie haben ein Upgrade bekommen. Es sind zwei Suiten mit Verbindungstür, aber wie gesagt, wir haben sonst nichts mehr frei.«

Glück muss man haben, dachte Sally. Ob sie damit die Verbindungstür oder das Upgrade oder beides meinte, sei mal dahingestellt. »Gut, ist schon okay. Da kann man nichts machen«, meinte Geoffrey kühl und nahm die Keycards entgegen. Sie folgten dem Portier, der ihnen die Zimmer zeigte. Geoffrey drehte sich zu Sally um. »Sally, ich hoffe, es ist dir nicht unangenehm mit der Verbindungstür. Wir werden sowieso nur in Meetings sein und kaum auf den Zimmern, fürchte ich.« Sally, die wirklich umwerfend aussah wie ein Model von Victoria's Secret, zumindest war es ihre Hoffnung so auszusehen, dachte sich: Geoffrey, ich fang gleich vor Glück an zu weinen, dass wir so nahe beieinander wohnen. Sie erwiderte dann aber mit zarter Stimme: »Macht doch nichts, Geoffrey, wie gesagt, wir arbeiten doch die ganze Zeit und fallen abends ohnmächtig in die Betten.« Dabei befeuchtete sie bewusst ganz leicht ihre Lippen mit der Zunge, folgte dem Portier und ließ Geoffrey verdattert zurück.

Sally packte bestens gelaunt ihre Sachen in den Schrank der großzügigen Suite. Bis jetzt funktionierte alles wie am Schnürchen, außer dass sie Jil, ihre Assistentin, nicht erreichen konnte. Die sollte am Wochenende noch etwas ausarbeiten. Selbst ihre E-Mail war nicht beantwortet worden. Auch ihre Mutter, die ja jetzt allein in ihrer Wohnung wohnte, ging nicht ans Telefon. Hoffentlich ist sie nicht zu einsam und kommt zurecht. Aber sie war hier auf einer wichtigen Mission und würde sich von solchen Kleinigkeiten nicht ablenken lassen. In einer Stunde hatte Jil einen Tisch im Restaurant Greens gebucht, einem vegetarischen Restaurant mit fantastischem Blick auf die Golden Gate Bridge. Heute würde es dazu noch einen spektakulären Sonnenuntergang geben. Sah alles nach ihrem Glückstag aus! Der einzige Wermutstropfen: Das Dinner fand leider nicht zu zweit statt, sondern mit dem Kunden. Da fehlte selbst Sally die Fantasie, wie man den unauffällig loswerden konnte.
Was ihre Garderobe anging, war alles seit Tagen bis ins kleinste Detail durchdacht, von Kopf bis Fuß, plus Underwear. Für das heutige Dinner

würde sie eine feine, leicht schlaggeformte Flanellhose mit weißem figurbetonten Businesshemd und dazu passendem Jackett anziehen. Die edlen grauen Wildlederpumps waren die Krönung des Outfits. Ihre langen blonden Haare steckte sie zu einer Hochfrisur. Dabei ließ sie links und rechts ein paar Haarsträhnen wie unabsichtlich herunterfallen. Kein Schmuck, nur wenig Parfüm, gerade so, dass nur ein leichter Duft von Chanel in der Luft lag, ohne aufdringlich zu wirken. Nun noch ein leichtes Makeup, schwarze Wimperntusche, etwas Rouge, ihre vollen Lippen durch den Natural-Lippenstift Rose von Guerlain leicht betont. So betrachtete sie sich im Spiegel und fand sich wie immer: einfach perfekt!

Schon klopfte es an die Tür, als ob Geoffrey die ganze Zeit auf Sie gewartet hätte. Ein letzter Blick, ein letztes Smile in Richtung ihres Spiegelbilds. Dann drehte sie sich um und öffnete mit ihrem schönsten Lächeln die Tür. Geoffrey begrüßte sie in einem dunkelblauen Anzug mit hellblauem Hemd, ohne Krawatte. »Schlechte Nachrichten! Der Kunde hat seinen Flieger aus Detroit verpasst, kann also nicht am Abendessen teilnehmen. So ein Pech«, fügte Geoffrey hinzu. Sally sah ihn völlig fassungslos an und konnte ihr Glück nicht fassen. Wenn's läuft, dann läufts! Danke dir, lieber Gott, du meinst es wirklich gut mit mir. Zu Geoffrey sagte sie tröstend: »Heute ist wohl nicht unser Tag. Aber auf Morgen kommt es an! Da haben wir alle Zeit der Welt mit dem Kunden.« Dabei machte ihr Herz gerade kleine und große Luftsprünge. »Da hast du recht. Ich schlage vor, wir gehen jetzt einfach alleine essen, Sally, habe langsam Hunger.«
Und so schritten sie gemeinsam die elegante Lobby entlang, am selben adretten Rezeptionisten vorbei. Der grinste die beiden für Geoffreys Begriffe etwas zu sehr an, worauf hin ihm Geoffrey einen so bösen Blick zuwarf, dass das Grinsen in seinem Gesicht augenblicklich gefror. Draußen wartete ein schwarzer Lincoln, die Blackline von Uber, und schon brausten sie ins schicke Greens, und das mit garantiertem Sonnenuntergang und Blick auf die Golden Gate.

BEA UND DIE VERWANDLUNG

Bea saß im Flieger nach San Francisco, besser gesagt, eine neue Bea saß im Flieger. Jedenfalls fühlte sie sich so! Bernard, der Lieblingsmodeguru ihrer Mutter Jane, und Jacó, der Starfriseur, hatten wahre Wunder bewirkt. Bea war mit dem Taxi bei Bernard vorgefahren und zwei Boys hatten ihr die Tür aufgehalten, wie bei einer Oscar-Verleihung. Selbst der rote Teppich schien ihr zu Füßen zu liegen. Es fehlte nur der Oscar. Dafür drückte ihr Jane ein Glas Champagner in die Hand. »Darling, hier, lass dich bezaubern vom Duft der weiten Welt der Mode.« Bernard stürzte sich gleich auf sie und eh sie sich versah, wurde sie von den eifrigen Händen von Bernard und Jane vereinnahmt. »Darling, du hast ja abgenommen!«, bemerkte ihre Mutter und bewunderte Beas flachen Bauch. Tatsächlich war sie, ohne es zu merken, deutlich schlanker geworden, da sie nur noch gearbeitet und dabei, oh Wunder, das Essen mehr oder weniger vergessen hatte.

Stunden vergingen. Das halbe Geschäft wurde in Einkaufstüten gepackt, auf Befehl von Jane, trotz vergeblichem Widerstand von Bea. Jane war wie immer nicht zu stoppen, und Beas Abwehrkämpfe erlahmten von Minute zu Minute. Acht Tüten wurden von den Boys in den Porsche getragen. Nach endlosen Küsschen zwischen Jane und Bernard, und Bea und Bernard, saß sie dann endlich komplett fertig mit ihrer Mutter im Auto, die aufgedreht war wie durch eine Überdosis Kokain und mit einer Hand aus der Porschescheibe wild wedelte, um dem immer noch theatralischen, glücklich winkenden Bernard die nötige Aufmerksamkeit zu geben. Jane raste weiter, wie eine besessene Rennfahrerin, die mit allen Mitteln ihr Ziel verfolgt. Nun ging es zum Starfriseur Jacó.

Als sie wie eine Siegerin durch die Ziellinie in Jacós Salon trat, folgte ein Kuss-Marathon – Küsschen links, Küsschen rechts – zwischen

Jane und Jacó. Er betrachtete kopfschüttelnd Beas widerspenstiges schwarzes Haar und zog sich mit Jane zu einer ernsten Krisensitzung zurück. Sie fühlte sich wie eine Puppe, an der man herumexperimentierte, ohne sie in die Beratung einzubeziehen. Dann der plötzliche Angriff auf ihre Haare, endlose Giliensträhnchen, danach waschen, und zu guter Letzt veranstaltete Jacó, der mit seiner Schere und ihren Haaren akrobatische Übungen zur Schau trug, eine Fönorgie. Bea war kurz davor, im Friseurstuhl einzuschlafen, wenn sie da nicht eine fremde Person im Spiegel irritiert hätte, nämlich sie selbst! Diese Frau hatte lange, in Stufen geschnittene, leicht gewellte, brünette Haare mit einem längeren Pony, der weich in die Stirn fiel und die braunen Augen noch größer erschienen ließen. Sie konnte nicht fassen, was Jacó da gezaubert hatte: Eine wunderschöne Frau. Die beiden Täter standen hinter ihr und waren mit ihrer Leistung höchst zufrieden.

Schön und gut! Aber sollte sie nun jeden Tag dieses Theater veranstalten, bevor sie zur Arbeit ging? Denn Schönheit verlangte ihren Preis und ihre Zeit, die man viel sinnvoller und erfüllender investieren konnte. War es ihr wirklich so wichtig, immer gestylt herumzulaufen? Waren diese Menschen nicht auch arg egozentrisch und oberflächlich? Sie hatte dazu keine Lust. Sie hatte Spaß an ihrer Arbeit, an fast allen Themen – besonders an philosophischen oder zwischenmenschlichen oder auch literarischen. Sie wollte nicht wie ihre Mutter leben, deren größte Leidenschaft es war, gut auszusehen. Offensichtlich sah sie darin den Sinn ihres Lebens. Die meisten Frauen nehmen dieses Opfer auf sich, um die Bienen an den Honig zu locken, und sie schaffen es damit auch. Aber nach einer gewissen Zeit zählt doch letztendlich nur, ob man wirklich zusammenpasst. Gleicher Humor, ähnliche Menschenkenntnis, gemeinsame Interessen ... Ohne dies alles hilft die äußere Schale nicht. Ja, gut, für dieses Meeting wollte auch sie äußerlich perfekt erscheinen. Warum eigentlich? Um Sally, die sie wieder verächtlich von oben bis unten mustern würde, keine Angriffsfläche zu bieten? Also, das Äußerliche würde jetzt einmal auf diesen Zeitpunkt begrenzt sein und nicht für die Zukunft gelten. Im normalen Alltag würde sie sich wieder anderen Themen widmen, als all die Stunden für ihre Schönheit aufzuwenden. Es war ihr nicht wichtig genug. Wahre Schönheit kam von innen, und nur die wurde niemals langweilig. Äußere Schönheit dagegen ist innen hohl und kann somit sehr hässlich werden, dachte Bea ermattet.

Sie hatte den spätesten Flieger von New York nach San Francisco genommen, der um circa dreiundzwanzig Uhr fünfzehn Ortszeit ankommen würde. Geoffrey hat ihr das Hotel genannt. Falls alles gut gehen würde, wäre sie um circa zwölf Uhr nachts im Hotel, zu spät für das heutige Abendessen mit dem Kunden. Aber morgen würde sie sich einbringen können. Sie glaubte fest daran, den Kunden beeindrucken zu können. Ihre einzige Sorge war Sally. Sie hoffte, Geoffrey hatte Sally vorgewarnt; denn sie ahnte, dass Sally nicht allzu begeistert sein würde, mit ihr am gleichen Projekt zu arbeiten.

Bea, zieh noch bitte dieses Kostüm an mit dem blauen Hut und den grauen Pumps! Bea, nein, nicht doch, das blaue ist schöner. Aber die Haare müssen wir noch ändern. Ich glaube, rot würde Ihnen am besten stehen. Gehen Sie mal eine Runde, nein, die Pumps gehen gar nicht. Die Haare sind doch viel zu kurz geschnitten. Sieht ja unmöglich aus!

– Meine Damen und Herren, wir landen in zwanzig Minuten. Bitte schnallen Sie sich wieder an, klappen die Tische hoch und stellen Ihre Sitzlehnen aufrecht.« Bea hörte diese Stimme von weit her und öffnete ihre Augen. Im ersten Moment wusste sie nicht, ob sie noch in Bernards Geschäft war. Gott sei Dank, sie befand sich im Flugzeug. Wie schnell die Zeit vergangen war, jetzt schon in San Francisco! Eine Stunde später stand Bea an der Rezeption vom Fairmont, um einzuchecken. Sie freute sich auf ihr Zimmer und den wohlverdienten Schlaf.

DINNER FOR TWO

Sally und Geoffrey bekamen einen perfekten Platz am Fenster mit Blick auf die Golden Gate Bridge. Schöner hätte es nicht werden können, dachte Sally, sie allein mit Geoffrey in perfekter Atmosphäre! Sie hatte extra ein vegetarisches Restaurant gewählt, um beim Kunden einen guten Eindruck zu machen: Sie waren Teil einer hippen Marketing-Firma und konnten sich genau in das Produkt hineindenken. Doch der Kunde hatte wegen Verspätung seines Fluges abgesagt, zum großen Glück von Sally, da sie nun diesen Abend allein mit Geoffrey verbringen konnte. Die Einrichtung war in einem rustikalen Stil mit Holzmöbeln gehalten, der ihr nicht so gefiel. Doch Blick und Sonnenuntergang ließen die Einrichtung vergessen.

»Guten Abend, mein Name ist Thomas und ich bediene Sie heute«, erklärte ein etwa sechsundzwanzigjähriger blonder Mann mit Strahle-Lächeln und perfekten Zähnen. »Unsere Spezialitäten heute Abend: Als Starter empfehlen wir Mini-Buchweizen-Törtchen mit Cashew-Artischocken, Mousse und Kräutersalat, dazu einen Forest Marie, Brut Blanc de Blancs, Napa Valley, oder Champagne France. Danach einen kleinen Pfannkuchen mit Pecorino Fiore Sardo, ein sardinischer Käse aus einhundert Prozent Schafsmilch, serviert mit Kräutersalat, Kaki-Chutney und geräucherter Crème fraîche. Und der perfekte Wein dazu wäre ein Dönnhoff Estate 2016 Riesling aus Germany.« So ging es weiter und weiter.

Sally hätte diesen Thomas am liebsten erwürgt, aber sie musste sich in Geduld üben. Geoffrey saß sehr relaxt da, bis sein Handy klingelte. »Da muss ich leider dringend ran«, entschuldigte er sich und ließ Sally mit diesem Roboter-Kellner allein, der ohne Rücksicht auf Verluste weiter die Speisekarte herunterleierte. Sally hielt es einfach nicht mehr aus und unterbrach ihn brüskiert: »Bitte tun Sie mir einen Gefallen und lassen den Rest weg. Es hört sich alles wunderbar an. Wir möchten aber nicht mehr gestört werden. Bringen Sie uns bitte einfach ihr Menü und Sie bekommen ein gutes Trinkgeld, wenn Sie die Speisen schweigsam servieren.« Thomas schaute Sally fassungslos an und erwiderte: »Gut, habe verstanden. Ich bemühe mich.« Dann drehte er sich ziemlich kühl um, und weg war er.

Gott sei Dank, so ein nerviger Typ. Nun kann ich mich auf Geoffrey konzentrieren. Aber wo bleibt er? Und wer ruf ihn so spät noch an? Etwa eine andere Frau? Sie platzte vor Neugierde. Dabei schaute sie auf ihr eigenes Handy. Immer noch keine Nachricht von ihrer Mutter! Warum meldet sie sich nicht, dachte Sally etwas besorgt.

»Entschuldige, Sally, ich musste dran gehen. Das war wichtig«, erläuterte Geoffrey, als er wieder an ihren Tisch kam. »Ich hoffe nichts Schlimmes«, fragte Sally scheinheilig. »Nein, nein, es war meine kleine Tochter, die Sehnsucht nach mir hat und meine Stimme noch mal hören wollte, bevor sie ins Bett geht«, erklärte Geoffrey erstaunlich offen. Natürlich wusste Sally von seinem privaten Schicksal; denn in einer Firma wird geredet, wie überall, und erst recht erkundigt man sich, wenn man einen so attraktiven Chef hat. Sie hatte natürlich auch erfahren, dass seine Frau kurz nach der Geburt an einer Blutvergiftung gestorben und er als alleinerziehender Witwer zurückgeblieben war. »Ach, du hast eine kleine Tochter! Wie alt ist sie denn?«, dabei versuchte sie erstaunt auszusehen. »Meine Tochter ist sechs Jahre alt. Wir leben seit dem Tod meiner Frau allein, selbstverständlich mit einer Haushälterin, die auf meine Tochter aufpasst und bei uns lebt. Das hast du aber sicher schon gehört«, bemerkte er sachlich. »Ja, ich habe vernommen, dass du Witwer bist, aber sonst nichts weiter«, bemerkte Sally.

Thomas servierte den ersten Gang schweigend und schenkte den dazugehörigen Wein ein. »Komischer Vogel«, bemerkte Geoffrey kopfschüttelnd, als Thomas weg war, »erst redet er wie ein Wasserfall und nun ist er stumm wie ein Grab.« »Ich habe schon für uns beide bestellt«, entschuldigte sich Sally höflich, »da du ja nicht da warst und es sowieso nur Vegetarisches gibt. Deshalb dachte ich, es ist ziemlich egal, was wir hier essen.« »Alles gut«, lachte Geoffrey, »nur der Kellner ist merkwürdig.« Sally schwieg daraufhin und betrachtete ihr leckeres Essen, welches köstlich aussah. »Einen kleinen Schluck Weißwein können wir uns wohl erlauben, aber ich denke, danach bleibe ich beim Wasser«, sprach Geoffrey. »Morgen sind ja wirklich wichtige Meetings und da will ich einen klaren Kopf behalten.« Eigentlich schade, dachte Sally, mit ein paar Gläschen Wein lässt es sich besser flirten. Aber sie konnte ihm ja wohl kaum widersprechen.

»Darf ich dich was fragen, Sally? Bist du eigentlich Vegetarierin oder hast du das Restaurant nur wegen unseres Kunden ausgesucht? Übrigens eine super Idee!« »Danke, aber ich habe es nicht nur für den Kunden gemacht. Auch ich liebe vegetarische Kost«, antwortete Sally, »Bin aber trotzdem nicht reine Vegetarierin. Ich esse auch gerne ab und zu mal Huhn oder Fisch.«

Eigentlich ist diese Sally immer ein wenig künstlich, dachte Geoffrey. Dadurch strahlt sie eine gewisse Kälte aus. Ich glaube nicht, dass sie sehr viel Empathie für andere Menschen übrighat. Sie weiß genau, was sie will, und das setzt sie auch durch, überlegte er. Alles, was sie sagt oder macht, ist korrekt, aber irgendwie nicht echt beziehungsweise authentisch. Nie kann man sie aus der Reserve locken. Ihre Gedanken sind schwer zu erraten. Auch ihr Äußeres ist fast zu perfekt und das passt irgendwie zu ihrem Wesen. Ist sie wirklich so oder spielt sie nur eine Rolle?

Geoffrey selbst wollte sich auch nicht in die Karten schauen lassen. So, wie er jetzt war, war er erst durch den Schicksalsschlag mit seiner Frau geworden. Vorher verhielt er sich Menschen gegenüber viel offener. Doch nach dem Tod seiner Frau wagte er sich nur noch selten aus seinem Schneckenhaus heraus. Bei Sally hatte er irgendwie immer das Gefühl, dass sie was im Schilde führte. Auch jetzt überkam ihn wieder dieser Gedanke. Es schien ihm so, dass sie immer und immer versuchte, mit ihm zu flirten. War das wirklich so oder missverstand er nur ihre extrovertierte Art? Steckte mehr dahinter? Nun, falls das so war, so lehnte er doch so ein Arbeitsverhältnis ab. Für ihn gehörte das Flirten in den Privatbereich und nicht ins Büro. Deshalb ignorierte er ja auch diese vermeintlichen Annäherungsversuche, wenn es denn wirklich welche waren. Da heißt es immer bei der »MeToo«-Kampagne, dass es immer nur wir Männer sind, die die Frauen angehen. Aber in diesem Fall bin ich womöglich das Opfer. Nein, Opfer wäre viel zu hart, aber sie spielt schon jedes Mal irgendwie ihre Attraktivität aus und bringt mich in eine seltsame Situation, dachte er.

»Wie ist es mit dir, Geoffrey, und deinem Essensgeschmack?« Sally riss ihn aus seinen Gedanken. »Ich esse auch gerne Fleisch und Fisch, bin da völlig frei und möchte mich nicht einschränken«, antwortete er. »Das wundert mich aber! Du hast doch eine tolle Figur! Ich dachte, du passt genau auf, was du isst.« Dabei trafen ihn die bewundernden Blicke der leicht lächelnden Sally. Er erwiderte die Blicke völlig unbeeindruckt. Sally wiederum interessierte sich ZERO für seine Essensgewohnheiten. Er war wirklich eine harte Nuss. Weder auf ihr verführerisches Lächeln noch auf ihre Komplimente ging er ein. Sonst klappte das eigentlich immer, nur bei ihm nicht.

Inzwischen neigte sich die Sonne gen Horizont und ließ den Pazifik hinter der Golden Gate Bridge funkeln. Der Himmel wurde immer mehr in golden-rötliche Farben getaucht, als ob die rote Riesenbrücke von einem leuchtenden Feuer verschluckt würde. Sally schaute entzückt auf diesen wunderschönen Anblick, der auch Geoffrey in einen fast zauberhaften Bann zog. Ob es das Gesicht von Sally war oder der Sonnenuntergang, konnte er nicht beantworten. Ja, sie war eine klassische Schönheit, so wie der Sonnenuntergang, mit einer Anziehungskraft, der sich kaum ein Mann entziehen konnte. Aber er wusste, wenn er dem nachgäbe, würde sich ein Schleusentor voller Probleme öffnen.

Wie unabsichtlich lagen ihre schönen, manikürten Hände auf dem Tisch. Mit der einen Hand spielte sie mit dem Weinglas, die andere lag ruhig und gefährlich nah an seiner eigenen. Dann hauchte Sally: »Ach, ist das nicht wunderschön, Geoffrey!« Gerade wollte ihre Hand seine berühren, als ein Räuspern im Hintergrund ertönte: »Entschuldigen Sie bitte, darf ich die warme Karottensuppe servieren?« Sally hätte diesen Thomas-Kellner am liebsten auf den Mond geschossen. Dieser dumme Tölpel verdarb alles! Doch sie riss sich zusammen und rief mit süßer Stimme: »Ach ja, die Karottensuppe!«, und dann wieder lächelnd zu Geoffrey: »Mal sehen, wie sie schmeckt.« Dabei schaute sie ihn intensiv an.

Gott sei Dank ist dieser Kellner gekommen, dachte Geoffrey, es wird mir hier langsam zu heiß. »Und, Sally, hast du Familie?«, fragte Geoffrey, um abzulenken. Das war die letzte Frage, die Sally hören wollte. Sie hatte überhaupt keine Lust, über dieses Thema zu sprechen. Sollte sie vielleicht sagen: »Ja, mein Vater ist ein Betrüger, entlassen, und von der Polizei gesucht, und meine Mutter lebt jetzt mittellos bei mir in meiner Wohnung und keiner weiß wie lange.« Stattdessen antwortete Sally: »Meine Eltern leben in Berlin. Meine Mutter ist Amerikanerin und mein Vater Deutscher. Wir sehen uns zweimal im Jahr. Mein Vater arbeitet in einer großen Immobilienfirma, und meine Mutter ist in einem Designhouse tätig.« Sally wurde bei dieser Lüge nicht mal rot. Sie war sogar ziemlich cool, obwohl ihr wirklich nicht danach war. Aber er sollte niemals, niemals – nein, niemand sollte jemals die Wahrheit über ihre Eltern erfahren! Das schwor sie sich.

SALLY´S ALPTRAUM

Geoffrey und Sally saßen im Uber-Fahrzeug zurück zum Fairmont. Es war ein interessanter Abend gewesen. Zwar war der Kellner nervig, doch die Atmosphäre und das Essen toll. Trotzdem war ihr Plan, Geoffrey zu verführen, nicht aufgegangen. Aber der Abend ist noch nicht zu Ende, überlegte Sally lächelnd. Ihre Zimmer lagen ja nebeneinander, sogar mit Verbindungstür! Am Ende des Abends hatten sie beide natürlich schon recht viel getrunken, da acht Gänge serviert wurden mit jeweils einem neuen Wein.

So waren sie beide etwas beschwipst. Geoffrey wurde endlich auch etwas lockerer und erzählte ihr auf der Fahrt vom Restaurant zum Hotel von seiner Studienzeit in Berkley. Auf seine unbewusst unangenehme Frage an sie, was denn ihre Eltern beruflich machten, hatte sie schnell die Gegenfrage gestellt, was denn seine Eltern für einen Beruf hatten. Dann, nach einer Weile, kamen sie zu seiner Studienzeit.

Sie wollte unbedingt von ihrem Privatleben ablenken. Da gab es nichts zu erzählen, und wenn, dann nur Unangenehmes. Für sie waren ihre Eltern immer kleine Leute gewesen, ihr Vater ein Beamter (jetzt ein Betrüger) und ihre Mutter eine Schneiderin. Sie wollte immer schon raus aus dieser Enge in Spandau, seit sie denken konnte. Schon im Gymnasium vermied sie sorgsam jegliches Gespräch über ihr Elternhaus. Nie lud sie jemanden zu sich nach Hause ein. Ihre Geburtstage feierte sie immer mit den Eltern allein. Dann, als sie älter wurde, nur in Restaurants mit Freunden. Ihre Eltern wiederum lebten nur für Sally. Jeder Euro wurde in ihre Ausbildung gesteckt. Sally enttäuschte sie nicht, jedenfalls was die akademische Laufbahn anging. Ihr Traum war es, nach Amerika auszuwandern und ihre Wurzeln für immer hinter sich zu lassen. Für sie als Halbdeutsche war es doppelt so schwer an einer Top-Uni angenommen zu werden. Doch grenzenloser Fleiß und ihre Verbissenheit, alles dafür zu tun, brachten sie zu ihrem heiß ersehnten Ziel: Amerika! Sie schaffte es nach Princeton und bekam sogar ein Stipendium.

Dort lernte sie auch Harry kennen, mit dem sie dann ein Verhältnis anfing. Ihm vertraute sie als einzigen Menschen ihre Lebensgeschichte an. Sie waren aus dem gleichen Holz geschnitzt: beide sehr ehrgeizig, beide aus ärmlichen Verhältnissen, beide mit wenig Empathie, beide rücksichtslos und immer ihr Ziel vor Augen. Sie waren sich so ähnlich, dass es zwischen ihnen gar nicht funktionieren konnte. Selbst beim Sex konnte sich keiner dem anderen unterwerfen. Nach der Uni trennten sich ihre Wege. Sie verloren sich aus den Augen, aber nicht aus dem Sinn. Immer mal wieder dachte Sally an Harry, wie weit er wohl inzwischen auf der Karriereleiter gekommen war, und ob er sie schon im Wettlauf nach ganz oben überholt hatte. Warum sie keinen Kontakt mehr hatten, konnte man gar nicht so genau erklären. Keiner verspürte die Lust, sich zu treffen oder voneinander zu hören.

»Hello, Mrs. Krüger, Sie scheinen ja sehr interessiert an meiner Unilaufbahn zu sein. In welcher Stadt haben Sie sich gerade befunden?«, fragte Geoffrey amüsiert. »Oh, entschuldige bitte, Geoffrey, ich bin tatsächlich in meinen Gedanken etwas abgeschweift. Aber nun bin ich komplett wieder da. Wo waren wir denn stehen geblieben? Ach ja, du warst in Berkeley. Das war sicherlich hochinteressant!« So versuchte Sally, die Konversation fortzusetzen. »Ist gar nicht so wichtig«, lachte Geoffrey, »bin eigentlich jetzt zu müde, um meine gesamte Studienzeit zu erzählen. Wir werden bestimmt auf dem Rückflug noch genügend Zeit haben, uns darüber zu unterhalten. Und auch über sie, eine Frau aus Deutschland, die es so weit geschafft hat. Meine Hochachtung!« Dabei musste er gähnen. »Oh, wir sind schon vor dem Hotel«, bemerkte er.

Der Fahrer öffnete ihnen die Tür. Das elegante Paar stieg aus und wurde vom Portier herzlich mit den Worten begrüßt: »Willkommen, Mr. and Mrs. Parker.« Sally freute sich über diese Worte. Geoffrey dagegen war zu müde, um den Portier zu korrigieren. So spazierten sie nur mit einem Nicken durch die Drehtür in Richtung Rezeption. Geoffrey spürte Alkohol und Jetlag und freute sich auf sein Bett. Auch Sally war müde, überlegte aber, wie sie es anstellen konnte, noch einen Absacker mit Geoffrey in einem ihrer beiden Suiten einzunehmen.

An der Rezeption stand mit dem Rücken zu ihnen eine große, schlanke, dunkelblonde Frau, die wohl noch beim Einchecken war. Sally bewunderte die schicke Kleidung der Dame, die ein dunkelblaues Kaschmirkostüm mit knielangem Rock und lässigen, dunkelblauen Wildlederstiefeln trug. Edel, edel, dachte Sally, sowas brauche ich gerade noch! Ärgerlich, dass hier spät in der Nacht noch so eine elegante Frau eincheckt, und das direkt vor ihren Augen! Auch Geoffrey fiel diese Person auf. Sie hatte etwas Geheimnisvolles, aber vielleicht war es auch einfach die Atmosphäre dieser riesigen, aber komplett leeren, halbdunklen Lobby, in der sie beide und diese Frau die einzigen Gäste waren.

Dann dachte er an seine Mitarbeiterin Bea, die ja auch noch irgendwann heute Abend hier eintreffen musste. Sally hatte davon keine Ahnung. Er hatte sich nicht getraut, ihr im Restaurant zu erzählen, dass Bea ab sofort auch an dem Projekt mitarbeiten würde, und er sie zur Teilnahme am morgigen Meeting aufgefordert hatte; denn er ahnte, dass Sally das gar nicht gut finden würde und der Abend damit anstrengend werden könnte.

Sally und Geoffrey betrachteten die geheimnisvolle Fremde stumm von hinten, gefühlt mehrere Minuten lang. Jeder ging seinen Gedanken nach. Beide befanden sie sich in separaten Welten. Die Fremde sprach leise mit dem Rezeptionisten, obwohl es niemanden gab, den sie eventuell stören konnte. Eine skurrile Situation, eine mysteriöse Szene! Jeder der Beteiligten in der Lobby war darin gefangen. Keiner konnte oder wollte sich lösen, keiner entfliehen, nur das Murmeln der Fremden hüllte den Raum ein wie Nebel eine weite Landschaft.

Dann, nach endloser Stille, löste sich der Nebel plötzlich auf, und Sally und Geoffrey vernahmen nun die Stimme des Rezeptionisten: »Mrs. Bancroft, möchten Sie, dass wir Ihnen noch einen kleinen Snack auf ihr Zimmer bringen lassen?« »Nein, sehr lieb von Ihnen, aber ich habe schon im Flugzeug was zu mir genommen. Vielen Dank!«, erwiderte die Fremde. »Gut, dann wird der Nachtportier Ihnen Ihr Zimmer zeigen« »Danke«, sprach die Fremde mit sanfter Stimme und drehte sich in Richtung Geoffrey und Sally um.

Auf diesen Augenblick hatten die beiden schon neugierig und sehnsüchtig gewartet, wobei Sally eher etwas ängstlich und in der Hoffnung, dass die Fremde von vorne nicht der Erwartung entsprach, die ihr Anblick von hinten schürte. Doch sie wurde enttäuscht. Eine wunderschöne Frau drehte sich um, und nicht genug, sie hörte von weit entfernt die Stimme von Geoffrey: »Guten Abend, Bea, ich habe Sie kaum erkannt. Sie sehen ja ganz verändert aus! Dabei ist es doch nicht lange her, dass Sie bei mir im Büro waren«, und er betrachtete Bea beinahe verträumt.

Sally wurde schlagartig nüchtern und hellwach. Das hier träumte sie doch wohl? Diese Frau hatte nichts mit der schmuddeligen, dicklichen Bea gemein. Geoffrey musste sich täuschen. Er musste viel zu viel getrunken haben. Hier stand eine dunkelblonde Frau mit einem Top-Haarschnitt, gestuft, mit längerem Pony, der weich ins Gesicht fiel. Dazu feines edles Make-up, das die großen braunen Augen betonte, und leichtes Lipgloss, wodurch ihre vollen Lippen glänzten. Diese Frau war gertenschlank und trug eine weiße, im Cowboystil geschnittene Bluse, die das edle Kostüm superlässig erschienen ließ.

Sie hatte die Bluse schon mal irgendwo gesehen – ja, auf dem Titelbild in der Vogue, von Dior! Sündhaft teuer, unbezahlbar, jedenfalls für so eine kleine Angestellte wie diese Bea. Nein, das konnte, das durfte sie nicht sein!

Dann ertönte plötzlich die Stimme der schönen Fremden, die sie wie ein Stromschlag zusammenzucken ließ: »Guten Abend, Geoffrey, guten Abend, Sally, nett euch hier zu sehen!« Sally war einer Ohnmacht nahe. Geoffrey schaute Sally verlegen an, die die Farbe von sattem Schnee angenommen hatte. »Sally, entschuldige bitte. Ich hatte ganz vergessen, dir zu erzählen, dass ich Bea mit in das Projekt genommen habe. Sie hat wirklich nochmal ganz andere und interessante Marketingvorschläge für unseren Kunden«, sprach er sanft und vorsichtig. Sally stand da wie eine Wachsfigur, stumm und blass. Entweder ich befinde mich hier in einem Alptraum, oder jemand spielt mir einen ganz üblen Streich, dachte sie. Doch weiterhin stand diese schöne Fremde vor ihr und lächelte.

JIL UND JESSE

»Schön, dich zu sehen, Jil!« Jesses Augen strahlten. Jil sah ihn und es fühlte sich an wie Zuhause. Sein breites natürliches Lachen ging ihr durch Mark und Bein. Sie hatte ganz vergessen, wie sehr er ihr doch vertraut war. Er sah immer noch aus wie ein flauschiger Teddybär. Mit Jesse zusammen zu sein war wie an einem gemütlichen Kamin zu sitzen und zu chillen. »Ach, Jesse, wie lange haben wir uns wohl schon nicht mehr gesehen?« Sie umarmte ihn herzlich. Er roch nach Wind und Meer. Jil wollte ihn nicht bei sich in ihrem kleinen Apartment treffen. Zum einen befürchtete sie, dass Michael eventuell zufällig vorbeischneien könnte. Darauf hatte sie absolut gar keine Lust. Und zum Zweiten war ihr Apartment für einen Gast nicht gerade geeignet. So trafen sie sich an der ICE-Factory im Brooklyn Bridge Park, ihrem Lieblingsort. Sie ging dort immer am Wochenende joggen. Der Blick auf Manhattan war von dort aus einfach überwältigend. Jesse hatte hier sowieso zu tun. In unmittelbarer Nähe wollte er in einer Bootshalle Teile für ein Oldtimer-Schiff abholen.

»Komm, wir holen uns ein Eis«, schlug Jil vor. Wenige Minuten später saßen sie mit ihren Eisbechern bei schönstem Wetter unterhalb der Brooklyn Bridge und unterhielten sich über Gott und die Welt. »Erzähl mal, Jil, was macht die Arbeit?« »Ach, ganz schlechtes Thema! Auf jeden Fall arbeite ich fast nur, kaum Freizeit. Meine Chefin ist jung, hübsch, sehr ehrgeizig, aber eine Sklaventreiberin. Da gibt es nicht viel zu lachen«, stöhnte Jil. Jesse schaute sie mitleidig an: »Dann hast du also keine gute Zeit dort. Leidest du richtig?«, fragte er besorgt. Jil löffelte nachdenklich ihr Eis. Nach einer Weile antwortete sie: »Wenn ich es mir genau überlege, bin ich nicht besonders glücklich dort. Die Arbeit ist interessant, das schon, aber nicht Tag und Nacht. Sally, meine Chefin, schüchtert mich ganz schön ein und fordert sehr viel von mir. Weißt du, es war fast unmöglich für mich, dich hier am Wochenende zu sehen. Nur durch viele Überstunden konnte ich mich freimachen«, erklärte Jil. »Es tut mir leid, dass du meinetwegen so einen Stress hattest«, bemerkte Jesse entschuldigend. Dabei legte er einen Arm um sie.

Jil genoss es. Es fühlte sich gut an, sich an ihn zu schmiegen und ihr Leid mit ihm zu teilen. Sie schloss die Augen, lehnte ihren Kopf an Jesses breite Schultern und genoss die warme Frühlingssonne von New York. Wie es wohl Sally in San Francisco ergangen war? Jil hatte natürlich längst bemerkt, dass Sally für Geoffrey schwärmte und ihn ziemlich anflirtete. Er dagegen ging darauf nicht einen Hauch ein. Manchmal schämte sich Jil sogar für Sally, wie penetrant sie vorging. Der arme Mann, dachte sie nachdenklich. »Jil«, unterbrach sie Jesse, »ich muss kurz in der Nähe hier die Bootsteile abholen. Willst du nicht mitkommen? Aber wir müssen es auch nicht unbedingt sofort machen. Erst in circa einer Stunde. Wollen wir hier weiter chillen, oder möchtest du noch was anderes machen?« Dabei lächelte er sie an und seine niedlichen Grübchen kamen zum Vorschein.

Er ist so ein Knuddelbär, dachte Jil, ganz anders als Michael. Nach der tollen Nacht mit Michael hatte sie ihn nicht mehr gesehen oder gesprochen. Er meinte, er hätte zu tun, müsste eine ganz wichtige Vernissage vorbereiten, die sie unbedingt besuchen sollte. Er würde ihr noch rechtzeitig Bescheid geben. Dann Kuss, dann Schluss. Toll! Mit wie vielen Frauen hatte er eigentlich schon eine Nacht in seinem Apartment, das über der Welt schweben zu schien, verbracht? Sie dachte viele Tage hinterher immer wieder, wie schön und aufregend es für sie gewesen war. Aber er schien ihr sehr routiniert. Hatte es für ihn irgendeine Bedeutung? Für sie war es etwas Ungewöhnliches, wie in einem Traum. Ihre Gedanken jedenfalls kreisten viel um Michael. Doch dann kam wieder der Stress in der Arbeit. Mehr und mehr verblasste die Erinnerung. Das hatte sie Sally zu verdanken, die sie mit

Arbeit so vollstopfte, dass es gar kein Platz mehr in ihrem Kopf für Michael gab. Wie hätte Jesse nach so einer Nacht reagiert?

»Hey, zehn Dollar für deine Gedanken«, lachte Jesse. Jil wurde etwas rot und erwiderte: »Ich dachte an meine Eltern beziehungsweise besonders an meinen Vater. Wie es ihm geht und was die Bootswerft macht?« Jesse antwortete gut gelaunt: »Der Werft geht es super. In ein paar Tagen besucht uns ein reiches Paar aus New York. Er ist sowas wie ein Komponist für Werbemusik, liebt alte Segelschiffe und klang sehr interessiert. Ich glaube, er hat auch das nötige Kleingeld für dieses fantastische Schiff, das wir schon seit Jahren restaurieren. Dein Vater kann stolz sein auf so eine solide Arbeit. Es ist ein wahres Prachtstück geworden.« Jesse holte sein Handy raus und zeigte ihr die wirklich wunderschöne, 120 Fuß lange Segelyacht. »Das Schiff wurde 1937 in Dänemark von dem sehr berühmten Racing-Yacht-Designer Dahlstrom gebaut. Wir haben es dann restauriert und mit allem Komfort und neuester Technik ausgestattet. Nun kommt dieses Paar und der Typ am Telefon war begeistert, weil er seit Jahren genau so ein Schiff sucht. Uns wird es schwerfallen, dieses Juwel weg zu geben. Aber da bleibt uns nichts anderes übrig, wenn wir den Preis bekommen, den wir uns vorstellen«, erzählte Jesse aufgeregt. Dabei leuchteten seine Augen.

Wie begeistert er von seiner Tätigkeit ist! Alles an ihm leuchtet. Du merkst, er befindet sich in seinem Element und hat es tatsächlich geschafft, einen Job zu haben, der gleichzeitig auch seine Leidenschaft ist. Sie dagegen mühte sich jeden Tag in der Arbeit ab und wusste doch jetzt schon, dass sie das nicht ihr Leben lang machen würde. Also eigentlich Zeitverschwendung; denn auch diese Zeit war Lebenszeit. Vergeudete Lebenszeit. War es bei ihr wirklich so? All die zahllosen Stunden des Lernens, dann endlich einen Bombenjob ergattert, wieder unendlich viel Energie für die Arbeit aufgebracht, um dann erschöpft niederzuknien, weil sich die Begeisterung nicht so richtig einstellt, und sie letztlich nicht gewillt ist, auf jegliches Privatleben zu verzichten. Aber hatte sie je die Wahl? Konnte sie für irgendeine Sache oder einen Job richtige Leidenschaft entwickeln? Das konnte sie nun mal nicht. Also blieb ihr nur die Hoffnung, dass sich irgendwann mit der Zeit, mit mehr Wissen und Erfolg, langsam eine Begeisterung einstellen würde. Bei ganz vielen Menschen war das doch der Fall. Vielleicht verlief es so auch bei ihr. Die Hoffnung stirbt zuletzt. Bei Jesse war es ganz anders. Jeder Tag, den er zur Arbeit ging, war sein Tag, war sein Leben, und nichts Schöneres konnte er sich vorstellen. Beneidenswert! Ist das nicht das Höchste auf der Welt, was man für sich erreichen kann?, dachte sie. Werde ich das auch irgendwann einmal schaffen, oder bleibe ich ein Leben lang auf der Suche danach und schaue neidisch auf all jene, die es gefunden haben?

»Come on, Jil, hör endlich auf zu grübeln! Lass uns was unternehmen!«, rief Jesse und nahm ihre Hand. Jil lachte: »Was willst du denn machen?« »Als ich ein kleiner Junge war, bin ich hier Karussell gefahren.« schmunzelte Jesse. »Du meinst Jane's Carousel, das alte Karussell neben der Brooklyn Bridge?«, fragte Jil amüsiert. »Ja, genau das! Ich spendiere dir einen Ride«, und schon liefen sie lachend davon. Wenige Minuten später saß sie mit Jesse in einer goldenen Kutsche mit Blick auf Manhattan. Der sanfte Fahrtwind blies ihnen ins Gesicht. Er legte nochmals seinen Arm um sie. Sein warmer Blick ruhte auf ihr. »Du hast Eiscreme auf der Lippe«, raunte er ihr zärtlich zu und beugte sich über sie. Ihre Lippen berührten sich. Jil schmeckte Erdbeereis, Salz und Meer. In ihrem Kopf drehte sich alles. Ihr wurde schwindlig. Ob es am Kuss lag oder am Kreisen des Karussells, konnte sie nicht sagen. Aber eines wusste sie: Das Hier und Jetzt war mit Sicherheit keine Zeitverschwendung. Das war wertvollste Lebenszeit, die sie mit jeder Sekunde genoss und niemand ihr wegnehmen konnte. Dabei schnurrte sie genüsslich wie eine Katze und kuschelte sich an ihren warmen Teddybär.

»Excuse me, aber die Fahrt ist zu Ende. Falls Sie nochmal eine Runde drehen wollen, brauchen Sie ein neues Ticket«, rief ein junger Typ verschmitzt Jil und Jesse zu, die eng umschlungen aus dem Paradies geschmissen wurden. »Nein, wir gehen«, murmelte Jil. Ihr war immer noch ganz schummrig zumute. Jesse sprang mit einem Satz aus dem Karussell und half Jil heraus. »Komm, meine Schöne, wir holen jetzt die Bootsteile.« Dabei schaute er sie verliebt an. Jil errötete. Sie war immer noch nicht ganz da. »Mein Wagen ist hier ganz in der Nähe«. Wenige Minuten später saßen sie in Jesses großem Lieferwagen auf dem Weg zur Lagerhalle für Bootsteile. Angekommen fragte Jesse: »Willst du mitkommen, Jil?« »Nein, ich interessiere mich für fertige Boote, aber nicht für die Einzelteile«, scherzte Jil. »Ok, ok, habe verstanden. Die Frage war auch nicht richtig ernst gemeint«, lachte Jesse und schon war er weg.

»Was denn nun, Jil«, fragte die gute Fee ihres Gewissens, »letztes Wochenende Michael, dieses Wochenende Jesse? Ist das ein Spiel, ein Versuch oder ein neuer Lebensweg?« Konnte sie diese Frage beantworten? »Liebe Fee, ich weiß es selber nicht. Muss denn alles immer einen Sinn haben, einen Grund, warum man dies oder jenes macht? Aber um eine Antwort zu geben: Es ist weder Spiel, weder Versuch noch Lebensweg! Was weiß ich. Vielleicht ist es einfach Abenteuer, die Lust sich fallen zu lassen? Und wenn dem so ist, muss man für alles am Ende die Konsequenzen tragen?«

Die Fee sah sie an und sprach mit lieblicher Stimme: »Das wird das Leben zeigen. Aber bedenke: Jeder Schritt hinterlässt Spuren. Es ist nur die Frage, wie tief sie sind. Kann der Wind sie verwehen oder bleiben sie für immer sichtbar? Sichtbar in deinen Gedanken und Gefühlen.« Die ganze Woche hatte sie diese Spuren von Michael in ihrem Herzen, in ihrem Kopf, getragen. Jetzt tauchte Jesse auf. Hätte sie deshalb auf all diese Zauberstunden verzichten sollen? Zauberstunden, Abenteuer, waren sie ein Gift, das langsam wirkte wie eine Droge?

Dass sie mehr davon bekommen und von allem probieren wollte? War Michael ein Mensch, der dieser Droge verfallen war? Sie war es jedenfalls nicht und wollte es nicht sein. Sie glaubte an die Liebe und an die Treue. Und war Jesse nicht genauso wie sie? Ja, da war sie sich ganz sicher. Aber das mit Michael war einfach fantastisch und unglaublich aufregend. Nur, hinterließ Michael tiefe Spuren oder nur solche, die vom Winde verweht werden?

Und wie war es mit Jesse? Welche Spuren würde er bei ihr hinterlassen? »Na, Engelchen, bist du schon wieder am Träumen? Ich hoffe doch von mir!« Dabei lachte Jesse verschmitzt und küsste sie auf ihre blassen Lippen. Seine Küsse waren so warm und vertraut, Michaels dagegen wild und leidenschaftlich. Jil, hör auf, immer an diesen Casanova zu denken! Der knutscht bestimmt schon mit einer anderen herum, dachte sie, vergaß allerdings, dass auch sie gerade nichts anderes tat. »Gut und nun?«, fragte Jesse, »kann ich dich nach Hause fahren und du zeigst mir dein Apartment?« »Jesse, da gibt es nicht viel zu zeigen. Gerade mal zwanzig Quadratmeter!«, erklärte Jil lachend. »Ich interessiere mich ausschließlich für Zwanzig-Quadratmeter-Apartments. Alles andere macht mir sowieso Angst«, scherzte Jesse. »Ok, dann mache ich für dich die Schlossführung«, meinte Jil. Und so landeten sie dreißig Minuten später in ihrer Wohnung. Hoffentlich ist Michael weit entfernt und nicht hier, schoss es Jil durch den Kopf.

JANE IN DER KLEMME

»Wann starten wir morgen nach Bath?«, fragte Robert Jane erwartungsvoll. Er freute sich wie ein Kind an seinem Geburtstag. »Darling, hast du denn schon alles vorbereitet?«, fragte Jane etwas misstrauisch. Sie räkelte sich gerade auf ihrer kobaltblauen Mohair-Samt-Couch von Minotti und betrachtete dabei ihre schönen manikürten Hände. »Robert, was soll ich denn einpacken? Denkst du, wir haben die Gelegenheit, schick essen zu gehen oder eher nicht? Dann eben nur Pyjama, Jeans, T-Shirts, Turnschuhe? Und wo liegt denn überhaupt dieser Ort Bath? Jedenfalls leider nicht St. Barth«, stöhnte sie, »übrigens, da fliegen jetzt Cathy und Ruppert hin, und sie packt nur leichte Sommerkleider und Flip Flops ein. Die wohnen im Hotel Eden Roc und lassen es sich gut gehen.«

»Liebling«, lachte Robert, »wir werden es uns auch gut gehen lassen, vielleicht nicht ganz so luxuriös, aber wer braucht sowas denn überhaupt. Das haben wir doch hier. Ich denke, die Kontraste machen es aus. Du fährst mit deinem Mann auf eine kleine Reise. Nur wir beide mit dem Auto, übers Land, mit viel Natur, Meer, Leuchttürmen. Wir schlafen in kleinen Hotels und zum Schluss kommt das Beste: Wir schauen uns ein traumhaft schönes altes Segelschiff an. Das ist doch wunderbar! Wer will das denn gegen St. Barth eintauschen?«, fügte er kopfschüttelnd hinzu.

Jane schaute ihn verständnislos an, schüttelte dann wie Robert auch den Kopf, allerdings aus Fassungslosigkeit. Es war sinnlos, mit ihm zu diskutieren. Der einzige Trost war, dass sie das nächste Mal den Urlaubsort auswählen würde und dann bestimmt nicht einen Ort, den keiner kannte oder freiwillig besuchen wollte, außer ihrem verrückten Mann.

»Ich dachte, wir nehmen den Mercedes Adenauer. Da hast du Platz für mindestens vier Koffer. Glaubst du, damit kommst du aus?« »Das wird knapp, aber irgendwie schaffe ich es«, warf sie ein. Er lachte und fuhr fort: »Die erste Station unserer Reise ist Mystic in Connecticut. Ein hübscher kleiner Ort, ungefähr drei Autostunden von New York entfernt. Da habe ich ein kleines Hotel ausfindig gemacht, welches malerisch am Mystic River liegt. Immerhin 3 Sterne! Das Haus hat elf Zimmer. Alle haben eine eigene Sitzecke und einige davon sogar Kamin oder Whirlpool. Und stell dir vor«, beschrieb Robert weiterhin begeistert, »das Hotel hat einen großen Frühstückstisch, an dem wir gemeinsam mit den anderen Gästen unser Frühstück einnehmen werden.«

Robert, komplett mit sich und seinem Plan im Reinen, bemerkte nicht, dass Janes Gesicht inzwischen etwas erblasst war. Ok, dachte Jane, bin ich hier im falschen Film? Wie komme ich aus dieser Nummer wieder raus? Und sie antworte, schwach wie eine Ertrinkende: »Das hört sich ja fantastisch an! Aber ich habe da noch eine Frage: Welcher Ort liegt eigentlich zwischen New York und Mystic?« Dabei richtete sie ihren Blick nicht mehr auf ihre manikürten Hände, sondern hilferingend nach oben gen Himmel. Robert antwortete ihr naiv: »Dazwischen liegt Long Island.« LONG ISLAND! Der Klang dieser Worte erschien ihr wie eine Erlösung. Danke, lieber Himmel! Du hast mich erhört. Long Island ist meine Rettung!

»Robert«, sagte Jane mit sanfter Stimme, »wie lange haben wir nicht Anthony und Isabelle in South Hampton besucht? Das wäre doch die Gelegenheit, wo wir doch sowieso dort vorbeikommen. Isabelle schrieb mir, dass sie die Renovierung der acht Bäder abgeschlossen haben. Versteh mich nicht falsch! Ich hätte zu gerne Mystic kennengelernt. Nur, Freunde gehen doch vor, findest du nicht?« »Aber damit machen wir wegen der Fähre einen ziemlichen Umweg. Meinst du, es lohnt sich? So eng sind wir doch gar nicht befreundet«, schmunzelte Robert, »aber bitte, ich fahre auch gerne nach Long Island.

»Dann lass uns das machen. Wir sind denen einen Besuch dringend schuldig. Ich rufe Isabelle gleich an«, sprach Jane, zunächst kurz erleichtert, aber die Sorge kam sogleich wieder: »Und was ist die nächste Station?« »Ja, also, dann weiter nach Cape Cod oder gleich nach Boston? Was meinst du?«, fragte Robert vorsichtig. »Ach, nach so viel Meer finde ich Boston doch traumhaft«, erwiderte Jane milde und schlug dann vor: »Lass uns ins Four Seasons gehen und abends schick essen.« »Okidoki«, lachte Robert und rieb sich die Hände. »Nun kommen wir der Sache doch näher. Von Boston sind es noch etwa 260 Kilometer bis nach Bath. Dort übernachten wir dann eine Nacht und werfen einen kurzen Blick auf das Boot.« Dabei schaute er so süß drein, dass Jane nicht anders konnte, als ihn zu sich auf die Couch zu ziehen. »Ach, Robert, du bist immer noch ein kleiner Junge.« Sie griff in sein volles Haar und küsste ihn zärtlich auf den Mund. »Und du, meine schöne Jane, bleibst für immer meine Prinzessin auf der Erbse. Ich liebe dich.« Er umfasste zärtlich ihre schmale Taille.

»Sir, entschuldigen Sie bitte, ich sollte Sie an den Konferenz-Call erinnern, der in ein paar Minuten stattfindet«, sprach William mit einer so ernsten Stimme, als ob das Haus gerade in Brand geraten wäre. »Danke, William, hätte ich fast vergessen.« Mit einem Satz sprang er auf und ließ die leicht errötete Jane allein auf der Couch zurück. »Entschuldige, Darling, wir sprechen später.« Und schon war er aus der Tür.

Jane lag noch eine Weile auf der Couch, stand dann aber schließlich auf, um nach Buddy zu sehen, der schläfrig vor der Haustür lag. Sie setzte sich zu ihm und kraulte seinen Hals. Buddy grunzte genüsslich. »Na, mein Dicker, dich werde ich vermissen, aber William passt schon gut auf dich auf.« Dann dachte sie an Bea, ihre schöne, kluge, ehrgeizige Tochter. Wie es ihr wohl in San Francisco ergangen war, mit dem neuen Look und ihren Präsentationen für ein neues Marketingkonzept? Sie bewunderte ihre Tochter, die so ganz ihren eigenen Weg einschlug und sich nicht durch Bequemlichkeit abbringen ließ, sondern immer mit Begeisterung ihr Studium und ihre Ziele verfolgte. Jane hoffte inständig, dass auch für sie das private Glück irgendwann einmal eintreten würde.

Sie selbst hatte dieses Glück! Es war ihr einfach in die Wiege gelegt worden, und zwar zu einem Zeitpunkt, als sie überhaupt nicht über eine ernsthafte Beziehung nachgedacht hatte. Damals war sie gerade mal siebzehn gewesen und noch auf die Highschool gegangen, als sie den fünf Jahre älteren Robert auf einer Studentenparty kennenlernte. Von der ersten Minute an war sie seinem unfassbaren Lächeln, seinem Charme und nicht zuletzt seinem Humor erlegen. Bis heute konnte sie sich diesem Bann nicht entziehen. So unterstütze sie ihn bei seiner Karriere als Komponist, all seinen Up and Downs, und richtete ihr ganzes Leben nach ihm aus. Manchmal fragte sie sich schon, ob sie und Robert wohl zusammengeblieben wären, wenn auch sie Karriere gemacht hätte. Ist es für eine glückliche Partnerschaft notwendig, dass einer der Partner sich auf den anderen einstellt bzw. sein Leben nach ihm oder ihr ausrichtet? Wie es wohl Celine ergeht? Bekommt sie es hin, beides auf die Reihe zu bekommen, Privatleben und Beruf? Jane hatte schon versucht sie anzurufen aber leider nicht erreicht. Wahrscheinlich hatte Celine keine Zeit mehr für einen kleinen Plausch am Telefon.

Jane musste zugeben, dass sie ihr Leben genoss. Sie war durchaus glücklich darüber, gerade für all die unnötigen Kleinigkeiten Zeit zu haben, wie zum Beispiel ein Plausch mit der Freundin, und auch jetzt mit ihrem Mann auf so eine Reise gehen zu können und nicht sagen zu müssen: »Darling, tut mir leid, aber meine Arbeit geht vor. Du musst alleine fahren.« Auch wenn sie viel lieber mit ihm nach St. Barth geflogen wäre. Sie seufzte und streichelte dabei immer noch Buddy, der mittlerweile auf seinem Rücken lag und schnarchte, alle viere von sich gestreckt. Ach, Buddy, du hast solche Gedanken nicht.

Hunde haben es leicht!, dachte sie und erhob sich. Jetzt galt es, alle Übernachtungen auf der Reise so zu organisieren, dass sie eben nicht mit zwanzig Gästen an einem gemeinsamen Frühstücktisch sitzen musste. Bei dem Gedanken musste sie lachen, bevor sie ins Haus verschwand.

SALLY´S RÜCKKEHR

Sally hastete geschwind vom Flughafen John F. Kennedy in ihr Uber-Fahrzeug, ohne sich nochmals umzusehen. Sie hatte sich gerade noch mühsam von Bea und Geoffrey verabschiedet. Diese letzten zwei Tage musste sie jetzt erstmal verarbeiten, allein oder noch besser mit ihrem Psychiater, den sie leider erst frühestens am Montag erreichen würde. Auf jeden Fall war sie fix und fertig. All ihre Pläne hatten sich in Luft aufgelöst, wie ein praller Ballon, der durch einen zarten Stich mit Beas Nadel in tausend Richtungen zerplatzte.

Dabei hatte in San Francisco mit Geoffrey zunächst alles so fantastisch angefangen: Zimmer an Zimmer, allein ohne Kunden in einem Top Restaurant mit Blick auf die Golden Bridge inklusive Sonnenuntergang. Nach der Fahrt ins Hotel wurden dann ihre Hoffnungen überraschend und brutal zerstört. An der Rezeption stand plötzlich diese Bea wie die Jungfrau von Orleans, angeflogen aus New York für das Meeting am nächsten Tag, wo sie auch noch ihre neuen Marketing-Vorschläge präsentierte. Allein, um sich von diesem Schock zu erholen, hätte Sally schon Jahre gebraucht. Aber es sollte noch viel schlimmer kommen. Denn da stand nicht mehr die schlampige, etwas mollige Pferdeschwanz-Bea in ihrem verblichenen Hosenanzug, nein! Da stand eine schlanke, elegante Frau mit super stylischem Haircut, neuer Haarfarbe und in einem atemberaubenden Christian-Dior-Kostüm. Nicht wiederzukennen, diese Bea.

Bei dem Gedanken wurde Sally plötzlich leicht übel, oder lag das etwa an der schlechten Fahrkunst des Fahrers? Wie war Bea eine solche Verwandlung gelungen und woher hatte sie nur das Geld für ein so exklusives Outfit? Und warum hatte Geoffrey sie nicht vorgewarnt, dass Bea kommen würde? Hatten die beiden etwas miteinander? All diese Fragen beschäftigten sie schon die ganze Zeit. Sie hatte keine

Antworten darauf. Dabei wollte sie Geoffrey unbedingt verführen. Alles hatte sie so gut geplant. Doch die Pechsträhne hörte nicht auf. Mephisto hatte es wohl auf sie abgesehen. Beas Marketingvorschläge wurden begeistert aufgenommen. Der Kunde bat ausdrücklich um genauere Ausarbeitungen in den nächsten Wochen und würde sich dann zwischen den Konzepten entscheiden – Mansfield & Strutton war natürlich nicht der einzige Bewerber für den Auftrag. Durch Beas innovative Ideen waren sie jetzt in die engere Auswahl gekommen. Sallys Vorschläge stießen zwar auf anerkennende Zufriedenheit, aber erzeugten nicht die spontane Begeisterung wie die von Bea.

Schlimm, wirklich schlimm, dachte Sally, und biss sich auf die Lippen. Und dann noch dieser Hosenanzug, den Bea bei der Präsentation trug! Jedes Detail hatte sich in ihr Gedächtnis eingebrannt: Der dunkelblaue Longblazer, doppelreihig geknöpft, links und rechts mit großen Taschen, dazu eine dunkelblaue Hose und eine blau-weiß getupfte Bluse. Die Schuhe waren der Hammer: aus dunkelblauem Samt, vorne geschlossen, der Rest gebunden, sodass man verborgen den nackten Fuß erkennen konnte. Superedel! Das Schlimmste war, dass das Ganze schon wieder nach Christian Dior roch! So ein Anzug kostete locker 5000 Dollar. Wo hatte Bea die Kohle dafür her? Sally hätte sich fast übergeben, wenn sie nicht schon vor ihrem Hauseingang angekommen wäre. Wortlos schlug sie die Tür vom Uber-Fahrzeug zu und schritt mit wehendem Haar zum Eingangsportal ihres Apartmentgebäudes, wo sie als erstes auf den Doorman Lawrence traf, der sie freundlich begrüßte.

»Hi Lawrence, haben Sie meine Mutter gesehen?«, fragte Sally hastig. Sally hatte immer mal wieder versucht, ihre Mutter zu erreichen, die sich aber aus unerfindlichen Gründen nicht zurückmeldete. Wo steckt sie bloß, schoss es ihr mehrfach während ihrer Geschäftsreise durch den Kopf. Dann aber war sie wieder von den furchtbaren Ereignissen in San Francisco abgelenkt gewesen. »Ma´am«, unterbrach sie

Lawrence, »ich glaube, ihrer Mutter geht es sehr gut.« Dabei schmunzelte er verschmitzt. »Sie ist oben im Apartment. Soll ich Bescheid geben, dass Sie kommen?« »Schon gut, Laurence, ich werde sie überraschen«, antwortete Sally erleichtert.

Was hatte ihre Mutter hier in New York gemacht, wo sie doch keinen Menschen kannte? Ob sie wohl sehr einsam gewesen war? Plötzlich spürte Sally ein schlechtes Gewissen, welches jedoch schlagartig verschwand, als sie vor ihrem Apartment angekommen war. Durch die Tür drang lebhafte Tango-Musik. Drinnen hörte sie fröhliches Gelächter. »Habe ich mich im Stockwerk gerirrt?«, dachte Sally verwirrt. Nein, sie stand vor dem richtigen Apartment. Zögernd tippte Sally ihren Schlüsselcode auf das Display und trat ein. Was sie da erblickte, gab ihr den letzten Rest: Ihre Mutter schritt eng umschlungen mit einem älteren weißhaarigen Herrn im Tangoschritt quer über ihren Parkettboden. An ihrem Esstisch saß ein älteres Paar, das sich, in ein Kartenspiel vertieft, laut unterhielt, und überall standen Weinflaschen herum.

Niemand bemerkte Sally, die diese skurrile Szenerie regungslos beobachtete und sich inmitten eines Fellini-Films fühlte. Und sie hatte sich doch tatsächlich Sorgen um ihre Mutter gemacht, befürchtet, dass sie die Tage hier allein und einsam verbrachte. Wie absurd! Hier stieg eine Party. Keine Spur von Trauer um Papa! Wie rücksichtslos von ihrer Mutter! Sie selbst hatte in ihrem schicken Apartment noch nie gefeiert, dachte sie entrüstet. Schnurstracks marschierte Sally zur Musikanlage und schaltete auf off. Abrupte Stille. Sally, die Täterin, stand jetzt in der Mitte des Raumes und die Opfer starrten sie erschrocken an. Sie fühlte sich plötzlich als größte Spießerin ever, die neidisch war, wenn die Menschen um sie herum Spaß hatten. Doch ihr schlechtes Gewissen wurde schnell von der Entrüstung über ihre rücksichtslose Mutter verdrängt: »Was ist hier los, Mama?«, schrie Sally etwas zu schrill, »und wer sind überhaupt diese Menschen in meiner Wohnung?«

Ihre Mutter, noch leicht erhitzt vom Tanzen, starrte Sally erschrocken an, fand aber keine Worte. Der weißhaarige Herr allerdings lächelte, kam höflich auf Sally zu und küsste ihr die Hand mit den Worten: »Entschuldigen Sie bitte, dass ich mich noch nicht vorgestellt habe, aber ich bin ihr Nachbar von oben. Mein Name ist Casimir Bertonelli. Ich habe ihre reizende Mutter im Fahrstuhl kennengelernt. Sie ist eine grandiose Tänzerin.« Dabei lächelte er ihre Mutter charmant an, die dahinschmolz wie Butter in der Pfanne. Nun stellte sich auch das andere Paar vor. Sie waren Freunde von Herrn Bertonelli, stammten wie er aus Palermo in Sizilien und waren jetzt bei ihrem alten Freund zu Besuch. Sally konnte es nicht fassen, dass ihre Mutter innerhalb von 48 Stunden in New York gleich neue Freude gefunden hatte, wofür andere Jahre brauchten.

»Kann ich mich bitte setzen?«, fragte Sally die Anwesenden schwach. Schon wurde sie auf die Couch gelegt mit einem Kissen unterm Kopf. Herr Bertonelli flößte ihr vorsichtig einen alten Rotwein aus Sizilien ein, während die anderen einschließlich ihrer Mutter sie besorgt betrachteten. »Dies ist ein wunderbarer Wein aus meinem Weinanbaugebiet in Sizilien. Sie werden sehen, eine sehr beruhigende Medizin ohne Rezept«, sprach Herr Bertonelli sanft. Dabei tätschelte er sanft ihre schlaffe Hand. Sally, völlig willenlos und komplett fertig von den letzten Tagen, trank das Glas Rotwein aus. Ein warmer weicher Strom durchflutete ihren Mund, floss weiter und weiter und mündete nach einer Weile in ihre Blutbahn.

Sonntag elf Uhr. Sally wachte mit schwerem Kopf in ihrem Schlafzimmer auf und wusste für ein paar Minuten nicht, wo sie sich befand. Im Hotel in San Francisco oder schon wieder zu Hause? Hatte sie das alles nur geträumt oder wirklich erlebt? Sie stützte sich im Bett auf. In ihrem Schädel dröhnte es fürchterlich. Mein Gott, da war doch was. Dieser Italiener mit seiner sizilianischen Sippe, hatte er ihr nicht Rotwein eingeflößt, während ihre Mutter nur lächelnd zugeschaut hatte?

»Oh, Gott, mein Kopf«, stöhnte sie, erhob sich mühsam und schlurfte ins Bad, um sich ihren Bademantel und eine Kopfschmerztablette zu holen. Am besten gleich zwei! Jetzt brauche ich dringend einen starken Kaffee, sonst sterbe ich, dachte sie und schleppte sich in die Küche.

Normalerweise hatte sie an einem Sonntag immer striktes Sportprogramm in einem Studio in Soho mit Detox-Tee und Banane! Heute bräuchte ich ein Sandwich mit allem, was dazugehört. Aber davon kann ich leider nur träumen, dachte sie. Dabei riss sie hoffnungslos den Kühlschrank auf und konnte nicht glauben, was sie da erblickte. Alles, was eine Sünde wert ist, breitete sich vor ihren Augen aus! Jede Menge Wurst, Käse, Tomaten, Gurken, sogar Mayonnaise! So ungesund also ernährte sich ihre Mutter. Eine Schande! Wenige Minuten später schlich Sally voll bewaffnet mit einem dampfenden starken Kaffee und einem gigantischen Sandwich auf ihre Couch und mampfte es gierig in sich hinein, während ihr Blick im Wohnzimmer umherkreiste. »Alles schon aufgeräumt«, bemerkte sie trocken, »sie haben keinerlei Spuren hinterlassen. Mein Gott, wie lecker ist denn dieses Sandwich! Wenn ich so weitermache, bin ich bald die Dicke in der Firma, und Bea sitzt schlank und rank auf meinem Stuhl.« Aber selbst dieser Gedanke konnte sie nicht davon abhalten, sich noch ein Zweites zu genehmigen. »Für irgendwas müssen Mütter ja auch gut sein«, brummte sie und biss herzhaft hinein.

Apropos Mutter, wieso schlief sie eigentlich immer noch? Es war doch schon nach elf Uhr? Sally, die sich mittlerweile wie ein Fass vorkam, schlich zum Schlafzimmer ihrer Mutter und öffnete die Tür: »Mama, bist du wach?«, fragte sie leise. Keine Antwort, keine Mutter! Sally war entsetzt. Bitte, wo war ihre Mutter? Hatte sie etwa die Nacht bei diesem Italiener verbracht? Fassungslos starrte sie auf das leere, unbenutzte Bett.

BEA UND DIE FRAU IN ROT

Geoffrey und Bea standen am Flughafen und schauten der forteilenden Sally hinterher, die, ohne sich umzudrehen, in ein Taxi stieg. »Die hat es aber eilig«, bemerkte Geoffrey. Dabei lächelte er Bea an, die wunderschön vor ihm stand. Auch er hatte natürlich ihre Verwandlung bemerkt. Sie sah wirklich fantastisch aus: Jetzt trug sie eine weiße Bluse, darüber ein graues Seidenjackett mit einem feinen rosa Streifenmuster und geschlitzten Ärmeln, dazu eine passende leichte Schlaghose mit hohen grauen Wildlederpumps, die ihre schlanken Beine in Szene setzten. Ihre Lippen waren durch einen blasspinken Lippenstift leicht betont, das Haar trug sie offen. Selbstbewusst schaute sie ihn an und bemerkte: »Vielleicht hat Sally dieses Wochenende Einiges zu erledigen. Deshalb ist sie wohl so in Eile.« Dann streckte sie ihm plötzlich ihre zarte gepflegte Hand entgegen: »Geoffrey, ich wollte mich bei Ihnen bedanken, dass Sie mich so kurzfristig nach San Francisco eingeladen haben, um mir die Chance zu geben, meine Marketingvorschläge zu präsentieren. Nun, da sie ja wohl recht gut ankamen, werde ich mich am Montag gleich an die Arbeit machen, um alles genauer auszuarbeiten«, sagte sie ernst.

Geoffrey bewunderte ihre unerschütterlich korrekte und professionelle Art. Sie wirkte engagiert, aber nie aufdringlich, selbstbewusst, aber nie arrogant, offen aber keineswegs redselig. Er wusste nicht, was sie in Wirklichkeit dachte. »Nein Bea, im Gegenteil, ich muss mich bei Ihnen bedanken; denn Sie haben unsere Chancen erhöht, den Auftrag überhaupt zu bekommen.« Dabei hielt er ihre Hand etwas länger als nötig und fügte hinzu: »Eine Frage noch: Kann ich Sie eventuell mit meinem Uber bei Ihnen zu Hause absetzen? Das liegt vielleicht auf meinem Heimweg.« Er schaute freundlich in ihre großen braunen Rehaugen. Sein Blick traf Bea mitten ins Herz, das sofort schneller klopfte. Es war nicht ganz klar, ob es der intensive Blick war, gemischt mit dem leichten Rasierwasserduft von Tabak und Zitrone, oder die hellgrauen freundlichen Augen, verbunden mit der Wärme seiner trockenen Hände. Oder, whatever, eben der ganze Geoffrey?

Bea zog sanft ihre Hand aus Geoffreys und dachte innerlich: Lass dir bloß nichts anmerken. Sie erwiderte ruhig: »Gerne, wenn es keine Umstände macht, ich muss nach Chelsea.« »Das passt ja wunderbar! Erst setzt mich der Fahrer bei mir ab und dann fährt er weiter zu Ihnen«, strahlte Geoffrey und half ihr, in den schwarzen Mercedes zu steigen, der schon eine Weile wartete. »Wohin geht denn die Fahrt zuerst?«, fragte Bea interessiert. »Ach, habe ich vergessen zu erwähnen«, erwiderte Geoffrey, »ich wohne in der 209 East 61St Street, in einem Townhouse mit meiner Tochter Sabrina.« Bea runzelte die Stirn. »Wo ist das? Ich kenne mich eigentlich ganz gut aus, zwar nicht so wie meine Mutter, aber ganz gut.« »Es ist zwei Blocks von der Park Avenue entfernt. Ganz in der Nähe ist die wunderbare kleine Schule von Sabrina, die Cathedral School. Sie hat dort liebevolle, begabte Lehrer. Dementsprechend fühlt sie sich auch wohl«, beschrieb Geoffrey zufrieden. »Darf ich Sie etwas Persönliches fragen?« fragte Bea vorsichtig. »Klar«, meinte Geoffrey amüsiert, »aber ich denke, ich weiß schon, was Sie fragen wollen. Wo denn Sabrinas Mutter ist, meine Frau.«

Bea errötete etwas, während sie nickte. »Meine Frau ist kurz nach Sabrinas Geburt an einer Blutvergiftung gestorben. Seitdem leben wir mit einer Haushälterin allein«, erklärte er ernst. Bea schaute ihn mitleidsvoll an und sprach dann leise: »Das muss schwer sein, nicht nur seine Frau zu verlieren, sondern auch die Mutter für Sabrina, und damit die alleinige Verantwortung für die Tochter und ihre Sorgen zu übernehmen.« »Ja, da haben Sie recht. Es ist für ein Kind natürlich viel schöner, mit beiden Elternteilen aufzuwachsen, aber ich versuche alles, damit Sabrina nicht zu sehr leiden muss. Sie hat ihre Mutter ja gar nicht kennengelernt«, antwortete Geoffrey. »Aber für Sie muss es schwer gewesen sein, so früh Ihre Frau zu verlieren. Das Leben kann manchmal ganz schön hart sein«, meinte Bea mitfühlend.

Geoffrey verstummte. Stille kehrte ein und so hörte man nur noch das leise Surren des Wagens. Warum schaut er mich so seltsam an, dachte Bea. Was denkt er? Habe ich etwas Falsches gesagt? Das plötzliche Klingeln seines Handys unterbrach die kleine Pause abrupt. »Sabrina, gib mir mal die Nelly! Ich bin gleich da. Nelly, regen Sie sich nicht auf! Ich bringe Sie ins Krankenhaus, keine Sorge, alles wird gut«, sprach er ruhig, »bin in fünf Minuten da.« Dabei fuhr er sich durch sein dunkles volles Haar. Er wirkte besorgt, als er auflegte. »Kann ich Ihnen helfen, Geoffrey?«, fragte Bea. »Meiner Haushälterin Nelly geht es nicht gut. Sie hat schon den ganzen Tag starke Bauchschmerzen und liegt auf der Couch. Ich muss mich um sie kümmern. Sie hat niemanden in New York, aber ich möchte Sabrina nicht allein lassen. Immer muss sowas am Wochenende passieren«, knirschte er.

Bea dachte eine Weile nach und wandte sich ihm zu: »Geoffrey, machen Sie sich keine Sorgen. Ich passe gerne auf Sabrina auf, solange Sie weg sind. Ich habe dieses Wochenende nichts Wichtiges vor. Es ist kein Problem«, sagte sie ruhig, »ich kann bei Ihnen warten, bis Sie wieder da sind.« »Das würden Sie machen?«, antwortete Geoffrey sichtlich erleichtert. Am liebsten hätte er sie geküsst, aber das wäre wohl nicht besonders klug gewesen – so zwischen Chef und Angestellter. Leider, leider, dachte er. »Bitte fühlen Sie sich wie zu Hause. Sie haben Ihr eigenes Bad und ein Zimmer, wo Sie sich frisch machen können.«

Nun stoppte der Fahrer, und sie standen vor seinem schicken Brick-Townhouse mit schwarzer Haustür und schwarzen Fensterrahmen an einer mit vielen Bäumen gesäumten Seitenstraße. Sie stiegen aus. Geoffrey nahm den Koffer von Bea wie selbstverständlich, so, als ob sie hier wohnte. Oder war es schon Wunschdenken, dachte er und schüttelte den Kopf. Ein kleines sechsjähriges Mädchen mit dicken dunklen Zöpfen öffnete die Tür und rannte auf Geoffrey zu, der sie sofort umarmte und küsste. Bea stand daneben und war zutiefst von dieser Tochter-Vater-Szene gerührt, die sich ihr bot. Wie in einem kitschigen Hollywoodfilm von früher, schoss es ihr durch den Kopf, nur dass sie hier plötzlich eine Rolle spielte. Welche allerdings, war ihr noch nicht klar.

»Sabrina, Liebes, das ist Bea, eine Kollegin von mir, und sie ist so lieb und bleibt bei dir, während ich Nelly ins Krankenhaus bringe«, erklärte er. Sabrina schaute Bea neugierig an und fragte: »Bist du mit meinem Papa im Büro? Magst du ihn?« Doch bevor Bea antworten konnte, unterbrach Geoffrey: »Sabrina, was soll die arme Bea denn jetzt antworten?«, lachte er, »Ich muss mich jetzt schnell um Nelly kümmern.« So betraten sie die eindrucksvolle hohe Halle mit schwarzweißen Marmorfliesen und einem riesigen Kristallleuchter, der prachtvoll in der Mitte schwebte.

»Bea, dass Sie das hier machen, ist wirklich unglaublich hilfsbereit von Ihnen. Ich hoffe, Sie können es sich hier irgendwie gemütlich machen«, waren seine letzten Worte. Dann verschwand er mit Nelly, um ins nächstgelegene Krankenhaus zu fahren. Bea und Sabrina standen schweigend vor dem Hauseingang und schauten dem Taxi nach. »Und nun?«, meinte Bea freundlich zu Sabrina, »wollen wir reingehen, und du zeigst mir mein Gästezimmer und das Bad? Es lohnt sich wahrscheinlich nicht; denn dein Vater ist bestimmt schon in einer Stunde wieder da. Aber ich möchte mich nur etwas frisch machen und mir bequeme Sachen anziehen.« »Komm, ich zeige dir alles«, rief Sabrina eifrig. Sie fand es total spannend, Nelly gegen so eine hübsche Frau eingetauscht zu haben. Nelly war eine dickliche Frau, die gar keinen Wert auf Äußeres legte. Sabrina nahm nun zutraulich Beas Hand und führte sie ins Haus.

Bea kam aus dem Staunen darüber nicht heraus, wie großzügig der Schnitt der Räume war. Allerdings merkte man an einigen Details, dass hier ein Single mit Kind lebte. Alles war kühl und zweckgebunden eingerichtet, aber trotzdem sehr geschmackvoll. Sie gingen ins Esszimmer: ein schwarzer kalter Marmortisch, schwarze Essstühle aus Leder, eine weiße Hängelampe, die, dachte Bea, bestimmt kein gemütliches Licht abgibt; an der Wand ein Ölbild, das eine Baumallee mit afrikanischen Frauen darstellte, die ihre Waren anboten. Das Bild strahlte eine unfassbare Ruhe und Gelassenheit aus. Bea konnte sich kaum davon lösen. Hatte Geoffrey es ausgesucht oder seine verstorbene Frau? Dieser Gedanke lies Bea bei ganz vielen Dingen in diesem Haus nicht los. Das Wohnzimmer: ganz in Weiß – Ledercouch, Teppich, Sessel, zwei bis zum Boden heruntergezogene Sprossentüren mit Blick auf einen zart beleuchteten, zauberhaften Garten mit japanischen Bäumen; und in dessen Mitte ein bewachsener Brunnen innerhalb eines kleinen Patios mit Klinkerboden. Wunderschön, und das mitten in New York! Hatte sie, seine verstorbene Frau, das hier gestaltet? Wieder sie, dachte Bea.

Dann waren Sabrina und Bea an einer Schlafzimmertür angekommen. »Hier schläft mein Papa ganz allein«, erklärte Sabrina, »und ich nebenan.« Bea hatte das Gefühl, hier als Fremde nicht einfach das Schlafzimmer ihres Chefs betreten zu dürfen. So blieb sie etwas beschämt an der Türschwelle stehen, während Sabrina mit einem Schwung auf Geoffreys Bett sprang. Das Schlafzimmer war relativ groß und hell mit einem riesigen braunen Lederbett auf braunem Eichenparkett, einem weißen Kamin, darüber hing ein TV-Flat-Screen und zwei große Fenster gaben den Blick zum Garten frei. Dann fiel Beas Aufmerksamkeit auf das Bild über dem Bett. Es war in vielen verschiedenen Blautönen gehalten. In der Mitte schwebte eine Frau mit schwarzen langen Haaren in einem knallroten Kleid wie schwerelos. Oh, my God, diese Frau sieht ja fast so aus wie ich, dachte Bea erschrocken. »Komm Sabrina, lass uns dein Zimmer anschauen«, rief sie und wandte sich hastig ab. Sie kamen durch eine riesige Ankleide mit grauen und blauen Anzügen, Schlipsen, Hemden, Freizeitkleidung und Schuhen. Wow! Deshalb hat er jeden Tag etwas Neues an, dachte Bea. Das hätte sich ihre Mutter für ihren Vater gewünscht, aber nur Janes eigene Ankleide konnte da mithalten.

Apropos Jane: Wenn man vom Teufel spricht, ist er nicht weit. Das Handy klingelte. »Liebes, wie geht es dir und wie war San Francisco, so mit deinem neuen Look? Was hat denn dein Chef dazu gesagt?«, fragte Jane interessiert. »Hi Mama, ich bin noch gar nicht zu Hause«, sprach Bea leise, während sie von Sabrina aufmerksam beobachtet wurde, »kann ich dich bitte später zurückrufen?« »Wo bist du denn noch so spät? Du müsstest doch längst zu Hause sein«, erwiderte Jane neugierig. »Ich bin bei Geoffrey und passe auf seine kleine Tochter auf. Er musste seine Kinderfrau ins Krankenhaus bringen«, erklärte Bea mühsam. »Ach nein! Das ist doch wunderbar! Äh, natürlich nicht für die Kinderfrau ... Aber wie wohnt er denn so? Bleibst du über Nacht?«, insistierte Jane weiter. »Mama, ich rufe dich morgen an. Gute Nacht!«

Dann legte Bea auf und schaute Sabrina an, die sie die ganze Zeit nicht aus den Augen gelassen hatte. »War das deine Mama?«, fragte die Kleine, »und hast du auch einen Papa?« »Ja, Sabrina, das war meine Mama, und ich habe auch einen Vater«, antwortete Bea sanft. »Ich habe nur einen Papa«, erwiderte Sabrina mit leiser Stimme. »Aber dafür einen ganz tollen! Weißt du, Mütter können manchmal auch ganz schön nervig sein«, beruhigte sie Sabrina, »und nun zeig mir doch dein Zimmer! Bin schon ganz aufgeregt.« Sabrina strahlte und zog Bea in ihr helles großes Kinderzimmer mit grün gemustertem Teppich, weißem Himmelbett, weißer Ledercouch. An der Wand hing ein großes Ölbild mit leuchtenden grünen Farben eines wilden Dschungels. Wow, dachte Bea fasziniert, gleich springt der Tiger aus dem Bild. Sie ließ ihren Blick schweifen: über weiße Holzregale mit allen Puppen, Teddys, Barbies, die man sich nur vorstellen konnte, und wieder zu den hellen großen Fenstern. »Mein Gott, wie schön du es hier hast. Was hältst du davon, mir jetzt mein Zimmer zu zeigen? Ich ziehe mir schnell einen bequemen Jogginganzug an. Dann machen wir uns Sandwiches, picknicken in deinem Zimmer und spielen Barbies?«, rief Bea lächelnd. »Oh, dazu hab ich große Lust!« Sabrina wurde vor Vorfreude ganz rot im Gesicht, griff Beas Hand und rannte mit ihr in das Gästezimmer, welches sich im obersten Stockwerk befand.

Sie traten in ein süßes Zimmer mit dunklem Parkett, weißblauem Himmelbett und eigenem Kamin. »Gefällt es dir?« fragte Sabrina noch ganz erhitzt vom Rennen. »Ich liebe es«, lachte Bea, »komm, du wartest jetzt unten. Bin gleich da!« »Gut«, strahlte Sabrina, »aber mach schnell!« Und schon wetzte sie weg. Warum befanden sich die Gästezimmer eigentlich im ersten Stock und die Schlafzimmer von Geoffrey und Sabrina im Erdgeschoss, wunderte sich Bea. Anyway, sie musste sich beeilen. Sabrina wartete schon sehnsüchtig.

Bea beeilte sich: Jogginganzug überziehen, abschminken, Zähne putzen. Am liebsten hätte sie sich in das schöne himmelblaue Bett gelegt und Musik gehört. Aber nein, Sabrina wartete auf sie. Plötzlich hatte sie eine Verantwortung für jemanden, dem ihre Anwesenheit wichtig war. Ungewöhnlich, fremd, aber irgendwie schön! Warum war es so? Bedeutete es nicht auch, weniger frei zu sein, da ihre Anwesenheit nun für das Glück einer anderen Person nötig war? Fühlte sie sich deshalb so wohl, weil sie wusste, diese Verpflichtung war nicht von Dauer? Wie erging es Geoffrey? Hatte er immer ein schlechtes Gewissen, Sabrina allein zu lassen? Empfand er eine ständige Unfreiheit? Sie hatte keine Kinder, keinen Mann. Sie war frei und unabhängig. Doch ab und zu schlich sich das Gefühl von Einsamkeit und Leere in ihr Herz. Sie dachte an ihre Eltern, die ein beneidenswertes Leben zu zweit verbrachten, ohne sich je unfrei zu fühlen, beschwingt von der

Liebe füreinander, jedem seinen Freiraum lassend, nicht zwanghaft, sondern aus freien Stücken, und glücklich, wenn der andere glücklich war, um dann wie zwei Magnete wieder zueinander finden. Ja, danach sehnte sie sich, nach der wahren Liebe, in der es keine Konkurrenz gab, sondern eine wahre seelische Umarmung und echte Freude für- und miteinander.

Ein lautes Klingeln unterbrach ihre Gedanken. Oh, wer versucht mich zu erreichen? Sie griff hastig nach ihrem Handy. »Guten Abend Bea. Ich bin es, Geoffrey. Alles gut bei Ihnen und Sabrina?« Seine Stimme klang müde. »Hi, bei uns ist alles super. Aber wie geht es Nelly?«, fragte Bea besorgt. »Leider nicht gut. Wir sind noch nicht mal dran. Sie haben viele Notfälle. Es wird noch dauern. Wäre es möglich, eine Nacht bei uns zu verbringen?« »Geoffrey, machen Sie sich bitte keine Sorgen. Es ist für mich wirklich kein Problem, hier eine Nacht auf Sabrina aufzupassen.« »Danke! Bitte fühlen Sie sich wie zu Hause«, sprach er leise, »ich melde mich wieder. Und Bea –danke für alles.« Seine Stimme klang rau. Dann legte er auf. Bea starrte aus dem Fenster auf den kleinen erleuchteten Garten, während sie das Telefon noch in der Hand hielt. In ihrem Herzen wehte plötzlich ein warmer Sommerwind, den sie sich nicht erklären konnte.

CELINE UND VERDI

»Celine, brauchst du noch lange?«, fragte Bill, während er den Kopf in die Schlafzimmertür steckte. »Du weißt, Jane und Robert warten nicht gerne. Du kennst doch Janes Ungeduld.« »Schatzi, Jane hat aber volles Verständnis für ein perfektes Outfit. Sie selbst nimmt sich alle Zeit der Welt, glaube mir.« Dabei schaute sie sich im Spiegel an, um ihre lilafarbenen Kreolen mit glitzernden Steinen anzustecken, die umwerfend zu ihren roten Haaren aussahen. Mit ihrer hellen ebenmäßigen Haut brauchte sie kein Makeup. Ein feines Puder reichte völlig. Auch Lidschatten war überflüssig. Sie benutzte nur Eyeliner und Mascara, nicht schwarz, sondern eher braun, die ihre Augen in Kontrast zu ihrer hellen Haut weich erscheinen ließ. Dann trug sie einen leichten pfirsichfarbenen Lippenstift auf, der ihre Lippen voll und sinnlich wirken ließ. Celine betrachtete sich. Ah, jetzt noch das Parfüm von Issey Mijake. Erneuter kritischer Blick in den Spiegel. Fehlte noch was? Hm, vielleicht sah ihr Teint etwas zu zart und blass aus. Also schnell noch einen Hauch von Rouge. Super, jetzt ist es perfekt, dachte sie zufrieden. Zur Belohnung bekam ihr Spiegelbild ein freundliches Lächeln. Session beendet.

Bill schüttelte den Kopf über die Gelassenheit seiner Frau: »Celine, bitte, come on. Jane hat uns Topkarten für die Met besorgt. Wenn wir da nicht rechtzeitig sind, dann wars das für immer.« »Gleich, Schatz, wir schaffen es noch pünktlich, beruhige dich.« Sie erhob sich vom Hocker vor ihrer Kommode. Bill betrachtete sie, wie sie da so vor ihm stand, in BH und Slip und einer Figur ohne irgendein Zeichen ihrer zwei Geburten. So stolzierte sie lächelnd zum Kleiderschrank, sich des bewundernden Blickes von Bill vollkommen bewusst, und schlüpfte in ein hautenges, besticktes schwarzes Hippie Kleid mit langen Engelsärmeln, dazu in lässige Boots. Dann drehte sie sich zu ihm um: »Und wie sehe ich aus? I am ready to go.« Bill schaute sie perplex

an. Für ihn war sie immer noch eine faszinierende Frau, anders als andere Frauen. »Süße, du siehst einfach umwerfend aus, aber jetzt wird es Zeit, sonst können wir Met und Jane für immer vergessen.«
»Ja, nur ganz schnell noch nach Clara und Lilly schauen.« Celine hastete ins Kinderzimmer, wo Ella, ihre Nanny, gerade ein Märchen vorlas, und die beiden Kinder mit roten Köpfen gebannt zuhörten, ohne Celine Beachtung zu schenken. Ok, hier störte sie.

Schon war sie in ihren schwarzen Mantel geschlüpft und unterwegs mit Bill in die Met. Von Tribeca aus dauerte es ohne Verkehr ungefähr zwanzig Minuten. Sie genoss die Fahrt und freute sich schon auf die Oper La Traviata, die sie in eine andere Welt eintauchen lassen würde, weit weg von der anstrengenden Woche. Clara war durch ihre intensive Pflege schnell wieder gesundet. Die von Harry, Mr. Ice Cold, aufgetragene Arbeit hatte sie tatsächlich abgearbeitet. Was machte so ein Typ an einem Sonntagabend? Arbeit und nichts als Arbeit? Wie armselig und einsam war denn so ein Leben, ohne Liebe, ohne Verrücktheiten, ständig nur den Erfolg vor den Augen. Hatte er Frau und Kinder? Pah, niemals, wer sollte so einen Roboter heiraten und warum? Nur wegen des Geldes? Wie armselig! Das Leben war doch viel zu kurz und schön, als dass man es ohne Poesie, Romantik, ohne Spontanität, Leidenschaft und Träume verbringen sollte. Ein Leben, losgelöst von dieser Erde mit einem Mann, der einem tief ins Herz schaute und kräftig daran rüttelte. Wie wunderbar, wie unglaublich, wie unwahrscheinlich. Wie viele Menschen erlebten so etwas? Hatte sie so ein Leben mit Bill?

Celine schaute aus dem Autofenster, wo die pulsierende, funkelnde Stadt an ihr vorbeizog und Millionen Menschen auf den Straßen der Unendlichkeit irgendwohin hasteten. Warum waren sie hier? Wo gingen sie hin? Welchen Träumen liefen sie nach?
»Süße, wir sind da!« Sie war wieder in der Realität angekommen und sie eilten auf die imposante Met zu, die mit ihrem prachtvoll erleuch-

teten, fünf hohen Bogengängen und dem davor angestrahlten riesigen Brunnen wie ein modernes Barockgebäude aussah. »Mein Gott, wie viele Menschen gerne in die Oper gehen! Alle Nationalitäten sind hier vertreten!«, rief Celine überrascht. Dabei schaute sie Bill an, der fest ihre Hand hielt: »Jane hat im Restaurant Le Grand Tier reserviert. Wir müssen vorher unsere Karten zeigen. Von dort geht es direkt zur Aufführung«, erklärte Bill. Celine lachte: »War doch klar, dass Jane sich nicht unters Volk mischt, Champagner aus Plastikgläsern trinkt und sich Besucher in Jeans anschaut, bei ihrem Style!« Bill grinste.

So schritten sie zum Haupteingang der Met, und wenige Minuten später betraten sie das wunderschöne Restaurant Le Tier. Celine staunte: Was für ein Auftakt dieses Opernbesuches! Zwanzig Meter hohe Fenster säumten das Restaurant. Zwei riesige Bilder von Chagall hingen fast schwebend von der Decke, eines in knallroten, das andere in blau-gelben Farben gehalten. Einfach prachtvoll! Ausgelegt war das gesamte Le Grand Tier mit einem Teppich aus sattem Rot. Überall standen weite Tische, die Privatsphäre garantierten, eingedeckt mit feinstem Silber und Porzellan. Alle Gäste waren elegant angezogen: Männer trugen Jackett und Schlips, Frauen elegante Cocktailkleider, um sie herum schwirrten schwarz livrierte Kellner. Fröhliches Geplauder, gemischt mit Gelächter und feiner Hintergrundmusik, sorgten für den letzten Schliff. Mein Gott, wie schön! Vergessen waren Arbeit und Kinder. Celines Herz klopfte vor Freude. »Und wo sitzen Jane und Robert?« Ein feiner Kellner kam sofort auf die beiden zu: »Guten Abend, herzlich willkommen im Grand. Mein Name ist Sullivan. Haben Sie eine Reservierung?« Er schaute Celine und Bill freundlich an. »Ja, wir werden erwartet von Mr. and Mrs. Bancroft«, antwortete Bill freundlich. »Oh natürlich, Sie sind sicherlich Mr. and Mrs. Leven. Bitte begleiten Sie mich.«

Jane und Robert saßen an einem wunderschönen Tisch mit Blick aufs Restaurant und dem blauen Chagall. Jane sah wie immer unfassbar gut aus. Bernard und Jacó hatten wieder einmal ein Meisterwerk kreiert. Bernard hatte sie in ein bodenlanges Dior-Abendkleid gesteckt, der untere Teil aus schwarzer Spitze wie ein weiter Rock, darüber trug sie eine schulterfreie tiefausgeschnittene Samtkorsage mit langen engen Samtärmeln, die wie lange Handschuhe wirkten. Ihre Haare waren kunstvoll von Jacó hochgesteckt worden. Keine Ohrringe, nur eine zarte silberne Trinity Kette von Cartier schmückte ihren Hals. Wow, dachte Celine, sie hat immer noch ein makelloses Dekolleté. Sie umarmte Jane neidlos. »Schön euch zu sehen und nochmals vielen Dank für diese Wahnsinnseinladung. Ihr seid mein Highlight diese Woche!«, strahlte Celine. »Ach Darling, ich freue mich auch sehr, euch beide zu sehen. Wir haben schon das Opernmenü ausgesucht.« Robert, im eleganten Smoking, schob ihr den Stuhl heran, und schon klirrten die Champagnergläser. »Auf einen wunderbaren Opernabend mit La Traviata!«, rief Robert in die Runde. »Den werden wir sicherlich haben«, bemerkte Bill enthusiastisch.

»Kinder, Ihr werdet es genießen. Die Met hat ja seit der Suspendierung von Levine einen neuen Musikdirektor und Dirigenten, ein fantastischer junger Mann aus Montreal. Nézet-Séguin heißt er. Die New York Times schrieb kürzlich, dass sein Charme und seine Musikalität ihn zu einem der größten Künstler dieser Welt machen werden«, erzählte Jane begeistert, als der Kellner den ersten Gang servierte, eine sogenannte Sunchoke Soup, eine Wildpilzsuppe mit schwarzem Trüffel. »Wollen wir nicht erst mal beim Champagner bleiben? Ich höre die Musik viel intensiver mit einem leichten Champagnerschwips«, meinte Jane entzückt. »Ich dagegen schlafe schneller ein, wenn ich zu viel davon trinke«, erwiderte Robert lachend, womit er prompt einen strafenden Blick von Jane provozierte. »Ich trinke gerne noch ein Gläschen, aber dann bleibe ich beim Wasser. Ich muss morgen ja wieder arbeiten«, gab Bill zu bedenken. Celine nickte: »Auch ich bin da raus. Ihr wisst ja, dass ich jetzt auch wieder zur arbeitenden Bevölkerung gehöre.« »Stimmt, du arbeitest ja wieder«, bemerkte Jane mit einem Hauch von Mitleid in ihrer Stimme, während sie sich einen kühlen Schluck vom exzellenten Dom Perignon genehmigte. »Wie gefällt es dir? Gehst du gerne hin?«

Celine schaute Jane nachdenklich an: »Ja, ich empfinde es als wunderbare Abwechslung. Nur mein Chef ist etwas anstrengend.« Bill beobachtete Celine dabei, wie sie Jane und Robert ihre Arbeit erklärte. Er sah nicht gerade fröhlich aus, eher etwas gedrückt. Jane bemerkte Bills Stimmungswandel. »Ach, Bill, warum schaust du denn so traurig drein? Bist du nicht froh, dass Celine was Nettes gefunden hat?« »Doch, schon, aber die letzte Woche hat uns ganz schön gestresst, da Clara krank wurde. Wenn beide berufstätig sind, kommt es natürlich zu Problemen«, stöhnte er. »Aber ich habe es doch gut hinbekommen«, verteidigte sich Celine, »ich gebe zu, mit meinem Boss war es nicht ganz einfach. Am Ende hat dann aber doch alles gut funktioniert.« »Was ist denn dein Boss für ein Mensch?«, fragte Robert freundlich. Celine überlegte für eine Sekunde. »Er ist ein Workaholic. Er ...«, plötzlich erblickte sie ein Paar, welches gerade das Restaurant betrat. My God, das kann doch nicht wahr sein, dachte sie überrascht, der Wolf traut sich aus seiner Höhle heraus und ist vielleicht doch nicht so einsam.

»Celine, Liebes, was ist mit dir?«, fragte Bill neugierig. Auch Jane hatte längst dieses Paar bemerkt. Sie besaß ein Auge für attraktive, stylische Menschen und sah eine Frau, die sich ihres Aussehens ganz offensichtlich bewusst war: blond, auffallend hübsch, cool, mit einem himbeerfarbenen Neckholderabendkleid aus Seide, hohen Spitzen-Pumps im Ton des fließenden Kleides, dazu eine absolut perfekt passende samtbraune Tasche, die mit roten Ornamenten bestickt war, die Haare nass zu einem strengen Knoten gebunden, wodurch ihre langen roten Federohrringe voll zur Geltung kamen. An ihrer Seite ging ein dunkelhaariger gut aussehender Mann im schwarzen Smoking, coolem schneeweißen Hemd mit silbernen Manschettenknöpfen, der ihren Arm hielt. Beide, aber mehr noch sie, waren sich darüber bewusst, dass alle Blicke im Restaurant auf sie gerichtet waren. Somit schritten sie betont lässig hinter dem Kellner her – zum großen Unbehagen von Celine in Richtung Janes Tisch.

Celine führte ruhig das Champagnerglas an ihren Mund und benetzte ihre trockene Zunge, während sie sich lächelnd wieder der Runde zuwandte. Das Paar schritt langsam an ihrem Tisch vorbei. Celine spürte intuitiv Harrys Blick, während sie Jane fragte, wer denn die Violetta singen würde. »Darling, ich erzähle dir gleich alles über die Oper, wenn du mir erzählst, WHO are they?«, fragte Jane, die aus Celines plötzlich erstarrter Mimik sofort schloss, dass sie dieses Paar kannte. »Die Frau habe ich noch nie gesehen, aber den Mann schon. Er ist mein Boss«, erklärte Celine leise. Kurze Stille am Tisch. »Ok, der sieht echt gut aus. Aber du hattest Recht. Mir lief es kalt den Rücken runter, als er hier vorbeikam.« Jane schüttelte leicht den Kopf. »Übrigens, auch mit der Blonden ging es mir so. Die passen perfekt zusammen«, dabei nippte sie wieder an ihrem Champagner.

Ein zweiter Gang wurde serviert: Gegrillter Lachs mit Fenchel und geräucherten Kartoffelgnocchi. »Wir kennen diesen Mann doch gar nicht. Vielleicht tritt er nur aus einem gewissen Selbstschutz so auf«, gab Robert zu Bedenken. Celine nickte dankbar und sagte erneut: »Jane, jetzt erzähle uns doch bitte, wer die Violetta singt und wer den Alfredo?« Sie wollte damit auch das Thema wechseln. Sie hatte überhaupt keine Lust, sich den Opernabend von Harry ruinieren zu lassen. »Ja, wir, ich meine die Met, hat ein neues Starpaar für die La Traviata. Die Violetta singt die deutsche Diana Damrau und den Alfredo der Peruaner Diego Florez, ein Superstar mittlerweile. Ihr werdet es genießen!«, rief Jane begeistert. »Entschuldigen Sie bitte, Mrs. and Mr. Bancroft, aber die Oper beginnt in fünfzehn Minuten. Wir sehen uns dann wie immer in der Pause zum Dessert.« Dabei lächelte Sullivan, übrigens Janes Lieblingskellner, höflich. »Danke, nein, wie die Zeit vergeht!«, lachte Jane vergnügt und erhob sich zusammen mit den anderen beschwingt vom Tisch. Celine schielte etwas nach links hinten, um nach Harry und der schönen Unbekannten Ausschau zu halten, aber die beiden waren wie vom Erdboden verschluckt. Fast unheimlich, dachte Celine.

Wenige Minuten später betraten sie das beeindruckende Foyer der Met: alles ausgelegt mit roten Teppichen; endlose Stockwerke mit goldenen Geländern; gewaltige Kristalllüster, die wie Sterne herunterhingen; überall Kerzenleuchter; viele Menschen, einige in Jeans, aber viele prachtvoll gekleidet; ein Stimmengewirr der ganzen Welt, alle Menschen das gleiche Ziel verfolgend, nämlich zu ihren Plätzen zu gelangen. Celine stand mit offenem Mund da und konnte sich nicht satt sehen. »Kinder, kommt, wir müssen zu unseren Plätzen. Sonst schließen sie die Türen!«, rief Jane ungeduldig. So folgten sie Jane, die sich perfekt auskannte, und Sekunden später befanden sie sich in der Mitte der ersten Reihe, zur freudigen Überraschung von Celine und Bill.

Celine fühlte sich wie in einem Film, mittendrin in dem riesigen Konzertsaal, alles in Gold und Rot, über fünf Ränge mit fast viertausend Gästen, vor ihr ein schwerer goldener Bühnenvorhang aus Seide. Atemlos saß sie da und sog diese unwirkliche Atmosphäre ein. Dann der letzte Gong, es wurde dunkel, es wurde still, und Verdis Zauberklänge ergriffen zunächst seicht und zart Celines Herz, zogen sie unweigerlich in ihren Bann und ließen sie nicht mehr los. Schon bei den ersten Geigentönen der Ouvertüre schwebte Celine weg von ihrem Platz, hinein in eine Welt der Schönheit, der Sinne, in ein Land fern von New York, in eine andere Zeit, eine Zeit des Glanzes, des Edelmutes, der Treue, der unfassbaren Liebe, der herzzerreißenden Tragik und schließlich des Todes. Vor Ergriffenheit musste sie ihre Augen schließen, doch die Musik drang in jede Pore ihrer Haut. Ihre Augen füllten sich mit Tränen. Lieber Gott, wenn ich sterben muss, dann bitte hier in jener Welt und mit dieser Musik, dachte sie hingebungsvoll und ergriff dabei Bills Hand.

So verging die Zeit wie im Fluge. Verdis Bann war wie ein loderndes Feuer, das die gesamte Oper ergriff, mit sich riss und am Ende in einem tobenden Beifall des Publikums explodierte. Es ertönten fast kreischende Beifallrufe, für die Sänger regnete es Rosen, es gab Standing Ovations für Damrau und Florez. Ein unvergesslicher Abend neigte sich leider dem Ende zu. Morgen würde der Alltag wiederkehren, aber heute befand sich Celine in der Welt von Verdi im fernen Italien, und sie hatte einfach nicht vor, so schnell zurückzukehren.

JESSE UND MICHAEL

»Wow, du wohnst hier ja nicht gerade in einem Schloss«, staunte Jesse, der aus Bath nur Platz und Weite kannte. Er, mit seinen fast eins neunzig fühlte sich in ihrer Wohnung wie ein Elefant im Porzellanladen. »Setz dich einfach, Jesse«, lachte Jil, »fallen kannst du zwar nicht, aber wir haben einfach mehr Platz, wenn einer sitzt. Ich mach uns jetzt erst mal einen Kaffee.« Er schaute sie verschmitzt an wie ein kleiner Junge. Dann packte er sie plötzlich am Arm und flüsterte ihr ins Ohr: »Aber küssen geht immer, egal, wie klein die Bude ist«, und schon lag sie in seinen starken Armen. Doch ein lautes Klingeln an der Tür ließ die beiden Küssenden auseinanderschrecken. »Wer kann denn das jetzt sein«, meinte Jesse bedauernd. Jil zuckte erschrocken mit den Schultern. »Keine Ahnung!« Oder doch? »Jil, pass lieber auf, wir sind hier in New York und nicht zu Hause. Lass mich mal machen.« Schon stand Jesse vor ihr und riss mit einem Ruck die Tür auf.

Im nächsten Moment standen sich zwei etwa gleichaltrige Männer gegenüber und beäugten sich misstrauisch. Jil hörte Jesse fragen: »Kann ich was für dich tun?« »Äh, wollte eigentlich Jil sprechen. Bin der Nachbar von oben. Wusste nicht, dass sie Besuch hat. Ist sie da?« »Ja, denke schon«, zögernd gab Jesse den Weg für Jil frei, die die ganze Zeit nur den Rücken von Jesse vor sich gehabt hatte. Im nächsten Moment trafen sie die hellblauen Augen von Michael. Er ließ sich nichts anmerken, hier bei ihr einen anderen Mann vorzufinden. »Hey Michael«, rief sie aufgeregt, »was geht ab?« Sie versuchte möglichst cool zu bleiben, während Ihr Herz allerdings wild klopfte. Michael grinste: »Wollte dich eigentlich fragen, ob du mir helfen könntest, meine Bilder für die Vernissage einzupacken. Hab mal wieder zu spät angefangen. Könnte dringend Hilfe gebrauchen. Aber du hast ja jetzt Besuch. Kann da ja wohl unmöglich von dir verlangen mir zu helfen ...«

Dabei blieb er lässig am Türrahmen stehen. Sein weißes T-Shirt gab einen tollen Kontrast zu seiner braun-goldenen Haut ab. Er trug eine lässige hellblaue Levis-Jeans und weiße Turnschuhe aus Leinen. Jil wurde es etwas schummrig im Kopf. Jesses warmer Körper nah hinter ihr und das strahlende Lächeln von Michael vor ihr, was für ein Sonntag soll das werden, dachte sie erhitzt. Dann hörte sie Jesses freundliche Antwort, der niemals jemandem einen Gefallen abschlagen würde. In Bath war es eine Selbstverständlichkeit sich gegenseitig zu helfen. Jesse kannte nicht die Gesetze, die in New York herrschten: Das Spiel von Geben und Nehmen. Hier gab es nichts umsonst! Dazu hatte man viel zu wenig Zeit, und um alles musste man viel zu hart kämpfen. Immer gab es einen Grund, warum man half, und was man dafür bekam. »Klar helfen wir dir. Das ist doch gar kein Problem. Was meinst du, Jil?«, fragte Jesse freundlich.

Michael sah nicht besonders glücklich aus, dass dieser Mann dabei helfen wollte, seine Bilder einzupacken. Gespannt wartete er Jils Reaktion ab. »Nein, ich meine, ja ...«, stotterte sie. Ihr war es gar nicht recht, mit Jesse in Michaels Apartment zu gehen und dort an ihr gemeinsames nächtliches Zusammensein erinnert zu werden. »Klar, wir kommen gleich hoch, kein Problem, wir hatten sowieso nichts vor.« Dabei schaute sie nervös auf ihre Nägel. »Super, ich gehe schon mal nach oben. Bis gleich«, freute sich Michael und schon war er verschwunden.

Jesse stand an der Tür und schaute ihm nach, wie er in den Fahrstuhl stieg. Dann drehte er sich zu Jil. »Netter Typ. Kennst du den schon länger?« »Nein, noch nicht so lange«, murmelte Jil, »warte bitte, ich ziehe mich kurz um. Dann können wir los.« »Weißt du überhaupt, in welchem Stockwerk er wohnt?«, fragte er. »Ja, ganz oben«, erwiderte sie. »Du kennst seine Wohnung?«, wunderte sich Jesse. »Hm, ja, war ganz kurz mal da. Ist sehr schön«, erklärte Jil knapp. Dann verschwand sie.

Jesse betrachtete die Bilder von Michael. Er kannte sich mit Kunst nicht so aus. Bei ihm zu Hause hingen wundervolle Fotografien von traumhaften Oldtimer-Segelbooten. Abstrakte Malerei war nicht so sein Ding. Er versuchte irgendetwas damit anzufangen, eventuell etwas zu erkennen, doch er bemühte sich vergebens. Jil dagegen unterhielt sich begeistert mit Michael über seine Bilder, was Jesse wiederum gar nicht gefiel. Als sie in Michaels Apartment eingetreten waren, war Jil noch ziemlich schüchtern, irgendwie steif gewesen, überlegte Jesse, und nun plappert sie wie ein Wasserfall. Tolle Wohnung, dachte er. Verdiente man so viel Geld mit Bildern, die wie Kinderzeichnungen aussahen? Kaum zu glauben, dass Menschen dafür bezahlen, sich sowas an die Wand zu hängen. Er betrachtete gerade stirnrunzelnd ein Bild aus lang- und quergezogenen Strichen in blauen und roten Tönen. Michael erklärte stolz und zufrieden: »Ja, man muss es auf sich wirken lassen, um die Tiefe dieses Bildes zu begreifen.« Jesse schaute ihn ungläubig an; denn er hätte noch Jahre dastehen können, vergeblich auf der Suche nach irgendeiner Tiefe. Nach einer Weile sagte Jesse offen zu Michael: »Ich habe keine Ahnung von Kunst. Ich renoviere Boote, aber die Farben auf dem Bild sind krass.« Michael lächelte etwas arrogant. Dann wandte er sich an Jil: »Und was sagst du dazu?« Jil betrachtete das Bild intensiv, während Jesse sie beobachtete. Er fand sie viel schöner als irgendeines dieser doofen Bilder hier. Aber sie konzentrierte sich leider nicht auf ihn, sondern auf diese wirren Striche.

Nach einer Weile richtete sich ihr Blick ernst auf Michael: »Ich mag abstrakte Kunst sehr. Sie ruft keine Erinnerung auf und gibt nicht die Wirklichkeit wieder. Die Realität ist vollkommen aufgelöst, der Betrachter kann seiner Fantasie freien Lauf lassen. Die Farbkompositionen passen wunderbar zusammen – und der Lichteinfall hier«, dabei zeigte sie auf einen goldenen dickeren Strich, »hat fast etwas mystisches.« Michael hörte ihr aufmerksam zu. Begeistert tauschten sie ihre Interpretationen des Gemäldes aus. Alles verschwand um sie herum, einschließlich Jesse.

»Gibt es hier auch ein Bier?«, fragte Jesse trocken, was mit einer kurzen Handbewegung von Michael in Richtung Küche beantwortet wurde. Frustriert marschierte er davon. Dabei verfluchte er diesen Stadtheini Michael mit seinen blöden Kritzelbildern und schlich zur Küche. Dort öffnete er einen schwarzen Smeg-Kühlschrank, in dem mindestens zehn Champagnerflaschen gestapelt waren. Der Affe trinkt nur Champagner, dachte Jesse und suchte unter den vielen Flaschen ein simples Bier. Hinter einer Flasche Ruinard fand er dann schließlich ein Corona. Besser als nichts, dachte er, während er die Schubladen der schwarzen Metallic Küche durchsuchte, hoffentlich hat er auch einen Flaschenöffner. Das darf doch nicht wahr sein! Weit und breit kein Öffner, nur Kondome in allen Farben. Er nahm sein Taschenmesser zur Hand und schwupp war die Flasche auf.

Zurück im Wohnzimmer angekommen stellte er fest, dass die beiden noch immer in ihr Gespräch vertieft waren. Keiner beachtete ihn und somit marschierte er auf das einzige Möbelstück zu, eine schwarze Ledercouch. Dort trank er sein Bier und ließ dabei den Blick auf dem East River ruhen. Grimmig dachte er: Also dieser Typ malt, säuft Champagner, verdient einen Haufen Asche, sieht schwul aus, ist es aber leider nicht, und fickt Frauen, die er hier nach oben lockt in sein Penthaus. Jil war doch auch schon hier. Nur ganz kurz, sagte sie. Warum war sie eigentlich hier oben? Zufall? Er drehte sich zu Jil und sah ihre leuchtenden begeisterten Augen, die nur Michael gehörten. Gerade fragte sie ihn lächelnd, wo er denn seine Bilder ausstellen würde, und Michael faselte etwas von einer Galerie in Brooklyn. Jesse knurrte langsam der Magen. Hier ging gar nichts vorwärts, weder die Bilder wurden abgehängt, noch gab es etwas zu essen. Also stand er auf und stellte sich demonstrativ vor die beiden: »Äh, Entschuldigung, gibt es hier noch Arbeit? Falls nicht, möchte ich jetzt etwas essen gehen.« Dabei warf er Jil einen fragenden Blick zu.

Jil erwachte aus ihrem Kunsttalk mit Michael. Beide blickten Jesse ungehalten an. »Kein Thema«, antwortete Michael kühl, »wir können was bestellen. Der Abholdienst meiner Bilder kommt in circa einer Stunde.« Jesse hatte null Lust, hier noch länger zu bleiben. Am liebsten hätte er diesen Kerl in die Wüste geschickt, um mit Jil allein zu sein. Aber wie sollte er das anstellen? »Jesse, ich finde es eine gute Idee, was zu bestellen. Dann können wir inzwischen hier alles einpacken.« Sie klatschte in die Hände und fing an, einen der Bilderkartons aufzuheben. Jesse stand sprachlos da. Er wusste nicht, wie er aus dieser Sache wieder rauskommen sollte, und Michael war schon am Phone, um Pizzas zu bestellen. Er zuckte mit den Schultern und wandte sich um, um eines der Bilder von der Wand zu lösen. »Bitte vorsichtig!«, schrie Michael, »ich helfe dir. Da darf absolut nichts beschädigt werden.« »Ich pass schon auf«, knurrte Jesse, hob das Bild vorsichtig ab und stellte es auf den Boden. »Gott sei Dank ist nichts passiert!«, rief Michael erleichtert, »die Bilder sind kostbar.« Jesse erwiderte daraufhin lächelnd: »Weißt du Michael, seit Jahren renoviere ich Boote mit Millionenwerten. Da werde ich schon in der Lage sein, deine Fussibilder hier abhängen zu können!«

Eine bedrohliche Stille baute sich für einen kurzen Augenblick auf, bis Jil zögernd um Hilfe rief: »Hey Jungs, kann einer mal die Pappe festhalten, damit wir endlich die Bilder einpacken können?« Ihre Wangen waren jetzt verdächtig gerötet. Michael kam ihr zu Hilfe, um genau zu erklären, wie diese Bilder zu umwickeln seien. Dabei schaute er nur Jil an und ignorierte Jesse komplett, der ihm am liebsten eines seiner Bilder auf den Kopf gehauen hätte. Stattdessen aber nahm Jesse das nächste Bild von der Wand, wobei er wieder den misstrauischen Blick von Michael im Rücken spürte. Schließlich aber waren sie alle abgehängt. Michael war offensichtlich erleichtert, dass alles gut gegangen war. »Super!«, rief er, »ich brauche jetzt einen Joint. Wollt ihr auch einen, bis das Essen kommt?« »Nee, lass stecken«, brummte Jesse abweisend und schaute dabei Jil fragend an. »Ich auch nicht«, erwiderte Jil eingeschüchtert; denn sie hatte längst bemerkt, dass sie sich unter zwei Kampfhähnen befand. Die Sache hier musste so schnell wie möglich beendet werden.

In diesem Moment kam der Delivery-Food-Service. Sie aßen gemeinsam Pizza an der Küchenbar. Wenige Minuten später qualmte Michael mit seinem Joint die Küche voll. »Warum rauchst du nicht E-Zigaretten?«, fragte Jil, »sind doch weniger schädlich und du hast nicht diesen Geruch in der Wohnung?« »Hab ich versucht, aber ich stehe mehr auf die alte Art. Hat einfach eine andere Wirkung.« Dabei grinste er ziemlich albern. Blödmann, dachte Jesse, während er die letzten Reste seiner Pizza verschlang. Jetzt nix wie raus hier. »Und Jesse, nie rausgekommen aus Bath? Vermisst du nicht die freie Luft der Abwechslung einer großen Stadt?«, fragte Michael etwas höhnisch. Jesse starrte ihn sekundenlang an. Dann stand er auf und erwiderte lakonisch: »Nein Michael, das Einzige, was ich gerade vermisse, ist frische klare Luft. Deshalb muss ich jetzt gehen.« Dann lief er zur Tür und verschwand. Jil erhob sich erschrocken vom Barhocker. »Michael, ich gehe jetzt auch. Jesse hat noch eine lange Rückfahrt«, entschuldigte sie sich. Michael nahm ihre Hand: »Süße, alles gut, kümmere dich um ihn! Ich schicke dir eine Einladung für die Vernissage« Er zog sie zu sich heran und wollte sie küssen. Jil drehte den Kopf zur Seite: »Michael bitte nicht, ich muss los«, und schon war auch sie aus der Tür.

SALLY ZU DEN STERNEN

Sally lag nackt im Bett von Harrys Apartment, während er unter der Dusche stand. Nach dem Opernabend waren sie zu ihm gefahren, da sie gar kein Bedürfnis hatte, zu sich nach Hause zu gehen, wo ihre Mutter jetzt eingezogen war. Oder doch nicht? Denn die letzte Nacht hatte Mutter bei dem Italiener übernachtet, ihrem Nachbarn von oben, obwohl sie ja eigentlich verheiratet war. Doch da sich ihr Vater gerade auf der »Flucht« befand, wurden anscheinend alle Treueschwüre über Bord geworfen.

Sie betrachtete ihr Spiegelbild: zu blasse Haut, könnte dringend mal wieder Sonne gebrauchen, aber wie? Sie musste Karriere machen! Harry war auch nicht brauner. Der arbeitete ja auch die ganze Zeit und hasste Urlaub. Sie schaute auf ihren flachen Bauch. Wo hatten sich denn die beiden Sandwiches vom Vormittag versteckt? Gott sei Dank, nichts zu sehen! Ihr Busen war perfekt. Natur, kein Silikon! Das hatte sie ihrer Mutter zu verdanken, dachte sie zufrieden. Sie hob ein Bein hoch, und auch da gab es nichts zu bestanden: lang und schlank! Thank you, Papa, wo immer du auch steckst.

Dann dachte sie zurück an den Sonntagvormittag bei ihr zu Hause: Oh, was für ein Schreck sie bekam, als sie das leere Bett ihrer Mutter vorfand. Haben die Italiener sie vielleicht verschleppt?, war ihr erster Gedanke gewesen, woraufhin sie sofort Laurence von unten anrief, ob er etwas gesehen hatte. Eventuell Mafiosi mit einem eingerollten Teppich, in dem sie ihre Mutter transportierten? Lawrence verneinte, teilte schließlich aber gütlich die Apartmentnummer von diesem Italiener mit. Man brauchte eine Weile, um ihn zu überreden, da keine Daten von Mitbewohnern herausgegeben werden durften. Sie musste versprechen, niemandem davon zu erzählen. Danke Lawrence, du bist ein Schatz! Sally eilte hinauf zu diesem Apartment und klingelte. Wie hieß denn noch dieser Kerl? Drinnen Totenstille! Mit ihrem Ohr klebte sie an der Tür. Plötzlich Schritte. Wer stand zur größten Überraschung vor ihr? Ihre entführte – oder verführte? – Mutter, die sie fröhlich einlud doch hereinzukommen! Unfassbar. »Mutter, was machst du hier?«, fragte sie hilflos. »Ach, weißt du, Casimir bat mich noch auf einen Wein und dann ...« Ach ja, Casimir heißt dieser Mensch, dachte Sally, während ihre Mutter weiter versuchte zu erklären: »Ja, und dann sind wir doch tatsächlich auf der Couch eingeschlafen.« Sally hatte absolut keine Lust mehr, sich diese Geschichte weiter anzuhören. Deshalb schnauzte sie ihre Mutter an: »Gut, dass du noch lebst.« Mit diesem Satz drehte sie sich um, kehrte schleunigst zu ihrem Apartment zurück und knallte die Tür zu. Ihre Mutter war doch nicht ganz bei Trost und das in ihrem Alter! Mit fünfzig Jahren noch so ein Lotterleben! Was sollte sie jetzt mit diesem gerade erst begonnenen, beschissenen Sonntag anfangen?

Dann fiel ihr Harry ein. Nun war es doch sie, die sich als erste melden würde. Schon griff sie zum Phone. Eine Sekunde später hörte sie seine arrogante, männliche Stimme: »Ja, bitte, wer ist es?« »Harry, ich bin's, Sally. Mir fällt gerade jede Sekunde die Decke auf den Kopf. Kannst du Abhilfe leisten? Bitte!« Eine Stunde später hatte Harry Opernkarten für die Met besorgt, mit vorherigem Dinner im Le Grand Tier. Sie musste zugeben, dass sie das Restaurant mehr interessierte als die Musik. Es hatte immer wieder etwas Glamouröses, in die Met zu gehen, allein, sich toll anzuziehen und sich zu zeigen. All die bewundernden Blicke! Die genoss Sally besonders. Also zog sie sich um. Aber für diese Art von Bewunderung musste man hart arbeiten: Make-up, Outfit und so weiter. Vorsichtshalber packte sie noch ihre Businesskleidung ein; denn sie hatte heute Nacht bestimmt nicht vor, zu Hause zu übernachten. Beste Idee überhaupt! Nun, nach all den schrecklichen letzten Tagen Genuss pur mit Harry. Wer hätte das gedacht, dass dieses Wochenende noch einigermaßen gut ausgehen würde?

Im Restaurant der Oper erregte sie, wie erwartet, Aufmerksamkeit. Auch Harry genoss das Auftreten mit einer schönen Frau. Sie war für ihn wie eine Trophäe, die er herumzeigte und die ihn aufwertete. Von den Männern beneidet, von den Frauen beachtet, das war der Kick. Aus der Opernmusik selbst machte er sich nichts. Meistens döste er spätestens bei der Ouvertüre ein oder hing seinen Gedanken nach. So verflog die Zeit. Ehe man sich versah, waren sie am Ausgang; denn Harry kaufte immer Karten mit Sitzen möglichst außen, um nicht Gefangene der ewig Klatschenden zu werden. So waren sie nun eine der Ersten, die aus der Met gelangten, im Hintergrund noch den Beifall und Jubel des Publikums hörend.

Circa zwanzig Minuten später betraten sie Harrys Wohnung in der Upper East Side in einem düsteren hohen Gebäude im zehnten Stockwerk ohne Balkon. »Willst du einen Drink?«, fragte Harry kühl. Sally, die sich interessiert umschaute, bejahte die Frage, »Du entschuldigst mich«, und schon verschwand er. Sally betrachte die zweckmäßig eingerichtete Wohnung. Typisch Harry! Bestimmt hatte er sie voll möbliert gemietet. Ihm war Einrichtung oder Gemütlichkeit unwichtig. Die belanglosen Bilder an der Wand hatte er bestimmt noch nicht mal wahrgenommen. Egal, Hauptsache heute nicht zu Hause!

Sie marschierte ins Schlafzimmer, wo ein großes Bett stand, mit sorgfältig zusammengelegten, schwarz bezogenen Satinbettdecken darauf, und angrenzend ein schwarzes kleines Marmorbad. Alles war sauber und ordentlich, fast steril, ohne Fingerabdrücke. Darauf legte Harry großen Wert. Perfekt, dachte Sally, während sie in seinem Bad zufrieden ihr schönes Gesicht im Spiegel betrachtete. Langsam zog sie ihre Feder Ohrringe ab und legte sie aufs Waschbecken. Hatte sie Lust mit Harry zu schlafen? Ja klar, sie brauchte es heute dringend. Selbst ihre Mutter hatte anscheinend mehr erotische Erlebnisse als sie und ohne wollte sie sicherlich nicht in die nächste Woche starten. Sie hatte sich eigentlich Geoffrey dafür ausgesucht, aber der Plan war ja leider komplett ins Wasser gefallen, und nur wegen dieser Bea. Bloß nicht daran denken, sonst verderbe ich mir auch noch diesen Abend. Dabei löste sie ihre strenge Frisur auf und schüttelte die langen Haare, die fließend auf ihre zarten Schultern fielen.

Plötzlich vernahm sie ein Rascheln. Sie blickte in die dunklen Augen von Harry, der sie von der Schlafzimmertür aus wohl schon länger beobachtet hatte. Sally sah ihn an, schritt dann langsam auf ihn zu und nahm ihm den Drink ab. Im nächsten Moment schmeckte sie Gin Tonic, während sich ihre kalten Blicke trafen. Sein Mund fand ihren und das Spiel begann. Wer Jäger oder Gejagter war, wurde nicht abgesprochen. Es war ein Geben und Nehmen. Jeder kämpfte um seinen Genuss. Keiner ließ sich unterordnen. Sie kannten alles so von früher und nichts hatte sich geändert. Es ging nicht um Liebe oder Zärtlichkeit. Es ging um puren Sex und genau das wollten sie.

Viel später räkelte sie sich nackt und zufrieden auf dem Bett, während Harry unter der Dusche war, wie nach einem Marathonlauf. Sally nahm ihren Gin Tonic und starrte zur Decke. Wie wohl die nächste Woche aussehen wird?, fragte sie sich. Zieht diese Bea nach oben, um ihre neuen Marketingideen Tür an Tür mit Geoffrey auszutauschen? Bei dem Gedanken drehte sich ihr der Magen um. Dabei musste sie sich krümmen. »Hey, geht es dir nicht gut?«, fragte Harry, der nur mit einem Handtuch bekleidet aus dem Bad trat. Sie bewunderte seinen Oberkörper mit den breiten Schultern und der behaarten Brust.

»Ach Harry, ich hab gerade an eine Mitarbeiterin gedacht, die mit uns auf einem Pitch in San Francisco war. Sie kam super gut an mit ihrer Marketingstrategie. Durch sie sind wir nun tatsächlich in die engere Wahl gekommen«, stöhnte Sally, »aber leider nicht durch mich!« Sie zog sich die Bettdecke über den nackten Körper. »Was zählt, ist doch das Ergebnis und nicht, wer es von euch erzielt hat!«, ereiferte sich Harry. Dabei dachte er an seinen wichtigen Pitch für Lambert in der kommenden Woche, der sich zufälligerweise auch in San Francisco befand. »Und deine Mitarbeiterin hatte so eine geniale Idee?«, fragte Harry nach, den eine instinktive Neugierde für das Thema befiel. »Ja Harry«, sie gähnte laut. »Ich bin jetzt einfach zu müde, um darüber zu reden. Muss noch duschen und meine Zähne putzen«, stöhnte sie erschöpft. »Come on, das kann warten, lass uns noch ein wenig plaudern.« Er legte sich auch aufs Bett und drehte sich zu ihr. »Weißt du Harry, ich lebe seit Jahren nur für diese verdammte Arbeit. Ich kann mich nicht beklagen, bin ja auch schnell nach oben gekommen, aber im Moment ist einfach der Wurm drin«, klagte Sally. Dann nahm sie Harrys Gin Tonic, ihren hatte sie schon geleert. »Und nun hat sie auch noch die Aufmerksamkeit von meinem Chef Geoffrey bekommen«, sprach Sally deprimiert und nippte an ihrem Drink.

»Vielleicht kann ich dir einen Tipp geben. Du weißt doch, Marketingideen sind mein Metier«, erwiderte Harry eifrig, »brauche nur ein wenig mehr Details.« Er küsste ihre Hand. »Es geht darum, eine neue vegetarische Fast-Food-Kette auf den Markt zu bringen. Meine Zielgruppe waren Menschen ab vierzig gewesen. Hatte mir auch schon einen super Namen für die neue Foodkette überlegt: Dreamy Vegetarian. Alles war schon ausgearbeitet«, erzählte Sally verbittert. »Das klingt doch alles klasse«, antwortete Harry perplex. Plötzlich schwante es ihm. Nein, es war ganz klar. Sally war hinter dem gleichen Auftrag her, den auch Lambert & Company an Land ziehen wollte. Unglaublicher Zufall, dachte er schweigend. »Ja, und dann kam diese Bea. Sie hatte ein ganz anderes Konzept, welches unser Kunde fantastisch fand.« Nun spitzten sich Harrys Ohren. So oft kam es nicht vor, dass das Lamm dem Wolf einfach so vors Maul geworfen wurde. Sally schaute Harry plötzlich ernst an: »Harry, du weißt, dass das, was ich hier erzähle, niemals diesen Raum verlassen darf. Alles ist komplett vertraulich! Ich darf darüber gar nicht reden«, dabei trank sie den Rest seines Glases. »Süße, ich weiß das. Dazu bin ich zu lange im Geschäft. Du musst es nicht erzählen. Wollte dir nur helfen.« Er küsste sie sanft auf die Lippen. »Magst du noch einen Drink?« »Ja, warum nicht, heute ist mir alles egal. Morgen ist Morgen.«

Harry verschwand. Wenige Minuten später kam er zurück: »Hier, der Drink, ich habe mir große Mühe geben.« Sally lächelte und schaute sich um. Gemütlich war es hier nicht gerade! »Mach doch mal Musik! Warum glotzt du mich so an?« Sie musste plötzlich loslachen. »Du wolltest mir doch was von Bea erzählen«, fragte er vorsichtig. Sally sprang aus dem Bett. »Welche Bea? Ich will jetzt Musik hören.« Einige Minuten später erklang coole Ibiza-Musik. Sally nippte weiter an ihrem Drink und tanzte dabei nackt zur Musik. Harry starrte sie an. So hatte er Sally noch nie erlebt. Ja, Alkohol konnte sie nicht gut vertragen, das wusste er. Doch sein Plan, Sally betrunken zu machen, flatterte irgendwie davon. Sie sollte ihm doch noch über die geniale Idee von dieser Bea erzählen. Harry startete einen letzten Versuch: »Was hat Bea nochmal erzählt?«

Aber Sally wirbelte herum. Ihr blondes Haar umschlang ihren wunderbaren Hals. Ihr Körper war unfassbar schön. Im nächsten Moment vergaß er sein Vorhaben. Ein unbeschreibliches Verlangen überkam ihn. Vergessen war sein Plan! Er musste sie jetzt küssen. Er wollte nur eines, sie besitzen. Er küsste leidenschaftlich ihren Hals. Sie streckte sich ihm entgegen. Sein Atmen betäubte sie. Sein Speichel erweckte sie. Alles drehte sich um die beiden, schneller und schneller, enger und enger. Er drang in sie ein, endlich, weit hinauf, endlich gemeinsam zu den Sternen! Sie schrie, ein Schrei der Lust, ein Schrei der Freiheit, ein Flehen, dem Augenblick Ewigkeit zu verschaffen.

BEA´S ERWACHEN

»Bea, wachen Sie auf!« Von weit entfernt vernahm sie eine warme, weiche Stimme. Wer störte sie inmitten ihres wunderbaren Traums? Dabei war es gerade so schön gewesen; denn Geoffrey berührte sanft ihre Wange und sie spürte seinen warmen Atem, der zärtlich über ihr Gesicht strich. Nein, sie wollte nicht aufwachen. Bitte weiterschlafen! Oder musste sie schon zur Arbeit? »Bea, ich bin es Geoffrey«, dabei berührte jemand vorsichtig ihren Arm. Schweren Herzens spürte sie, wie ihre Träume entwichen. Ihre Augen öffneten sich langsam. Befand sie sich doch noch in ihrem Traum? Geoffreys Gesicht schien auf einmal wieder zum Greifen nah! »Bea, Sie träumen nicht, alles gut, Sie sind hier auf der Couch im Wohnzimmer eingeschlafen. Bitte erschrecken sie nicht!« Er schaute sie mit seinen grünen, etwas müden Augen an. »Wie spät ist es denn?«, fragte sie erschrocken. Sie sah so unschuldig und verschlafen aus wie ein Schulmädchen, das bei irgendetwas ertappt wurde.

Geoffreys Herz machte einen kleinen Sprung. Am liebsten hätte er sie in den Arm genommen. Was war bloß los mit ihm? Ich muss komplett übermüdet sein, dachte er sich etwas verwirrt. »Ich muss wohl eingeschlafen sein.« Sie gähnte. »Entschuldigen Sie, dass ich mich auf ihre Couch gelegt habe, aber Sabrina konnte nicht einschlafen. Sie fühlte sich so allein. Ich musste ihr versprechen, ganz in ihrer Nähe zu bleiben. So entschied ich mich, hier mein Nachtquartier aufzuschlagen«, erklärte sie ihm, während ihre warmen braunen Augen ihn anschauten. Geoffrey erwiderte ihren Blick und fühlte sich immer mehr wie ein Eiswürfel, der versuchte, gegen die Kraft der Sonne anzukämpfen. Er strich sich übers Gesicht und mahnte sich innerlich: Okay, Geoffrey, beherrsche dich! Du bist hier der Vorgesetzte. Sie ist deine Mitarbeiterin und sonst nichts. Denke daran! Es bleibt bei einem Arbeitsverhältnis, insistierte er streng. Währenddessen lächelte die Sonne genüsslich dem Eiswürfel zu.

»Wie geht es Nelly? Konnten die Ärzte ihr helfen?«, fragte Bea zaghaft. Ihre Haare fielen wie ungewollt auf ihre zarten Schultern. Geoffreys Mund war so trocken, dass er nicht antworten konnte. Er brauchte dringend einen Drink nach allem, was passiert war ... und die Sonne lachte laut. »Bea, wollen Sie etwas trinken?«, fragte er. Mittlerweile befand er sich im Bann ihrer heißen Strahlen. »Gerne, ein Glas Wasser wäre schön.« Sie ordnete ihren Bademantel und versuchte ihre Haare mit den Händen zu bändigen. Er erhob sich so schnell wie er konnte – schnell weg aus der Hitze! – und verschwand in die Küche.

Bea saß auf der Couch und schaute ihm nach. Warum war er so komisch, dachte sie. Ist es ihm unangenehm, dass ich hier eingeschlafen bin? Sie selbst konnte sich das alles hier auch nicht erklären. Sie – hier allein mit ihrem Chef, im Nebenzimmer schlief Sabrina hoffentlich friedlich. Langsam stand sie auf, um kurz nach ihr zu sehen. Mitten in der Nacht, barfuß, kaum bekleidet, schlich sie zu Sabrinas Schlafzimmer und öffnete langsam die Tür. Sie knipste das Licht an. In diesem Augenblick schaute sie die Frau im roten Kleid an, aus dem riesigen Bild über dem Bett, auf dem sie schwerelos im Wasser tanzte. War sie es, die da schwebte, frei, und bei ihm?

Oh, mein Gott, ich befinde mich in Geoffreys Schlafzimmer, durchfuhr es sie wie ein Blitz. Sie schrak zurück und im nächsten Moment stolperte sie in die Arme von Geoffrey. Hoppla! Geoffrey fing sie auf. Die Wärme ihres Körpers durchströmte ihn wie eine heiße Quelle. Sie sahen sich tief in die Augen. Alle Vorsätze zerschmolzen in der sengenden Sonne. Niemand auf der Welt konnte in diesem Augenblick den Zauber zerstören.

... bis auf ein kleines Mädchen, sechs Jahre alt, das plötzlich schlaftrunken, in ihrem bunten Pyjama vor den beiden Ertrinkenden stand und sich tierisch freute, ihren Papa wiederzusehen, mit den Worten:

»Papa, hat Nelly jetzt kein Bauchweh mehr?« Die Sonne zog sich schlagartig zurück. Mit diesem Gegner hatte sie nicht gerechnet. Die Wolken übernahmen unvermittelt die Vorherrschaft. Bea und Geoffrey schreckten auseinander. Der Zauberbann war gebrochen, Geoffrey nahm augenblicklich Sabrina auf den Arm. Sie legte zärtlich seine Arme um ihn und drückte ihn fest.

Bea, komplett erhitzt, murmelte den beiden Umarmenden ein »Gute Nacht« zu. Im nächsten Moment war sie verschwunden. Geoffrey schaute ihr nach. Sein Herz pochte hart gegen seine Rippen, während er sanft mit Sabrina sprach, die unbedingt heute Nacht bei ihm im Bett schlafen wollte. Plötzlich überfiel ihn eine unglaubliche Müdigkeit. Wenige Minuten später lagen Vater und Tochter schlafend gemeinsam im großen Bett. Über ihnen schwebte die Frau in Rot mit den langen schwarzen Haaren und lächelte.

Bea, hastig angekommen in ihrem Gästezimmer, warf sich aufs Bett und starrte atemlos zur Decke. In ihrem Herzen tobte ein Sturm, der diese Nacht kaum zu stoppen war. Was war bloß passiert? Was wäre da geschehen, wenn nicht Sabrina plötzlich dagestanden wäre? Seine starken Arme spürte sie immer noch auf ihrem Körper. Sein Atem strich ihr immer noch übers Gesicht, seine heißen Lippen berührten immer noch ihr Haar. Alles drehte sich heute um sie. Sie befand sich im schönsten Karussell der Sinne. Heute Nacht blieb er bei ihr! Was der Morgen bringen würde, wusste sie nicht. Es war nicht wichtig. Im nächsten Moment schlief sie tief und fest, träumend mit und von ihrem Geoffrey.

Am nächsten Morgen, es war Sonntag, schien die Sonne auf ihr Bett. Bea drehte sich genüsslich zur Seite. Es war Weekend. Also konnte sie ruhig noch eine Runde schlafen. Wie hell es in ihrem Zimmer war, dachte sie. Im nächsten Moment fuhr ihr ein Schreck durch Mark und Bein. Sie hatte ja gar nicht in ihrer Wohnung übernachtet! Sofort sprang Bea senkrecht aus dem fremden Bett heraus. Ja, sie befand sich immer noch bei Geoffrey und seiner Tochter Sabrina. Was war gestern Nacht alles passiert? Sie musste das geträumt haben. Schnell nach Hause, dann über alles nachdenken. Wo sind meine Sachen? Wie spät ist es denn überhaupt? Hoffentlich schlafen die anderen noch! Die Gedanken in ihrem Kopf überschlugen sich.

Schnell zog sie sich an, band ihr Haar zum gewohnten Pferdeschwanz, griff nach ihrem San-Francisco-Koffer und eilte zur Tür. Ein Blick auf die Uhr beruhigte sie etwas: erst sieben Uhr morgens, also gute Chancen, dass die beiden unten noch schliefen. Leise wie eine Maus schlich sie die Treppe hinunter. Nichts war zu hören, außer das Knarren der Stufen. Ach, alles alt, obwohl es Millionen kostet, dachte sie, hoffentlich wachen die nicht auf. Eh sie sich versah, stand sie herzklopfend draußen vor Geoffreys Haus, wo das bestellte Taxi schon auf sie wartete. Bloß weg! Ein hastiger, letzter Blick auf sein Haus. Stand er da nicht am Fenster? Nein, sie musste sich irren. Eilig stieg sie ins Taxi und verkroch sich tief in den Sitz. Dann schloss sie die Augen, während der Fahrer seinen Weg fand. Nach einer Weile durchströmte sie eine wohlige Wärme, während die New Yorker Sonne immer wieder zwischen den Straßenschluchten durch das Fenster flackerte, wie in einem Versuch, mit ihr zu flirten.

Bea aber konnte auf den Flirt nicht eingehen. Sie war ganz in ihren Gedanken versunken. Gestern lag sie für einen kurzen Augenblick in seinen Armen. Wie gut er roch! Waren es nicht Mandeln mit Marzipan? Sie versuchte den Duft noch einmal einzusaugen. Immer wieder musste sie sich die Frage stellen, was wohl ohne Sabrinas Unterbrechung geschehen wäre. Plötzlich bekam sie unendlichen Durst – Durst nach Wasser oder Durst nach Liebe? Wie sollte es weitergehen? Er war ihr Chef. Sie würden jetzt gemeinsam an einem Projekt arbeiten. Konzentriert und sachlich musste es ablaufen. Ist das nach der letzten Nacht überhaupt noch möglich?, fragte sich Bea zweifelnd. Sie könnte ein paar Tage krank sein, um die Sache abkühlen zu lassen. Nein, total unprofessionell, das lag ihr gar nicht. Meine Güte, warum pochte denn ihr Herz so heftig? Hatte es sie etwa erwischt? Sie dachte an ihre bisherigen Affären, ja, aber sie konnte sich nicht erinnern, dabei je solch ein starkes Pochen gespürt zu haben.

Endlich öffnete sie die Tür zu ihrer Fünfundsechzig-Quadratmeter-Wohnung in Chelsea 250 West 20th Street ganz oben in einem fünfstöckigen roten Backsteingebäude mit einer hässlichen, an der Außenwand befestigten Feuertreppe. Sie legte sich erschöpft auf ihre braune, etwas in die Jahre gekommene Ledercouch und starrte zur Decke. Dann nahm sie ihr Handy, um ihre Emails und SMS zu checken. Okay, fünf Mails von ihrer Mutter, dann endlose unwichtige Mitteilungen, sie suchte weiter, aber wonach suchte sie eigentlich? Langsam legte sich eine leichte Enttäuschung auf ihre Seele. Nichts von Geoffrey! Nicht die kleinste Mitteilung. Ob die beiden wohl noch schliefen? Sabrina war ein äußerst süßes Mädchen, einfach zum Verlieben. Und Geoffrey? Ihr Herz wurde schwer. Sie spürte plötzlich so eine Müdigkeit, und eh sie sich versah, schlief sie ein.

WEEK THREE:
Monday til Thursday

JANE UND WAS DAS HERZ BEGEHRT

Jane saß zurückgelehnt auf dem mit rotem Leder bezogenen Beifahrersitz im schönen Mercedes Adenauer und beobachtete verschmitzt ihren Mann, der seit einer Stunde höchst glücklich Richtung Long Island fuhr. Alle Vorbereitungen vor Antritt der Reise waren erfolgreich abgeschlossen. William, ihr Butler, hatte genaue Instruktionen, wie und wann etwas mit ihrem Hund unternommen werden musste, und sie hatte extra eine Gassifrau eingestellt, die täglich mit Buddy spazieren gehen sollte. Die vier Louis-Vuitton-Koffer plus die blaue Segeltasche von Robert waren zuverlässig im Adenauer verstaut, alles zur vollsten Zufriedenheit von Jane. Das Wetter spielte an diesem Aprilmontag auch mit – keine einzige Wolke war am Himmel zu sehen. What a Monday!

Nach knapp zwei Stunden erreichten sie Long Island, die Sandkiste der Reichen! Eine leichte Brise von Great Gatsby wehte ihnen entgegen: riesige Anwesen mit weißen Villen hinter frisch getrimmten Hecken und Buchsbäumen. Die Arbeit von unzähligen fleißigen Gärtnern säumte die friedlichen Straßen. Jane staunte, wie gepflegt und perfekt hier alles war. Die schönsten Häuser hatten eigenen Zugang zum Strand. So cruisten sie mit offenen Fenstern in ihrem Mercedes Adenauer herum. Jane, mit einem gelben Kopftuch von Hermes, gebunden wie in den Fünfzigerjahren, und dunkler Sonnenbrille, stützte ihren Arm lässig auf dem Fensterrahmen ab. Wie relaxed alles war, herrlich, das zu genießen, mit dem einzigen, der dazu gehörte, ihrem Robert!

Sie parkten den Wagen auf einem Parkplatz hinter einer Düne und stiegen aus, um lachend wie Kinder an den breiten weißen Strand zu laufen. Sie genossen diesen Moment der Leichtigkeit. Zu zweit allein und immer noch vereint. Nur eines konnte ihr Glück trüben: Die

Angst, etwas könnte sie trennen, das Schicksal, das manchmal unvermittelt zuschlägt, ohne zu fragen, ohne anzuklopfen, brutal alles, ihr großes Glück vernichtend wie ein Hurrikan, ohne Vorwarnung. Was konnte man dagegen tun? Existierte eine Waffe, um dieses Schicksal abzuwenden? Ja, es gab sie! Einfach innehalten, sich seines Glückes bewusst zu sein, und damit der Angst keinen Platz machen, kein Einfallstor geben!

Jane ergriff seine Hand. Beide schauten auf den Atlantik, der da vor ihnen lag, von der Sonne gewärmt, glänzend, einmalig, völlig unberührt vom Applaus der Menschheit! Jane und Robert spürten diese Unabhängigkeit des Ozeans, der sie nicht beachtete, der sie nicht beneidete, der sie nicht mal eines Blickes würdigte. Vollendet in seiner Dynamik und Schönheit, unerreichbar, völlig gelassen, nicht getrieben von der Endlichkeit der Zeit, lächelnd für die nächsten tausend Jahre!

Robert beugte sich über Jane und gab ihr einen Kuss des Versprechens. Jane schloss sich ihm vorbehaltlos an und beide gaben sich der bedingungslosen Flut des Schicksals hin. »Süße, ich liebe dich«, sagte Robert zärtlich. »Ich weiß, du wolltest woanders hin, aber für mich hast du diesen Weg gewählt. Dafür liebe ich dich unendlich.« Janes Herz klopfte seltsam schnell. Dabei schnurrte sie friedlich wie eine Katze, die gerade gestreichelt wurde. »Ach, Robert, alles ist schön, solange wir beide das gemeinsam erleben dürfen.«

So saßen sie lange da, bis Jane meinte, dass Isabelle und Anthony sie zum Lunch erwarteten. Also liefen sie zurück zum Auto. »Dann mal los! Wo wohnen die nochmal?«, fragte Robert relaxed. »In der Meadow Lane 578. Wir geben das besser ins Navi ein. Ich glaube es ist direkt am Strand«, meinte Jane und schaute ihn liebevoll an.

Anthony war ein alter Schulfreund von Robert, der nach seinem Studium die Ölfirma seines Vaters erfolgreich übernommen hatte. Jane verstand sich Gott sei Dank wunderbar mit Isabelle, seiner Frau, wodurch sich ihre Männerfreundschaft weiter verfestigte. Immer mal wieder trafen sie sich gerne in ihrem Haus in Greenwich Village. Hier in East-Hampton waren ihre Freunde erst vor ein paar Monaten eingezogen. Anthony brauchte mehr Ruhe nach jahrelangem Stress in seinem Unternehmen in Houston. So hatten sie sich dieses Anwesen gekauft, um Entspannung zu finden.

»Weißt du, Robert, dass in dieser Meadow Lane mein Lieblingsfilm gedreht wurde«, erzählte Jane begeistert. »Wirklich? Welchen Film meinst du?« »Ach, das habe ich dir doch schon mal erzählt. Das ist der Film mit Diane Keaton und Jack Nicholson ›Was das Herz begehrt‹, weißt du, wo Diane Keaton in diesem Wahnsinnshaus direkt am Strand wohnt. Das war in dieser Meadow Lane, wo wir jetzt sind.« Dann seufzte sie: »Ach, ist das nicht schön, dass wir das jetzt alles erleben.« Sie schaute freudestrahlend auf die gepflegten Gärten und Häuser der oberen Zehntausend. Na, dachte Robert, Jane ist wirklich begeistert. Anscheinend denkt sie nicht mehr an St. Barth, wo sich gerade ihre anderen Freunde aufhalten. Hoffentlich hält diese Begeisterung an. Dabei genoss Robert das Fahren seines wunderschönen Oldtimers und fühlte das edle Holz des Steuerrads an seinen Händen.

Wenige Minuten später fuhren sie in die imposante Auffahrt des Hauses ihrer Freunde. Unter ihnen knirschte der Kies. Links und rechts waren Scharen von Gärtnern mit der Zähmung der unzähligen Bäume und Hecken beschäftigt, während das satte Grün des Rasens im Sonnenschein glänzte. Isabelle und Anthony standen am Hauptportal und begrüßten freudig Robert und Jane.

Isabelle war eine kleine, zierliche, dunkelhaarige Person, deren Kleidungsstil Janes Meinung nach eine Katastrophe war. Alle Farben dieser Welt trug Isabelle am liebsten alle gleichzeitig. Ihre Kleidung war zwar immer super edel, aber eben auch super scheußlich. Jane liebte sie trotzdem; denn sie war eine warmherzige Frau mit einem tollen Humor und großem unternehmerischen Elan. Anthony dagegen war ein großer, schlanker, gutaussehender Mann, Typ Gregory Peck, ruhig, charmant, gelassen. Er hatte ein ganz ähnliches Wesen wie Robert. Sie hatten zwei stattliche Söhne, Christopher und Edward, der eine Ende zwanzig und der andere Anfang dreißig, die erfolgreich in der Ölfirma der Familie arbeiteten. Jane fand die beiden einfach umwerfend, die idealen Schwiegersöhne! Leider hatte sich bisher noch kein Zusammentreffen mit Bea ergeben, aber diesen Plan wollte sie nun mit Isabelle besprechen.

»Mein Gott, wie lange haben wir uns nicht gesehen!«, rief Isabelle freudig, »Kommt rein. Ich dachte, wir essen erstmal eine Kleinigkeit auf der Terrasse. Pierre kümmert sich um eure Koffer.« Und im nächsten Moment betraten sie schon die doppelstöckige Eingangshalle mit Galerie und riesigen Gemälden an den Wänden, die sich Jane allerdings nicht mal im hintersten Winkel ihres Kellers aufgehängt hätte. »Der Boden ist über zweihundert Jahre alt«, erklärte Isabelle stolz, »wurde mühsam restauriert. Links geht es in die Bibliothek. Anthony muss euch später unbedingt unseren Weinkeller zeigen.« »Nun lass erstmal die Gäste ankommen, Darling«, erwiderte Anthony sanft und schob seine Gäste hinaus auf die herrliche, Teak-getäfelte Terrasse mit Rundumblick auf den Ozean. Ein wunderschöner reich gedeckter Tisch wartete bereits auf die Gäste. Wenige Minuten später vernahm man das Geplauder von fröhlichen Menschen, vermischt mit dem Rauschen des Meeres und dem Gezwitscher von Vögeln, während Pierre ihnen Champagner servierte. Weit weg schien New York, und doch war es so nah.

»Ach, wie traumhaft ihr es hier habt«, seufzte Jane beschwingt, »habt ihr euch denn schon eingelebt?«, fragte sie interessiert. »Jane-chen, wir wollten hier die absolute Ruhe genießen, aber was uns wirklich aufregt, sind die Helikopter, die jede Stunde landen und starten, im

Sommer ganz extrem. Anthony hat eine Initiative gegründet, um dagegen anzugehen. Wir hoffen, wir können uns durchsetzen, dass dieser Massen-Heli-Betrieb eingeschränkt wird«, erzählte Isabelle bedrückt. »Oh, das ist ja unangenehm. Robert und ich haben davon noch gar nichts bemerkt«, erwiderte Jane.

Anthony lachte: »Ja, meine Liebe, jetzt im April kommen auch nicht viele. Ab Mai wird es dann lästig. Aber lasst uns lieber über etwas Erfreuliches reden. Wir sind in den Maidstone Club eingetreten. Sehr schwer, dort reinzukommen, eigentlich unmöglich, aber ich kannte durch Zufall jemanden vom Vorstand. Der hat ein bisschen nachgeholfen«, erzählte Anthony stolz. Jetzt spielen wir natürlich Golf, alle Löcher mit Meerblick, oder wir liegen am Privatstrand mit eigener Cabana oder treffen Freunde am Club-Pool. Der Club ist sehr kommunikativ, eine schöne Mischung von Amerikanern und sogar einigen Europäern. Wenn ihr Lust habt, gehen wir später dort hin. Vielleicht könnten wir Männer ein paar Loch Golf spielen und ihr vergnügt euch am Pool oder Strand.« Er schaute Jane fragend an. »Was meinst du, Darling?«, fragte Robert höflich. »Gerne, tolle Idee!« Jane dachte: Ein idealer Ort, um mit Isabelle einen eventuellen Verkuppelungsplan zwischen einem ihrer Söhne und meiner Bea auszuhecken. Unschuldig blickte sie in die Runde.

»Meinst du nicht, dass wir langsam in das Alter kommen, Enkelkinder zu haben?«, fragte Jane scheinheilig, während sie ihren wohlgeformten Körper mit Sun-Lotion eincremte. Inzwischen lagen die beiden Frauen am herrlichen Pool direkt vor dem privaten Strand des Clubs in einer eigenen Cabana. What a feeling! Fitzgerald hätte gelächelt; denn es war einer der wenigen Orte, wo die Zeiten zum Stillstand gekommen waren und man den Flair des Glamours der Zwanzigerjahre noch spüren konnte. Jane trug einen schwarzen schulterfreien Badeanzug, auf ihrem Kopf lässig einen bogartförmigen Montecristo-Panamahut, eingerahmt mit einem schwarzen Ripsband, der ihre zarte Haut schützen sollte. Isabelle dagegen war mit einem Badeanzug bekleidet, dessen aus sechs schreiend grellen Farben bestehender Papageien-Print wohl das Ziel hatte, den Betrachter augenblicklich erblinden zu lassen.

Isabelle sah Jane bewundernd an und erwiderte: »Jane, von Enkelkindern träumen wir schon lange. Aber meine Söhne finden keine Frauen, die zu ihnen passen und selbstverständlich müssen sie auch zu uns passen. Es gibt kaum noch Kandidatinnen mit Niveau, die ihr Leben zumindest ein bisschen dem Mann unterordnen und ihre eigene Karriere hintenanstellen«, gab sie zu bedenken. »Ja«, erwiderte Jane eifrig, »meine Worte! Aber die moderne Frau denkt nun mal anders. Richtig glücklich kommt sie mir dabei eigentlich nicht vor. Irgendwann sind sie dann über vierzig. Oft ist die Karriere noch nicht mal richtig toll, das Tor zum Kinderkriegen aber für immer verschlossen.« »Was bleibt, ist eine frustrierte Frau, die die ganze Zeit im falschen Zug gesessen hat«, stimmte Isabelle ihr zu und setzte fort: »Ich denke, viele Frauen haben gar nicht die Wahl, auf die Karriere zu verzichten. Allein der gesellschaftliche Druck, nicht als Loser dazustehen ...« »Leider zeigt sich im Leben meistens zu spät, wer die wirklichen Verlierer sind«, sagte Jane noch, während die Atlantik-Sonne ihre Haut langsam zart tönte. »Dabei haben sie doch heute alle Möglichkeiten, viele Bekanntschaften zu machen. Wir hatten nicht mal ein Handy«, erklärte Isabelle und schüttelte den Kopf. Ihre riesige Sonnenbrille verdeckte dabei fast ihr ganzes Gesicht.

»Isabelle, sollten wir nicht versuchen, etwas Schicksal zu spielen? Ein Versuch zumindest schadet doch nicht«, meinte Jane ernst. »Wie meinst du das?«, fragte Isabelle neugierig. »Nun, Bea und deine Söhne, wir müssten die drei auf unauffällige Weise zusammenbringen.« Isabelle war sofort Feuer und Flamme. »Großartige Idee. Ich gebe eine große Party, auf die ihr und Bea eingeladen werdet.« »Nein, das ist zu riskant. Bea hat viel zu viel um die Ohren. Deshalb ist auch die

Gefahr sehr groß, dass sie gar nicht käme. Außerdem verliebt man sich meistens nicht an einem Abend. Zu viele Menschen, die ablenken! Damit bleibt kaum Zeit für gemeinsame Gespräche«, gab Jane zu bedenken. »Da hast du wohl recht«, stöhnte Isabelle, »aber was sollen wir denn sonst machen?« Sie nahm einen Schluck des eisgekühlten Zitronenwassers, das ihr von einer reizenden Angestellten des Clubs serviert wurde.

Eine kleine Pause entstand. Dann sagte Jane langsam und betont zu Isabelle: »Bea käme nur aus beruflichen Gründen zu einem Treffen. Das heißt, sie müsste wegen eines eventuellen Werbeauftrags nach Houston geschickt werden, wo ja deine Söhne arbeiten. Sie darf aber nicht wissen, dass ich damit irgendetwas zu tun habe. Es müsste danach aussehen, dass eure Firma dringend eine neue Werbekampagne aufsetzen will. Optimal wäre es natürlich, wenn sich dieses Treffen ein paar Tage hinziehen würde.« Isabelle nahm ihre riesige Mickey-Maus-Brille leicht zu Seite, strahlte Jane freudig an und rief begeistert: »Das ist ja eine fantastische Idee, und so würden meine Söhne auch keinen Verdacht schöpfen. Anthony muss eingeweiht werden. Der muss alles miteinfädeln! Das wird nicht so einfach, aber irgendwie kriege ich das hin.«

»Wer von den beiden käme wohl für Bea in Frage?«, fragte Jane. Es entstand eine kurze Pause. Dann erwiderte Isabelle: »Weißt du, Christopher ist eher der Typ Sonnyboy, ein hübscher Bursche, kommt nach Anthony, aber von der Art und Weise ist er eher wie ich.« Sie lächelte träumerisch; denn die Eigenschaften, die man auf sich beruft, sind doch besonders wertvoll und liebenswert. »Er ist ein Schmetterling, mit dem du gemeinsam wunderbare Dinge erleben wirst. Er ist spontan, nicht so arbeitswütig wie Edward, leider kommt es deshalb manchmal zu Konflikten zwischen den beiden. Edward ist viel ernster, nicht so ein Strahlemann, sehr zuverlässig und versucht alles, um die Firma größer zu machen.«

Jane hörte gespannt zu und wägte sorgfältig ab, wer von den beiden wohl für ihre Bea der Richtige sein würde. Auf jeden Fall waren beide interessante Kandidaten. Jeder von ihnen, wie das meistens im Leben so ist, hatte seine Vor- und Nachteile. »Kann es nicht ausnahmsweise einmal einfach sein?«, stöhnte Jane. »Darling, mach dir keine Sorgen, es kommen beide in Frage, auf jeden Fall ist es einen Versuch wert, glaube mir.« Dabei schloss Isabelle ihre Augen hinter der riesigen Sonnenbrille.

Was wäre die Welt ohne Frauen! Hochzufrieden mit diesem Plan lehnten sie sich etwas ermüdet in ihre Liegestühle zurück, um sich von dem anstrengenden Tag zu erholen. Der Klang des Meeres im Hintergrund versetzte sie langsam in einen wunderbaren Nachmittagsschlaf.

CELINE´S DAY AFTER

Celine fuhr beschwingt, immer noch die Klänge Verdis im Hinterkopf, in die Höhle des Löwen: sprich Lambert & Company, Büro Harry. Claude saß schon an ihrem Desk und freute sich, Celine zu sehen: »Na, wie war dein Wochenende? Muss ja umwerfend gewesen sein, so wie du strahlst.« Sie zog eine Grimasse. Celine trug eine schneeweiße Bluse, dazu einen engen schwarzen Schlauchrock mit schwarzen Pumps – zugleich sexy und business-like. Claude schaute sie bewundernd an. Celine hatte mit ihren vierunddreißig Jahren und den zwei Kindern wirklich eine Topfigur. »Also spanne mich nicht auf die Folter. Warum siehst du so gut und glücklich aus? Was muss ich tun, um auch so zu wirken, abgesehen von den sechs Kilo, die ich zu viel auf den Rippen habe«, kicherte sie.

Celine lachte. Sie mochte Claude wirklich sehr. Sie war ein einziger Sonnenschein, nie schlecht gelaunt, immer einen witzigen Spruch auf den Lippen, im Gegensatz zu diesem grimmigen Wolf. Ihr Blick wanderte kurz zu Harrys verschlossener Tür. »Nun komm, erzähl schon«, flüsterte Claude neugierig. »Ja, er ist schon da, war aber heute erstaunlich gut drauf. Ich meine, ein Lächeln auf seinem Gesicht erkannt zu haben. Vielleicht hat er eine Freundin, obwohl ich mir das schwer vorstellen kann. Wer bitte sollte es mit Mr. Workaholic aushalten?« Dabei grinste sie. »Ich habe ihn gestern mit einer auffallend hübschen Blondine in der Met gesehen«, erzählte Celine. »Wie bitte? Du musst mir alles erzählen!« Claude schrie jetzt beinahe und platzte offensichtlich fast vor Neugierde. »Psst! Er weiß nicht, dass ich ihn gesehen habe. Zumindest glaube ich es«, flüsterte Celine. »Jetzt erzähl! Mit wem genau war er da? Wie sah sie aus, und was trug sie?«, flehte Claude geradezu.
Als ob Harry mitbekommen hatte, dass die beiden tuschelten, klingelte das Deskphone. Beide erstarrten, schauten sich in die Augen, und

Celine nahm zögernd den Höher ab: »Celine, könnten Sie bitte kurz in mein Büro kommen.« Ehe sie etwas entgegnen konnte, hatte er schon aufgelegt. »Na ja, war ja klar, dass der schon wieder nervt«, schimpfte Claude. Celine schmunzelte und dachte: Heute kann mich nichts aus dem Konzept bringen; denn ich war gestern kurz in Italien und trage nun ein kleines Stück davon in meinem Herzen.

So öffnete sie selbstbewusst die Tür zu Harrys Büro. Harry stand vor dem Computer und blickte kurz auf, als Celine eintrat. »Guten Morgen, Celine, hatten Sie ein schönes Wochenende?« Harry stellt Fragen, wunderte sich Celine. Was sollte das jetzt bedeuten? »Ja, danke der Nachfrage«, antwortete sie zögerlich und schaute ihn dabei offen und freundlich an. »Gut, gut.« Harry räusperte sich. Dabei trommelte er leicht mit seinem Fingern auf den Schreibtisch. Er wirkt etwas unsicher, dachte sie. Doch schon im nächsten Moment war seine Stimme wieder so fest und bestimmt wie immer: »Celine, Sie wissen ja, dass wir uns um den Auftrag einer vegetarischen Fast-Food-Kette bemühen. Ich möchte Sie bitten, eine Liste der vierzig führenden vegetarischen Restaurants und deren Zielgruppen zu erstellen.« Er blickte sie eindringlich an. »Okay«, meinte Celine etwas zögerlich. Sie wollte auf keinen Fall unnötige Fragen stellen. »Claude und ich werden uns bemühen.« »Tun Sie das, aber wir haben nicht viel Zeit. Ich fliege Ende der Woche nach San Francisco. Sie haben Zeit bis Donnerstag.« Seine Stimme klang kühl, fast arrogant. Celine nickte und drehte sich dann abrupt um, ohne ein weiteres Wort zu verlieren.

Irgendwie irritierte er sie und gleichzeitig ärgerte sie sich über ihn. Als sie schon an der Tür stand, hörte sie erneut seine Stimme: »Übrigens Celine, wie hat Ihnen eigentlich die Oper gefallen?« Celine zuckte leicht zusammen. Für einen kurzen Moment verband sie eine Stille. Sollte sie einfach so tun, als ob sie ihn in der Met gar nicht bemerkt hatte? Langsam drehte sie sich wieder um. Ihre Augen trafen sich. Celines Verwunderung über die Frage sprach aus ihrem Blick. »Ich war begeistert. Verdi verkörpert für mich die Inkarnation des Lebens und der Leidenschaft«, antwortete sie ruhig und schaute ihn dabei direkt und fast etwas provokant an. Keiner von beiden erklärte, warum man sich in der Oper nicht begrüßt hatte. Die Frage stand nicht mal im Raum. Warum er die Oper angesprochen hatte, wusste er selber nicht. Aber es reizte ihn einfach, sie aus ihrer Reserve zu locken. Doch der Versuch scheiterte, sie beantwortete die Frage ruhig und zeigte nicht den Hauch von Nervosität. »Und Ihnen? Wie gefiel es Ihnen?«, fragte sie herausfordernd. »Ich mag das Ambiente und die elegante Atmosphäre drumherum. Die Opernvorstellung an sich ist mir relativ egal, meistens sogar zu lang.« Er blickte eindringlich in ihre grünen Augen. »Dachte ich mir schon«, erwiderte Celine kühl. »Ja, weil Sie denken, ich hätte kein Leben und keine Leidenschaft«, entgegnete er höhnisch. »Wenn Sie sich da mal nicht täuschen!« Celine errötete leicht und wich seiner Anspielung aus. Warum ist es denn eigentlich so wichtig, was eine unbedeutende Assistentin wie ich überhaupt über Sie denke? Sie wollte jetzt so schnell wie möglich das Gespräch beenden. »Ich glaube, ich muss jetzt wieder an die Arbeit gehen. Es gibt viel tun.« Entschieden drehte sie sich um und schloss die Tür. Harry blieb verwirrt und beeindruckt zurück. »Diese Celine lässt sich nicht aus der Reserve locken. Noch nicht ...«, murmelte er.

»Immer das gleiche Gesicht, wenn du aus seinem Büro kommst«, bemerkte Claude trocken. »Was gibt's?« »Er will, dass wir bis Donnerstag vierzig Restaurants und deren Zielgruppen analysieren.« »Ach, das ist eine meiner leichtesten Übungen, vierzig Restaurants anzurufen«, lachte sie. »Aber was mich wundert, ist, warum er nicht auch mich gebeten hat, mit in sein Büro zu kommen«, meine Claude nachdenklich und schaute Celine verwundert an. »Das kann ich dir auch nicht sagen. Er hasst ja Fragen. Vielleicht befürchtet er, mit uns beiden würden zu viele davon gestellt werden.« Irgendwie glaubte keine von den beiden, dass das der Grund gewesen war. Aber sie schwiegen und konzentrierten sich auf die Arbeit.

Inzwischen war es sechzehn Uhr. Celine kaufte schnell noch ein Paar Kleinigkeiten ein. Bea wollte heute Abend nach der Arbeit zu ihr kommen. Sie hatten sich das letzte Mal noch vor ihrem Umzug nach New York gesehen, damals beim Abendessen im Haus von Robert und Jane. Bill hatte gerade geschäftlich in Boston zu tun – und so war die Gelegenheit gekommen. Sie freute sich riesig auf Bea, die eine gute Zuhörerin war, immer klug und gelassen reagierte. Darin waren sie sich sehr ähnlich, fand Celine. Leider kamen sie nur selten zusammen, da einfach die Zeit fehlte. Aber jetzt gab es viel zu erzählen, zum Beispiel von ihrem neuen Job und auch diesem Harry. Was bezweckte der eigentlich mit seinen Fragen? Er tat doch immer so, als ob ihn seine Mitarbeiter nicht interessieren würden. Machte er sich vielleicht über sie lustig? Komischer Vogel. Irgendwie brachte er ihr Leben etwas durcheinander, was sie leicht beunruhigte.

Anyway, nun rannte sie die Franklin Street hinunter, vorbei an ihrem Lieblingsgebäude, the Sugarloaf, einem sechsstöckigen, imposanten Haus im neoklassischen Stil aus dem Jahr 1882, das komplett renoviert war und nun aus sechs Luxusapartments bestand. Leider unbezahlbar. In dieser Gegend gab es noch mit Kopfstein gepflasterte Straßen, ein Relikt aus einer Zeit der Entschleunigung, der Beständigkeit und der Muse, als man mit der Postkutsche tagelang unterwegs war, – aus einer Zeit der Briefe, des Wartens und der Geduld. Ja, am Sonntag in der Met, da glimmte so ein Gefühl für einen kurzen Augenblick auf, ein Zurücklehnen an die »Old Times«, weit weg von der rasanten Beschleunigung des Lebens da draußen. Sie liebte es, in kleinen Läden einzukaufen, in kleinen Hotels zu wohnen, in kleinen Restaurants zu essen, alle persönlich geführt, wo Produktivität und Effizienz keine Rolle spielten. Und New York wäre nicht New York, wenn es nicht alle und auch diese Wünsche erfüllen würde.

Schließlich war sie in ihrem bescheidenen Apartment in der Franklin Street, Hausnummer 50, angekommen, einem achtzehnstöckigen modernen Gebäude, das leider nicht aus dem neoklassischen Zeitalter stammte, dafür aber einen Doorman am Empfang hatte. Erst war sie begeistert gewesen, so schnell etwas gefunden zu haben: eine Hundert-Quadratmeter-Wohnung im sechsten Stock mit zwei Schlafzimmern und Balkon, und alles frisch fertiggestellt. Doch dann nach einer Weile war sie mit der Wohnsituation nicht mehr zufrieden. Die Wohnung war endlos weit weg vom Elitekindergarten in der Upper East Side und zusätzlich wollte sie für die Kleinen einen Garten, sprich ein Townhouse. Das war allerdings in Tribeca, der Upper East Side oder irgendwo sonst in Manhattan unbezahlbar. Entweder Bill verschuldet sich bis zum Ende seines Lebens, oder es geschieht ein Wunder, dachte sie ernüchtert.

Frisch geduscht – eine Eroberung der Neuzeit, so schön auch Kopfsteinpflaster sind, dachte Celine – und nachdem Clara und Lilly nach dem Essen und einer von ihr vorgelesenen Märchengeschichte friedlich in ihren Betten schlummerten, schlüpfte Celine in Jeans und T-Shirt und kämmte ihre nassen Haare hinter die wohlgeformten Ohren. Aufgedeckt hatte sie am Couchtisch: mehrere Kleinigkeiten vom Sushiladen um die Ecke, einem kleinen Thailänder, der vor Jahren nach Amerika ausgewandert war. Bill und sie kauften dort oft ein, da Celine nun keine Zeit mehr zum Kochen hatte, was Bill sehr bedauerte, worüber er sich aber nicht offen beklagte. Nur sein Blick sprach manchmal Bände.

Kaum war sie fertig, klingelte es. Celine öffnete die Tür und konnte ihren Augen nicht trauen. »Meine Güte, wie siehst du denn aus, unfassbar!« Celine blieb der Mund offenstehen. »Was ist mit dir passiert?«, fragte sie baff. »Aber komm erstmal rein. Ich freue mich so sehr.« Dabei umarmte sie die elegante Bea. »Wein oder Wasser? Beides fängt mit W an, nur dass das eine langweilig ist, aber gesund, und das andere lustig, aber schädlich«, lachte Celine. Bea grinste. »Ich trinke gern ein kleines Gläschen von dem Ungesunden«, und setzte sich auf die braune Couch. Wie sie aussieht, dachte Celine, ein komplett neuer Style! Sie betrachtete den totschicken dunkelblauen Seidenanzug, die weiße Bluse, dazu passende hohe Pumps, den neuen Haarschnitt – total flott! – und die dunkelblonde natürliche Haarfarbe, welche Beas Gesicht weich erschienen ließ. Ich sollte auch mal wieder was an mir verändern, überlegte Celine etwas unruhig, während sie zwei Gläser Weißwein einschenkte. »Komm, lass uns anstoßen auf unser Wiedersehen und deinen neuen fantastischen Look.« Sie strahlte und freute sich auf den Abend.

JIL UND DER PFEIL AMOR

Jil saß nach einem Dauersprint von zu Hause pünktlich im Büro. Wer nicht kam, war Sally. Komisch, die kam doch nie zu spät. Auch Geoffrey war nirgends zu sehen. Sehr merkwürdig! Jil dachte an ihr Wochenende mit Jesse und Michael. Jesse war ziemlich sauer und enttäuscht gewesen, nachdem er so von ihr ignoriert worden war, und auch von Michael. Wutschnaubend war er aus dem Apartment gerannt. Sie konnte ihn gerade noch vor seinem Wagen abfangen. »Jesse, was ist los mit dir? Er hat es doch gar nicht so gemeint«, versuchte Jil ihn zu beruhigen. »Ist schon in Ordnung, Jil«, meinte Jesse verbittert, während er hinten im Truck seine Bootsteile noch mal kontrollierte. »Ich habe nicht so eine geile Bude wie dieser Maleraffe, und das scheint dich wohl mächtig anzumachen«, brummte er grimmig vor sich hin. »Du warst ja wohl auch schon allein mit ihm da oben.«

Er drehte sich um und schaute sie mit seinen braunen Augen zornig an. Jil schluckte und errötete. Dann lachte sie verlegen und legte sanft ihre Hand auf seine Schulter: »Das hat alles nichts zu bedeuten. Da war auch nichts. Er hat mich damals nachts in der U-Bahn gerettet, als mich so ein Typ überfallen wollte. Dafür habe ich mich bedankt.« »Klar, mit Dienstleistungen vielleicht«, rief Jesse wütend und schob ihre Hand weg. »Habe unzählige Kondome bei dem Fussi gefunden. Erzähl mir doch nix! Ich komme zwar vom Land, bin aber nicht so naiv wie du denkst«, schnaubte er.

Jil schüttelte traurig den Kopf. Was sollte sie ihm sagen, oder um was bitten? Lügen, dass da nichts zwischen Michael und ihr gewesen war? Bitten, dass er bei ihr übernachten sollte? Nein, die Stimmung war raus, sie musste ihn wohl oder übel ziehen lassen, dachte sie zerknirscht. Nun standen sie da wie zwei begossene Pudel und wussten nichts mit sich anzufangen. Jesse fand zuerst Worte: »Ich fahre jetzt besser nach Hause.« Seine Stimme klang nüchtern und traurig. Dann nahm er sie plötzlich in den Arm und drückte sie fest. Jils Herz begann zu bröckeln. Eine Träne floss ihr über die Wange. Jesse schaute ihr nochmal tief in die Augen, drehte sich dann um und stieg ins Auto. »Mach´s gut in New York. Wenn du Hilfe brauchst, call me!« Jil entgegnete: »Pass auf dich auf!« Ein letzter Blick, dann brauste er davon.

Sie blieb auf der Straße zurück. Ihr Herz fühlte sich schwer an, wie ein Felsbrocken. Ihr »Zuhause« fuhr davon. Sie blieb allein zurück. Warum fühlte sie sich so elend? Langsam schlich sie Richtung Wohnung. Michael stand an der Eingangstür des Gebäudes, mit einem Mann diskutierend, der anscheinend seine Bilder abholte. Als er sie sah, winkte er ihr zu. Sie hob kurz die Hand. Dann verschwand sie in ihrer Wohnung.

Puh, das mit Michael und Jesse war komplett schief gegangen, dachte sie bedrückt, während sie sich bequemere Klamotten anzog, um endlich zu chillen. Sollte sie Jesse schreiben? Konnte sie ihm sagen, dass sie Michael völlig unattraktiv fand, und nur er der einzig Wahre war? Oder war es möglich, gleichzeitig zwei Männer toll zu finden, sich sogar in beide zu verlieben? Wenn sie ganz ehrlich wäre, stellte sie sich das Leben auch zu dritt recht interessant und spannend vor. Doch wie sollte das in der Realität aussehen? Wie lief das eigentlich so in einer offenen Ehe? Ihre Eltern waren sich immer treu geblieben, jedenfalls, was sie so mitbekam. Jeder konnte sich auf den anderen verlassen. Ob ihnen dennoch irgendetwas gefehlt hatte, konnte sie nicht sagen. Sie wusste nur, dass sie momentan beide Männer attraktiv und interessant fand, aber es niemals mit beiden gleichzeitig funktionieren könnte. Jesse rannte ja schon jetzt schäumend vor Eifersucht davon. Dagegen konnte sie es sich bei Michael gut vorstellen, dass er da ziemlich easy war. Und sie? Wie war ihre Einstellung zu Toleranz und Offenheit in Beziehungen?

Plötzlich vermisste sie so schmerzlich ihre Eltern, Jesse und ihr Zuhause. Sie griff zum Handy. Hoffentlich ist Mum da. Wenige Minuten später hörte sie die weiche freundliche Stimme ihrer Mutter: »Na, Kleine, geht es dir gut? Lange nichts gehört. Bist wohl sehr busy.« Jils Herz flutete über, als sie die vertraute Stimme ihrer Mutter vernahm. Dann füllten sich ihre Augen mit Tränen. »Kind, was ist los? Geht es dir nicht gut? Fehlt dir was?« fragte ihre Mutter besorgt. »Ach Mum, ich vermisse euch so sehr. Alles ist eigentlich gut, aber ich habe gerade so ein Heimweh«, schluchzte sie. »Meine Süße, dann wird es Zeit, dass du ganz schnell nächstes Wochenende nach Hause kommst. Was meinst du? Wir bekommen zwar Besuch aus New York von Leuten, die sich für das Oldtimer-Schiff interessieren. Die wohnen aber bei Elisabeth im Hotel Inn. Die staubt schon wegen des hohen Besuches die ganze Woche alles ab. Der Mann hat irgendwas mit Musik zu tun, sehr reiche Leute«, erklärte Susan eifrig. »Dein Vater ist schon sehr aufgeregt und poliert Tag und Nacht das Schiff. Heute kommt endlich Jesse mit den Bootsteilen zurück, Gott sei Dank, es gibt noch viel zu tun.« Dann schwieg sie ein paar Sekunden. »Aber warum bist du so traurig? Jesse war doch da. Hattet ihr beide denn keine gute Zeit?«, fragte Susan überrascht.

Susan war eine zierliche Frau mit großer Ähnlichkeit zu Jil, Anfang fünfzig, immer freundlich und ausgeglichen, die mittlerweile glücklich in Bath mit ihrem Mann Chris, Jils Vater, lebte. »Mum, es war einfach schön mit Jesse. Wir hatten einen tollen Tag«, schwärmte Jil. »Ach, und jetzt bist du traurig, dass er fahren musste?«, meinte Susan verständnisvoll. »Ja, aber es gab leider auch Differenzen am Ende«, stöhnte Jil. »Aber wieso denn das? Jesse ist doch so friedlich und lieb. Das verstehe ich nicht«, meinte Susan erstaunt. »Er war eifersüchtig auf meinen Nachbarn von oben ...«, sagte Jil vorsichtig.

Sie hatte ihren Eltern nichts von dem Überfall und dem Wasserrohrbruch erzählt – wie auch, bei der knappen Zeit. »Gab es denn einen

Grund für seine Eifersucht?«, meinte Susan verwundert. Im selben Moment klingelte es an Jils Tür. »Mum, ich erzähl dir alles, wenn ich am Freitag zu euch komme. Ich kriege gerade Besuch. Kuss, Mum, ich liebe dich.« »Ich dich auch«, erwiderte Susan liebevoll. Dann legten sie auf.

Jil öffnete. Michael stand vor der Tür und grinste. Er machte einen komplett relaxten Eindruck. »Hi, Sweety, ist dein Freund schon weg? Wo kam der noch mal her?« Dabei schaute er sie etwas albern an und lachte laut. »Was machst du denn für ein Gesicht, als ob jemand gestorben wäre!«, prustete er laut los. Jil schaute ihn wütend an. »Michael, ich bin nicht in der Stimmung darüber zu lachen. Nur weil du aus New York kommst, bildest du dir wer-weiß-was ein.« Sie schlug ihm die Tür vor der Nase zu. Knall, Bum. Draußen öffnete sich eine Tür: »Was ist das eigentlich für ein verdammter Lärm? Ruhe! Sonst knallts!«, schrie der Nachbar von oben. Michael blieb erst verdattert im Flur zurück und schlich dann wie eine Maus in den Fahrstuhl, wobei er vor sich hin murmelte: »Mein Gott, was sind das hier bloß für gestresste Leute.« Dann verschwand er nach oben.

Jil warf sich aufs Bett. Sie kam zu dem Schluss, dass Beziehungen zu dritt viel zu anstrengend sind, und es sich am einfachsten als Single lebte. Jetzt bloß raus an die Luft! Ihr Körper schrie nach Bewegung. Kopf und Herz brauchten dringend Entlastung. Schon war sie mit allen Laufutensilien bewaffnet und rannte wie eine Verfolgte zum Brooklyn Park, entlang der ICE Factory, des Karussells, der Küsse, der Gespräche, der braunen Augen von Jesse, weiter und weiter, schneller und schneller, im Versuch, alles abzuschütteln, dem Ziel entgegen, endlich wieder frei und leicht zu sein. Doch vergebens. Der Pfeil Amor hatte längst sein Ziel getroffen. Er war nicht abzuschütteln, so sehr sie sich auch bemühte. Schwer atmend und völlig erschöpft erreichte sie ihr Apartment. Der Körper war müde. Das Herz aber triumphierte weiter. Von Müdigkeit keine Spur!

SALLY´S VERDACHT

Sally wachte mit einem schweren Kopf in Harrys Schlafzimmer auf. Wo bitte war Harry? Verschwunden? In der ganzen Wohnung hörte man keinen Laut, bis auf die Straßengeräusche von New York. War Harry ohne sie zu wecken davongeschlichen und schon im Büro? Dieses Wochenende hatte sie so viel Alkohol getrunken wie in einem ganzen Jahr nicht. Das musste sich schleunigst ändern. Wenn ich so weitermache, jeden Tag Sandwiches reinstopfe und dazu literweise Alkohol, sehe ich bald unansehnlich aus, dachte sie mit dröhnendem Kopf. Dabei schaute sie zufällig auf die Uhr, die neben dem Bett stand: 9.^{15} Uhr. Das durfte doch nicht wahr sein. Alle waren schon im Büro, einschließlich Bea, nur sie nicht.

Schlagartig wurde sie wach, rannte ins Bad und betrachtete sich kurz im Spiegel. Immer noch komplett geschminkt, nicht mal Zähne geputzt. Sie sah aus wie eine Frau, die die ganze Nacht nur gefeiert hatte, was ja auch der Wahrheit entsprach. Der Geruch von Harrys Körper klebte noch immer an ihr. Aber hatte sie überhaupt Zeit zu duschen?

Hastig griff sie zum Telefon und schrieb Geoffrey und Jil eine E-Mail, dass sie zu einem wichtigen persönlichen Termin musste und deshalb später käme. Sofort wurde sie ruhiger. Zufrieden und immer noch nackt marschierte sie genüsslich in die Dusche. Toller Sex mit Harry, dachte sie, da passten sie wirklich perfekt zusammen. Aber was hatte sie ihm eigentlich über diesen Pitch erzählt? Shit, einfach ein bisschen zu viel! Aber konnte er damit was anfangen? Nein, wieso auch, es war ja nicht sein Kunde. Dabei schrubbte sie kräftig ihre Haare mit einem Antischuppen-Shampoo von Harry. Aber er war die ganze Zeit erstaunlich interessiert an dem Projekt gewesen und wollte immer mehr erfahren. Komisch!

Sie schlang sich ein Handtuch um ihren feuchten Körper und marschierte mit nassen Füßen zu ihrer Tasche. Mist, nicht mal eine Bodylotion dabei, wie soll meine Haut das den ganzen Tag nur aushalten, dachte sie verzweifelt. Vielleicht hat Harry ja irgendwo eine Lotion. Sie drehte sich um und zog alle möglichen Schubladen auf. Nirgendwo weit und breit eine Creme. »Warum benutzen Männer denn so etwas nie«, murmelte sie ärgerlich.

Was war denn das? In einer Schublade lagen Prospekte von vegetarischen Restaurants, ordentlich in einer Folie gesammelt. Vorsichtig nahm sie den Stapel aus der Kommode heraus; ihre Haare tropften stark. Seit wann interessierte sich Harry denn für vegetarisches Essen? Der aß doch nur Fleisch. Sie setzte sich aufs Bett und blätterte nachdenklich die Seiten durch. Warum hat er so insistiert und ihr einen Cocktail nach dem anderen gemacht?

Sie durchfuhr ein leichter Schlag, wie durch Strom. Ihr Herz fing an zu rasen: War Harry etwa hinter dem gleichen Fall her? Erschrocken sprang sie auf, vergessen war die Bodylotion, und zog sich in Windeseile den dunkelblauen leichten Nadelstreifenanzug an, dazu eine weiße Bluse. Einen Fön hatte sie dabei, mit dem sie wild und hektisch ihre Haare trocknete. Welche Informationen hatte sie preisgegeben? Sie versuchte, krampfhaft den Abend zu rekapitulieren. Was hatte sie ihm Genaues verraten? Dreamy Vegetarian und Kundenkreis ab 40! So ein Fuchs, fast hätte ich ihm noch mehr erzählt, dachte sie ernüchtert, ich hätte es ahnen müssen. Sie kannte ihn gut genug, aber der Alkohol hatte ihre Instinkte vernebelt. Deshalb auch die besondere Fürsorge und der offensichtliche Plan, sie langsam mit Gin Tonics abzufüllen.

Schnell noch etwas leichtes Make-up und Wimperntusche aufgetragen, und schon saß sie im Taxi. Was konnte er mit dieser Information anfangen? Er wusste nun mit Sicherheit, dass der Kunde ein Konzept für jüngere Menschen bevorzugte; denn ihr Vorschlag für Menschen ab vierzig war ja nicht gut angekommen. Ok, danke, Beas Idee wird nun Konkurrenz bekommen, auch nicht schlecht. Falls der Auftrag nichts wird, kann sie jedenfalls nicht den Erfolg einheimsen und als Star der Firma gefeiert werden. Nun doch zufrieden im Officegebäude angekommen, fuhr sie mit dem Fahrstuhl in den achtundzwanzigsten Stock und dachte kopfschüttelnd an Harry. Du kleiner Gauner! Das zahle ich dir heim! Dann betrat sie mit einem Lächeln das Büro, wo ihre Assistentin Jil schon am Schreibtisch saß, anscheinend geistig etwas abwesend, da sie sie gar nicht bemerkte.

»Hallo, Jil. In welcher Welt befindest du dich bitte gerade?«, begrüßte Sally die erschrockene Jil. »Hi Sally, nicht der Rede wert. Möchtest du etwas trinken?« Schon war Jil aufgesprungen. »Das ist lieb von dir. Ja, einen Detox-Tee. Den brauche ich dringend. Wir müssen auch noch einiges besprechen. Es gibt noch viel zu tun, bis aus dem Pitch in San Francisco ein unterschriebener Auftrag wird.« Mit diesen Worten rauschte sie an Jil vorbei und schloss die Tür. Jil schaute ihr nach. Was die wieder hat, dachte sie. Heute sah Sally auch nicht gerade aus wie der blühende Frühling, etwas müde, nicht so perfekt wie sonst. Sie hatte anscheinend ein anstrengendes Wochenende. Besser nicht nachfragen!

Jil ging in die Küche, um den Tee für Sally vorzubereiten. Jesse hatte sich nicht mehr gemeldet, nicht mal Bescheid gegeben, ob er gut in Bath angekommen ist, dachte sie etwas bedrückt. Ich rufe ihn einfach heute Abend an. Mal sehen, ob er sich meldet. Nachdenklich starrte sie auf das kochende Wasser.

Sally saß vor ihrem PC und trommelte mit den Fingern auf dem Schreibtisch herum. Sollte sie Harry anrufen und ihn mit ihrem Verdacht konfrontieren? Nein, er würde alles leugnen, absolut sinnlos. Im Gegenteil, sie musste sich eine ganz andere Strategie ausdenken.

Da fällt mir doch gerade der perfekte Plan ein, dachte sie stolz und voller Überzeugung. Mein lieber Harry, ein Panther sollte sich nicht mit einem Tiger anlegen. Sie grinste selbstgefällig, während Jil mit dem heißen Tee ihr Büro betrat.

JANE UND DIE HERREN DER SCHÖPFUNG

Jane bekam zu ihrem Entsetzen tatsächlich einen leichten Sonnenbrand am Dekolleté. Wie konnte das denn nur passieren? Da kaufe ich schon die teuerste Sonnencreme und dann das! Immer unterschätzt man, wie stark die Sonne schon im April ist. Nun saß sie wieder mit ihrem Robert im alten Mercedes Adenauer Richtung Boston. Dort wollten sie in dem in die Jahre gekommenen Four Seasons Hotel übernachten, um dann weiter nach Bath in Maine zu fahren, einem Ort, den keiner ihrer Freunde kannte bzw. je kennen lernen wollte. Sie allein hatte das Schicksal ereilt, mit dem Oldi, der jeden Morgen von ihrem Mann leichte Streicheleinheiten bekam, stundenlang dorthin fahren zu müssen.

Gestern hatten sie noch einen vergnüglichen Abend im Weinkeller von Anthony verbracht. Anthony sammelte Weine aus der ganzen Welt. Zu viert saßen sie an einem wunderschönen langgezogenen alten Eichentisch mit den edelsten Tropfen um sie herum. Als erstes wurde ein Château Latour 2010 dekantiert. Dazu gab es kleine französische Spezialitäten wie Gänseleberpastete, verschiedene Käsesorten und Baguette, was für Jane allerdings alles viel zu kalorienreich war. Glücklicherweise servierte Pierre auch eine frisch zubereitete Atlantik-Fischsuppe und dazu einen köstlichen Sancerre Comte Lafond 2016.

Jane war froh, dass sie bei dem traumhaften Wetter mit offenem Verdeck fahren konnte. Sie genoss den Fahrtwind, der ihren vom Wein noch immer etwas schweren Kopf wunderbar kühlte. Sie dachte an Isabelle und das gestrige Gespräch im Weinkeller. Eigentlich ärgerte sie etwas die Inflexibilität von Robert und Anthony. Sie hatte mit Isabelle einen genialen Plan am Strand ausgeheckt, wie ihre Kinder auf unauffälligste Weise zusammengebracht und dann hoffentlich verkuppelt werden konnten. Dann am Abend, nachdem alle vom herrlichen Wein angeheitert waren, hatte Isabelle das Thema aufgebracht, dass es doch eine geniale Idee sei, Bea zwecks eines Werbeauftrages nach Houston zu locken. »Anthony, was meinst du dazu?«, fragte Isabelle lachend und bestens gelaunt, während sie ihn mit ihren viel zu stark mit blauem Lidschatten geschminkten Augen anschaute. Es sah fast so aus, als hätte sich vorher eine wilde Schlägerei mit Anthony abgespielt.

Robert blickte skeptisch auf Isabelle, sagte aber nichts. Anthony aber zog ein Gesicht, als ob der Chateau Mouton-Rothschild nach Korken schmecken würde. »Darling«, antwortete er vorsichtig, »das halte ich für keinen so guten Einfall. Edward und Christopher werden sich komplett wundern, wieso ich vom fernen New York plötzlich mit der Idee einer Werbekampagne um die Ecke komme, und dann auch noch vorgebe, welche Person und Marketingfirma vor Ort kommt und sie ausarbeiten soll. Sie werden dagegen sein, und wer-weiß-was dahinter vermuten.« Roberts verständnisvoller Blick, den er Anthony zuwarf, sprach Bände. »Glaubt ihr denn überhaupt, dass man sich bei der Partnersuche seiner Kinder einmischen sollte?«, gab Anthony zu bedenken.

Robert versuchte, diplomatisch auf die enttäuschten Mienen von Jane und Isabelle einzuwirken: »Ich finde es sehr sorgsam von euch liebenden Müttern, dass ihr euch solche Gedanken macht, aber ich pflichte Anthony bei, das Schicksal entscheiden zu lassen.« Er schmunzelte und sah sie fürsorglich an, wie ein Arzt seine Patientinnen, die gerade beruhigt werden müssen. Jane bemerkte es und ignorierte es bewusst: »Auf jeden Fall hätte es nicht geschadet, sondern eventuell zu unserem und deren Glück geführt. Die Kinder nur arbeiten zu sehen, ohne Zeit dafür zu haben, den richtigen Partner zu finden, und als Eltern dabei tatenlos zuzusehen, ist auch keine Lösung«, antwortete sie scharf.

»Ich stimme Jane ganz und gar zu«, ereiferte sich auch Isabelle, »schlag doch bitte etwas anderes vor, falls dir deine Söhne am Herzen liegen.« Sie verschränkte energisch ihre Arme und trank das Glas des 2000-Dollar-Weins auf Ex. Anthony runzelte die Stirn und sah sich hilfesuchend nach Robert um, der auch nicht aussah, als platzte er vor neuen Ideen. »Gut«, meinte Isabelle trocken, »dann werde ich hier eine kleine Einweihungsparty à la Great Gatsby veranstalten, und deine Aufgabe, liebe Jane, wäre es, Bea dazu zu bringen, dieses Fest nicht zu verpassen.« Jane runzelte die Stirn, was sie sehr ungerne tat, da sie seit längerer Zeit kein Botox verwendet hatte, und sie sich damit der Gefahr aussetzte, vermehrt Falten anzusetzen. »Puh, ja, keine leichte Aufgabe, sage ich euch, aber ich werde mein Bestes versuchen.« Auch sie nahm einen kräftigeren Schluck vom Mouton-Rothschild.

Den Herren der Schöpfung fiel ein Stein vom Herzen. Endlich konnten sie sich schöneren Themen zuwenden, wie zum Beispiel Börsenkursen, der dringenden Notwendigkeit von Steuersenkungen, Roberts neuesten Werbemusikaufträgen, und so weiter. Jane und Isabelle schalteten auf ihren Organisationsmodus um und besprachen, wann und wie die kleine Gigant-Feier stattfinden würde. Insgesamt war es ein am Ende gelungener Abend, der aber leider am nächsten Morgen mit einem schweren Kopf aller Beteiligten noch seine Spuren hinterließ.

Umso erfrischender und beruhigender wirkte deshalb nun auf Jane und Robert die frische Luft und das Schnurren des Mercedes-Adenauer. Doch die Ruhe täuschte ein wenig, jedenfalls was Jane anbetraf: »Darling«, sie schaute ihn etwas gereizt an – ein Kater und wenig Schlaf sind das perfekte Rezept für Streitgespräche – »findest du nicht, dass Anthony etwas kooperativer hätte sein können? Jetzt habe ich den Salat, Bea zu einer Party zu überreden.« Ihre Augen funkelten. Robert, der tiefenentspannt und mit sichtlichem Genuss sein Schmuckstück steuerte und noch nichts vom aufziehenden Sturm ahnte, antwortete mit einer gewissen Naivität: »Ach, ich finde, man kann es Anthony nicht zumuten, eine ganze Firma durcheinander zu bringen, nur damit Bea seine Söhne treffen soll. Ehrlich gesagt, mir behagt diese Verkupplungsidee nicht. Wir sollten uns da nicht einmischen, finde ich.« Dabei betrachtete er mit genüsslicher Bewunderung und Stolz das schöne Armaturenbrett seines wertvollen Fahrzeugs.

»Ach, das heißt, man sollte sie einfach sich selbst und ihrer Karriere überlassen, ohne als Eltern irgendetwas zu unternehmen? Selbst die Party findest du ja wohl überflüssig.« Ihre Stimme klang etwas schrill. »Ja. Falls Isabelle es nur deshalb macht, damit sich Bea und ihre Söhne treffen, finde ich es übertrieben. Ich weiß ja nicht, wie viel Druck du da ausgeübt hast, dass sie so einen Aufwand betreiben soll.« Er versuchte, sich so ahnungslos wie möglich zu geben. Aber jetzt fegte der Sturm über Robert hinweg. »Was, ich?« Janes Stimme überschlug sich. »Das war Isabelles Idee, weil sie sich genauso wie ich Sorgen macht! Ganz offensichtlich im Gegensatz zu dir, dem hier alles fucking egal ist, der sich um seinen Oldtimer-Kram kümmert und in seine Noten versinkt, während die eigene Tochter untergeht. Und ich mache diese Reise nur deinetwegen oder glaubst du etwa wegen so einem alten Kahn, den du womöglich auch noch kaufen willst. Glaub bloß nicht, dass ich damit je verreise!« Sie schluchzte theatralisch auf.

Robert schüttelte verständnislos den Kopf. Was hier das eine mit dem anderen zu tun hatte, konnte er nicht verstehen, doch er hielt es für angebracht, diese Frage in der jetzigen Situation nicht aufzuwerfen. Also schwieg er.

Doch das konnte den Sturm nicht beruhigen. Im Gegenteil, Missachtung durch Schweigen entfachte ihn erst recht. »Du liebst mich gar nicht«, schluchzte Jane, »du interessierst dich nur für deine Dinge, weichst jedem Konflikt aus.« Robert schaute kurz zur ihr herüber, drehte dann abrupt nach rechts in einen kleinen Feldweg ein und stoppte den Wagen. »Jane, bitte, was redest du da eigentlich? Mein ganzes Leben dreht sich um dich. Nur weil ich hier einmal anderer Meinung bin, soll ich dich nicht mehr lieben? Das glaubst du doch selbst nicht.« Er versuchte, sie in den Arm zu nehmen.

»Nein, Robert, ich möchte erst darüber reden. Es geht einfach nicht anders«, erwiderte Jane ernst. »Gut«, stöhnte Robert, »lass uns darüber reden.« So saßen sie im offenen Mercedes-Adenauer mitten auf einem einsamen Feldweg umgeben von Bäumen und Vogelgezwitscher. »Erkläre mir bitte, was soll der Nachteil für Bea oder auch für uns sein, wenn wir ihr jemanden vorstellen? Entweder es klappt und sie heiratet, bekommt Kinder und wird glücklich. Dann war es doch super. Eine andere Möglichkeit wäre: Sie heiraten, kriegen Kinder etc., aber schließlich endet das Ganze in der Scheidung. Aber dann hat sie sich geirrt und nicht wir. Eine nicht zufällige Begegnung, die wir organisieren, nimmt ihr doch nicht die freie Entscheidungsmöglichkeit zu heiraten oder nicht.« Sie schnäuzte leicht dramatisch ihre Nase.

Robert schaute Jane nachdenklich an. »Mir behagt der Gedanke nicht, Schicksal zu spielen. Und übrigens, kennen wir Edward und Christopher überhaupt so gut? Wir haben sie doch nur ein paar Mal erlebt. Keine Frage, es waren recht sympathische Männer, aber komplett unterschiedlich. Ich kann sie charakterlich doch gar nicht beurteilen.« »Ja, da hast du einen Punkt«, gab Jane zögerlich zu, »aber wenn sie Bea nicht gefallen, bin ich die Letzte, die sie dazu überreden würde, was bei ihrem starken Willen sowieso gar nicht ginge.« »Von wem sie das wohl hat«, seufzte sie. »Bea ist übrigens viel zu schlau. Die wird vorher vermuten, dass du was im Schilde führst«, warf Robert ein. »Ja, das ist das größte Hindernis überhaupt«, gestand Jane ihm zu. »Dann lass ich es halt. Ich werde Isabelle unsere Bedenken schreiben«, und sie schaute resigniert auf ihr Handy. »Mir ist die Lust vergangen. Alles gut, Robert! Bea wird da sowieso nicht mitmachen. Lass uns jetzt weiterfahren.«

Sie lächelte leicht und nahm seine Hand. Der Sturm war vorüber. Robert fiel ein Stein vom Herzen. Doch er hatte nicht mit Isabelle gerechnet, die von dem Gedanken einer grandiosen Party auf ihrem Anwesen nicht mehr loskam, von der all ihre Bekannten und Freude noch lange bewundernd reden würden.

BEA UND CELINE BEIM GLAS WEIN

»Und Celine, wie fühlst du dich in New York mit deinem neuen Job?«, fragte Bea gespannt. »Du weißt schon, dass wir uns das letzte Mal bei deinen Eltern zum Abendessen gesehen haben. Da lebte ich noch in Boston«, erwiderte Celine entgeistert. »Meine Güte, ja, du hast recht. Ewig ist es her. Nun spann mich bloß nicht weiter auf die Folter!«, lachte Bea. »Schon gut! Mir geht es großartig. Alles ist hier so spannend und aufregend, abgesehen von einigen Problemen, die noch zu lösen sind. Aber das bekomme ich schon hin«, meinte Celine, die für Beas Begriffe etwas blass und unruhig wirkte. So kannte sie Celine nicht. Irgendwas war anders.

»Was meinst du damit?«, fragte Bea. »Wer in New York keine Probleme hat, den möchte ich kennenlernen. Ah, warte, da fällt mir doch meine Mutter Jane ein«, grinste sie, worauf Celine spontan loslachte. »Deine Mutter ist einmalig. Mein Gott, und wie die mit vierundfünfzig Jahren aussieht, nicht zu fassen. Bei ihr scheint wirklich alles im Leben super zu laufen: Top-Mann, Top-Aussehen, und immer noch glücklich verheiratet. An ihr ist der Stress des Lebens vorbeigezogen.« Freudig schüttelte Celine den Kopf, wobei ihre schönen weißen Zähne zum Vorschein kamen.

»Ja«, stöhnte Bea, »das kann aber auch ganz schön nervig sein. Sie glaubt nämlich, ihre Lebensphilosophie in die Welt beziehungsweise auf mich übertragen zu müssen, komme was wolle.« »Du meinst, wer will das schon, so reich, so schön und so super verliebt zu sein, nach fünfunddreißig Jahren«, kicherte Celine von Neuem. Auch Bea musste laut lachen. »Ich weiß, sie steht auf der Sonnenseite des Lebens. Aber nicht jedem ist dieses Glück gegeben. Und jeder Mensch hat seine eigenen Vorstellungen von Glück und Zufriedenheit. Ich bin nicht Jane, die zufrieden ihr Luxusleben gestaltet und darin aufgeht.«

»Da kann ich dich total verstehen«, meinte nun Celine ernst, »mir ging es in Boston so. Da fiel mir die Decke auf den Kopf. Alle Frauen um mich herum arbeiteten trotz Familie. Ich lag tot abends im Bett und fragte mich, wie die das alles mit dieser Doppelbelastung schaffen.« »Hast du deshalb wieder angefangen zu arbeiten, wegen schlechtem Gewissen?«, fragte Bea. Celine schüttelte den Kopf. »Nein. Kennst du das, wenn man sich müde fühlt, ohne es richtig zu sein? Ich war einfach nicht ausgelastet. Mein Kopf schrie nach Herausforderung. Mein Herz war zwar mit der Liebe für die Kinder gefüllt, aber doch nicht ganz. Da mischte sich auch eine Sehnsucht nach draußen hinein, nach neuen Erlebnissen. Dieses Gefühl wurde von Tag zu Tag stärker«, erzählte Celine weiter, während Bea ihr aufmerksam zuhörte.

»Ich bin so froh, dass ich es tatsächlich geschafft habe, diese Sehnsucht zu stillen, auch wenn es manchmal deshalb zu Stress kommt. Männer haben es da trotz unserer modernen Zeit immer noch einfacher. Ich muss die Probleme der Kinder lösen, Haushalt organisieren, et cetera, alles neben der Arbeit. Das wird im Grunde von Bill so erwartet. Sein Job bringt ja auch das Geld rein. Meine Tätigkeit ist für ihn nur mein Zeitvertreib«, erklärte Celine und nippte an ihrem Glas Weißwein.

»Weißt du, Celine, bei mir schleicht sich das Gefühl umgekehrt ein. Ich bin schon dreißig und sehe Mütter mit ihren Kinderwagen rumfahren.« Bei diesen Worten schossen ihr Sabrinas große Augen durch den Kopf. »Da wird mir manchmal etwas schwer ums Herz, und ich denke, ob es mir wohl auch eines Tages gelingen wird, eine glückliche Beziehung zu führen und Kinder zu haben?«, sprach Bea ernst. »Und weißt du, das Gefühl wird schlimmer, wenn ich bei meinen Eltern bin, die mich, besonders Jane, so hoffnungsvoll ansehen, und sich wünschen, dass ich endlich einen Partner finde«, stöhnte sie. »Ja, das kann ich nachvollziehen, aber du bist wirklich noch jung und solltest dich einfach nicht so stressen lassen. Es kommt alles von allein. Schlimm wäre es, unter Druck eine falsche Entscheidung zu fällen«, erwiderte Celine leise.

Bea schaute sie verwundert an: »Was meinst du damit? Denkst du, es war eine falsche Entscheidung, Bill geheiratet zu haben?« Celine starrte auf ihr Weinglas. »Ich würde sowas nie sagen, nicht mal denken. Aber ich hatte einfach so sehr den Wunsch, eine Familie zu gründen. Es schmeichelte mir, wie Bill mich umgarnte, mich überallhin einlud, mich genau durchstudierte und damit all meine Vorlieben kannte und sie versuchte zu erfüllen. Da dachte ich, so einer kommt nicht noch einmal, ein fleißiger Mann, der mich auf Händen tragen wird. Und so ist es heute. Er liebt mich und sorgt für uns«, sagte Celine nachdenklich.

»Das klingt irgendwie, ich weiß nicht, deprimierend«, seufzte Bea, »aber für Außenstehende seid ihr eine wunderbare Familie. Nur du klingst halt nicht wirklich verliebt, eher sehr vernünftig.« »Findest du?«, antwortete Celine. »Mag sein, dass es so ist. Deshalb lass dir von deinem Wunsch nach einer eigenen Familie nicht dein Herz verschließen. Ignoriere nicht die Warnzeichen, falls sie kommen, sondern gebe Ihnen Gehör.« »Wow, wie du redest, wie eine weise, erfahrene Frau«, meinte Bea erstaunt. »In diesem Fall bin ich es auch. Aber schau mich bitte nicht so besorgt an!« Celine lachte. »Bin ja selbst über mich erstaunt.« »Wie geht es übrigens deinen Eltern?«, fragte Bea, um das Thema zu wechseln.

Celines Vater, Kirk, sechzig Jahre alt, der Bruder von Jane, führte eine Zahnkeramik-Firma in Philadelphia. Er war verheiratet mit der zierlichen Mary, sechsundfünfzig Jahre alt, die ein Yogastudio betrieb. Celines Bruder Oskar, sechsundzwanzig Jahre, trat zum Leidwesen ihres Vaters nicht in die Firma und damit in seine Fußstapfen ein. Oskar war wie ein Freiheitskämpfer, der seine Unabhängigkeit liebte.

Nach Abschluss des Colleges an der Pennstate University hatte er den Eltern erklärt, dass er nach Bali auswandern wolle, um dort eine Surfschule zu gründen. Kirk war damals fassungslos und verzweifelt gewesen. Mary dagegen sah es gelassener. Sie bewunderte insgeheim ihren Sohn, etwas zu machen, was nicht dem Mainstream entsprach. Kirk suchte dann den Rat von Jane, seiner Schwester, doch auch das trug nicht zu seiner Beruhigung bei. »Was will er? Eine Surfschule in Bali? Ist der übergeschnappt?!«, schrie sie damals ins Telefon. »Ist immer gut, mit dir zu reden, liebe Jane«, antwortete Kirk sarkastisch und legte auf.

»Mein Vater arbeitet rund um die Uhr. Ich glaube, sie haben gerade ein Problem in der Firma. Ein Wettbewerber hat ein neues, besseres Keramikprodukt herausgebracht. Sie arbeiten nun fieberhaft daran, nicht den Anschluss zu verlieren«, erzählte Celine etwas besorgt. Mit meiner Mutter telefoniere ich des Öfteren. Sie ist ein Freak, hätte auch Hippie werden können. Sie versinkt in ihr Yoga und lässt die Probleme so hinter sich. Meinen Vater sieht sie selten. Aber sie besucht ganz oft Oskar in Bali, manchmal wochenlang. Ich habe das Gefühl, sie wird da ganz hinziehen.« »Oh, mein Gott«, bemerkte Bea, »mein armer Onkel. Der ist dann ja fast nur allein. Wie läuft es denn in deren Beziehung?«

»Keine Ahnung. Meine Mutter klingt nicht so, als ob sie ihn vermissen würde. Stattdessen schwärmt sie immer über das wunderschöne Bali«, antwortete Celine. »Weißt du, Ich glaube, wenn die Kinder erstmal aus dem Haus sind, zeigt sich, wie es um die Partnerschaft steht. Oft besteht die Bindung nur aus der gemeinsamen Aufgabe der Kindererziehung, und danach hat man sich dann nichts mehr zu sagen. Man sucht nach Gemeinsamkeiten wie Humor, Erotik, gemeinsame Pläne, ähnliche Gedanken und so weiter, doch wenn die Suche ins Leere läuft, gehen die Paare plötzlich getrennte Wege. Die, die auch noch weiterhin glücklich sind, wenn die Kinder aus dem Haus sind, brauchen nicht danach suchen. Sie hält ein ganz besonderer Klebstoff zusammen. Ich denke, der ist nicht zu kaufen, nicht zu erlernen, nicht zu erzwingen und auch nicht zu erarbeiten. Er nennt sich Liebe«, meinte Celine träumerisch.

Bea hörte sprachlos zu. Beide schauten sich schweigend eine Weile an. »Nun genug davon. Ich heule gleich«, erwiderte Bea, »lass uns über was anderes reden.« »Ja, du hast recht. Ich bin heute sentimental drauf, weiß auch nicht warum. Die Hormone spielen verrückt. Erzähl, wie war denn dein Wochenende? Warst du hier in New York?«, fragte Celine, die ihre Ernsthaftigkeit abrupt wieder abgelegt hatte. Beas Herz fing bei dieser Frage sofort heftig an zu schlagen. Das Wochenende! Dieses Thema war leider auch keinesfalls easy. Nachdem sie nichts von Geoffrey gehört hatte, hatte sie ihm eine Message geschrieben, wie es denn Nelly, seiner Haushälterin ginge. Die erhoffte Antwort kam erst am Montag im Office: Nelly hatte sich einer Blinddarmoperation unterzogen und war ein paar Tage ausgefallen. Er werde deshalb mehr von zu Hause arbeiten. Dann endete die SMS mit »Nochmal ein Dankeschön«, und außerdem informierte er sie über einen neuen geschäftlichen Termin.

BEA UND JIL

Bea saß an ihrem Schreibtisch und arbeitete konzentriert an ihrem Konzept für den neuen Werbeauftrag von Henssler & Co. Na ja, konzentriert wäre falsch, eher im Gegenteil. Der Abend mit Celine war intensiv gewesen und hatte viel zu spät geendet. Bea war nachdenklich nach Hause gegangen. War sie verliebt in Geoffrey? Falls nicht, warum dachte sie so oft an ihn? Und was war eigentlich mit Celine los, die sich auch viel zu viele Gedanken über ihren Chef Harry machte? Waren beide in ihre Chefs verliebt? Noch kitschiger ging es kaum. Nein, Celine mochte Harry nicht allzu sehr, so wie sie von ihm sprach. Doch Bea hatte ein leichtes Beben in ihrer Stimme gespürt, das sie aufhorchen ließ. Konnte es sein, dass sie sich von diesem Harry angezogen fühlte? Wusste Bill davon? Ahnte er etwas? Allein schon wie sie die zufällige Begegnung in der Oper mit Harry und einer blonden fremden Schönen an seiner Seite beschrieben und dabei ganz rote Wangen bekommen hatte.

Und sie? Geoffrey hatte sich äußerst kühl gemeldet. Wahrscheinlich bereute er das Ganze. Sie war bestimmt nicht sein Typ. Er stand seit Langem auf Sally. Kein Wunder bei ihrer Schönheit. Trotzdem dachte sie immer mal wieder an seine warmen grauen Augen. Ihr wurde ganz schummrig ums Herz. Krieg dich mal wieder ein! Was willst du von deinem Chef mit einer sechsjährigen Tochter. Lächerlich! Er hat dir auch klar mit seiner Nachricht signalisiert, dass er nichts anderes möchte als ein reines Arbeitsverhältnis. Wollte sie denn überhaupt etwas anderes?

Ein leises Klopfen riss sie aus ihren Gedanken in ihrem winzigen, aber immerhin alleinigen Büro. Eine junge, sympathische, etwas schüchterne Frau öffnete die Tür: »Entschuldigung, ich hoffe, ich störe nicht. Ich bin die Assistentin von Sally und heiße Jil.« Bea sah sie mit freundlichen Augen an. »Nein, komm doch rein, setz dich, willst du was trinken?«, fragte Bea freundlich und gab ihr dabei die Hand. »Ich heiße übrigens Bea und arbeite zur Zeit am gleichen Fall wie Sally.«

Jil hatte Bea bisher nur flüchtig einmal oben im achtundzwanzigsten Stockwerk gesehen, hätte sie aber nicht wiedererkannt. Was für eine hübsche, feine Person, dachte Jil, ein ganz anderer Typ als Sally. Tolle Sachen hat sie da an, sehr elegant. Jil kam aus dem Staunen nicht heraus. Und wie sympathisch sie war. Verhielt sich gar nicht von oben herab. Mit der würde ich gerne zusammenarbeiten, dachte sie spontan, doch sie hatte leider den blonden Drachen von oben am Hals.

»Was kann ich für ich tun?«, fragte Bea lächelnd. »Sally fragt, ob du heute spontan Zeit hättest, sie oben im Büro zu treffen. Sie wollte den Marketing-Case von Henssler mit dir besprechen.« Ein süßes Mädchen, dachte Bea, elfenartig, wow, mit so langen Wimpern und vollkommen natürlich im Auftreten. Warum schickte Sally ihre Assistentin zu ihr nach unten? Das hätte sie mir doch auch mailen können, wunderte sie sich, ein bisschen arrogant ist das schon, wie eine Königin, die einen Boten sendet. Who cares! Ihr selbst lag so etwas gar nicht.

»Klar, Jil, an welche Zeit hatte Sally denn gedacht?« »Sally meint so in zwei Stunden, also um circa fünfzehn Uhr?« »Kein Thema, gerne«, erwiderte Bea. Sie wunderte sich für einen kurzen Moment, warum Geoffrey bei der Besprechung nicht dabei sein würde. Doch sie verwarf den Gedanken und ihre Aufmerksamkeit galt nun wieder Jil: »Und, seit wann arbeitest du hier? Kommst du aus New York?«

Jil überraschte diese Frage. Wer interessierte sich schon für das Privatleben einer so unwichtigen Assistentin, wie sie es war. »Nein, ich komme nicht aus New York«, stotterte sie etwas verwirrt, »ich bin aufgewachsen in einem kleinen Ort, genannt Bath, im Bundestaat Maine.« »Ach, was für ein Zufall!«, lachte Bea, »meine Eltern reisen gerade genau in diese Richtung.« Jil errötete etwas. »Aber um dort

Urlaub zu machen, ist April nicht gerade die beste Jahreszeit. Kann um diese Zeit noch ganz schön ungemütlich werden. Außerdem ist es sehr ländlich. Deine Eltern müssen große Naturliebhaber sein. Viel Kunst oder tolle Hotels gibt es da nicht gerade ...«, erzählte Jil und sah Bea entschuldigend an.

Bea musste bei dem Gedanken, wie ihre Mutter dort als Naturbewunderin in einer kleinen Pension wohnte und gegen den peitschenden Wind ankämpfend mit den Bewohnern über Leuchttürme sprach, laut loslachen. »Nein, meine Eltern machen da keinen wirklichen Urlaub«, erklärte Bea, »mein Vater liebt alte Boote beziehungsweise richtige Oldtimerschiffe, und da gibt es eine Werft in ..., ja genau, ich meine, die liegt sogar in einem Ort, der Bath heißt, wo sie solche besonderen Schiffe restaurieren und verkaufen. Nicht gerade zur Begeisterung meiner Mutter, aber sie will meinen Vater auch nicht die Freude verderben, und deshalb ist sie in seinem Oldtimer mitgefahren«, erklärte Bea, ohne dabei Jils fassungsloses Gesicht zu bemerken.

Jil sprang von ihrem Stuhl auf, Bea erschrak etwas. Hatte sie etwas Falsches gesagt? »Alles in Ordnung mit dir?«, fragte sie besorgt. »Deine Eltern besuchen meine Eltern!« Jil schrie begeistert auf und klatschte dabei in die Hände. »Bitte, wie kommst du denn darauf?«, erwiderte Bea entgeistert. War denn diese Jil komplett verrückt geworden? Jil plumpste wieder zurück auf ihren Stuhl. Ihre Worte überschlugen sich. »Weißt du, mein Vater hat eine kleine spezialisierte Werft in Bath. Er restauriert alte wertvolle Boote. Sein Partner, ein Freund von mir« – sie dachte für einen kurzen Moment an das strahlende Lächeln von Jesse – »erzählte mir, dass ein Paar aus New York käme, um sich ein Oldtimerboot anzuschauen, welches sie gerade fertig renoviert haben. Das müssen deine Eltern sein«, sagte Jil atemlos. »Nein, wirklich, was für ein Zufall!« Bea war total erstaunt darüber, wie klein diese Welt war. Sie schüttelte den Kopf. »Ich kann es kaum glauben, bin schon gespannt, was sie davon erzählen werden.«

Sie kommt anscheinend aus reichem Hause, dachte Jil, und trotzdem arbeitet sie hier so hart. Wirklich erstaunlich! Und sie ist überhaupt nicht arrogant. Das musste sie gleich ihren Eltern erzählen. »Oh, ich muss jetzt weiter. Schade, aber die Arbeit wartet auf mich«, meinte Jil und stand abrupt auf. »Nett, dich kennengelernt zu haben! Dann bis später. Werde Sally sagen, dass du um fünfzehn Uhr hochkommst«, und schon war sie aus der Tür.
Na, das war ja eine nette Begegnung, dachte Bea. Nun aber wirklich konzentriert an die Arbeit! Doch ihr Magen rumorte und verlangte prompte ungeteilte Aufmerksamkeit. Also schnell rüber zu ihrem Imbiss gegenüber von Charly. Wenige Minuten später aß sie einen leckeren Hot Dog, der ihr wie eine Beruhigungstablette vor dem großen Treffen mit Madame Sally vorkam. Warum hatten eigentlich immer die leckersten Sachen die meisten Kalorien? Gerade zerschmolz das letzte bisschen Mayonnaise auf ihrer Zunge. Warum waren Hot Dogs eigentlich so klein und Salate so riesig? Völlig ungerechtfertigt, dachte sie und schaute auf die Uhr. Okay, nun zu Sally. Was sie wohl von mir will? Entschlossen schritt sie nun mit nur noch halbleerem Magen in die Höhle der Löwin.

Sally betrachtete Bea missgünstig von oben bis unten. Sie musste feststellen, dass sich ihr Aussehen leider nicht zum damaligen Urzustand zurückentwickelt hatte, sondern immer noch eine totschicke Bea vor ihr saß, in einem beigen Seidenkostüm mit rosa Boots und leichtem Make-up, und auch noch ruhig und gelassen. Sally irritierte dieses Verhalten für einen kurzen Augenblick, doch sofort nahm sie Haltung an und triumphierte innerlich bei dem Gedanken, was sie ihr mitteilen würde, und zwar in Absprache mit Geoffrey. Ihr Herz machte leichte Luftsprünge. Sie freute sich diebisch, während sie dachte: Dir wird deine Gelassenheit nach unserem Meeting schon vergehen. Dann lehnte sie sich genüsslich zurück.

JIL UND DIE LEICHTIGKEIT DES SEINS

Jil schüttelte nur den Kopf über Sally, allein wie sie wie eine Dienstbotin zu Bea geschickt wurde. Aber dann war es eine wirklich überraschend nette Begegnung gewesen. Unglaublich, dieser Zufall, dass Beas Eltern diejenigen waren, die sich für das Oldtimerschiff interessierten und sich jetzt bei ihren Eltern in Bath aufhielten! Mittlerweile saßen Sally und Bea seit einer Stunde zusammen. Wahrscheinlich ging es um gemeinsame Projekte. Jil bedauerte Bea aufrichtig, dass sie jetzt zusammen mit dieser Zicke arbeiten sollte. Kaum zu Ende gedacht, sah sie Bea schon aus Sallys Büro kommen, etwas blass und ernst. Als sie Jil sah, lächelte sie kurz und verschwand dann ohne ein Wort. Jil blickte ihr verwundert nach. Na, das war wohl furchtbar abgelaufen, Bea sah fast elend aus, dachte sie bedauernd. Wenige Minuten später riss Sally die Tür aufgeregt auf und verschwand stundenlang in der Toilette, um dann umgeben von einer Parfümwolke, die Jil vollständig einnebelte, bestens gelaunt herauszumarschieren und sich mit den Worten zu verabschieden: »Erledige schön deine Arbeiten! Auf mich musst du heute nicht mehr warten.« Und weg war sie. Jil hätte gerne ein Fenster geöffnet oder eine Gasmaske aufgesetzt. Aber dieses Privileg gab es in New York nicht. Das musste die Air Condition erledigen.

Jil schaute auf ihr Handy. Keine Nachricht von Jesse, dafür von Michael: »Hey, Süße, kommst du zu meiner Vernissage bei Hugo's Fine Art, Soho, heute Abend ab 18 Uhr? 🩶 Kiss Michael.«
Klar, dass ein Künstler sich keine Gedanken über New Yorker Büro Sklaven machte. Der hatte Kunden, die entweder reich geboren wurden, oder ihr Ding schon gemacht haben, what ever, sie gehörte nicht zu denen, die um achtzehn Uhr, gestylt, mit einem Glas Champagner in der Hand, seine Bilder betrachten konnten. Missmutig schielte sie auf den meterhohen Berg an Aufgaben, den sie noch zu bewältigen

hatte, während Sally sich, eingehüllt in ihre Parfümwolke, einen schönen Tag machen konnte.

Eigentlich hatte sie auch gar keine Lust auf diese Vernissage. Das letzte Treffen oben in der Wohnung bei Michael hatte ihr gereicht. Er war zu Jesse so arrogant gewesen, dass der daraufhin wutentbrannt mit seinem Lieferwagen gen Heimat gefahren war. Jesse ahnte irgendwie, dass sie was mit Michael hatte, und so aus der Luft gegriffen war die Beschuldigung ja auch nicht. Trotzdem bereute sie die heiße Nacht in Michaels Apartment bestimmt nicht, ein unvergessliches Erlebnis! Für einen kurzen Moment flackerte das sternenklare, mit tausend Lichtern überflutete Manhattan vor ihrem inneren Auge auf. Doch mit Jesses abrupter Abreise ging gleichzeitig ihre Leichtigkeit verloren. Sie konnte sich das auch nicht erklären. Auf jeden Fall waren die Farben von New York plötzlich blasser geworden. Ach, welch kompliziertes Leben, und dieses dumme Herz, warum konnte es nur für eine einzige Person schlagen? Kein Hauch von Flexibilität. Oder doch? Sie war verwirrt und vermisste Jesse sehr. Doch auf der anderen Seite dachte sie auch an Michael, ein interessanter Typ, keine Frage.

Da nun der Hausdrache Sally ausgeflogen war, gab es genügend Zeit zu telefonieren, zum Beispiel mit ihrer Mutter. Vielleicht hatte die ja News zu Jesse. Also griff sie hastig zum Telefon und schwupp, wie immer ertönte die gut gelaunte, sanfte Stimme ihrer Mutter: »Na Liebes, was gibt's denn? Du rufst aus der Arbeit an. Ist was passiert?"
»Alles gut, ich habe gerade eine Minute. Wie geht es euch? Ist der Besuch schon eingetroffen?«, fragte Jil neugierig. »Ja, stell dir vor, ein Auftritt war das, davon wird Bath noch lange reden. Elisabeth hat ihr halbes Hotel auf den Kopf gestellt, in einer tagelangen Putzaktion. Dann, beim Fenster schrubben, fuhr plötzlich so eine elegante uralte Mercedes-Limo vor. Elisabeth sagt, sie wäre vor Erstaunen fast von der Leiter gekippt. Sowas hat sie noch nie in ihrem Leben gesehen. Und dann erst dieses Paar ... Eine blendend aussehende Frau mit ei-

nem elegant gekleideten Mann. Sie stiegen aus und waren sehr nett zu Elisabeth, die schnell von ihrer Leiter stieg, um den hohen Besuch zu begrüßen. Ich sage dir, Elisabeth war so aufgeregt und stolz, so ein Paar bei sich im Hotel beherbergen zu dürfen.«

»Und habt ihr sie denn auch schon getroffen?«, fragte Jil. »Nein, aber heute Nachmittag, dein Vater holt sie vom Hotel ab. Dann kommen sie zuerst zu uns aufs Hausboot und dann geht's weiter zur Werft. Ich fahre natürlich auch mit.« Susans Stimme klang etwas aufgeregt. »Mama, du errätst nie, wen ich heute Morgen im Büro kennengelernt habe! Du wirst es nicht fassen: die Tochter von diesem Paar. Sie heißt Bea, eine sehr sympathische, hübsche Frau. Super nett!« »Ach, das ist ja kaum zu glauben, wie klein die Welt ist!«, rief Susan begeistert ins Telefon. »Und ... wie geht es Jesse?«, fragte Jil vielleicht etwas zu schnell, doch das war ja der eigentliche Grund ihres Anrufes. »Jesse? Jesse geht es gut. Stell dir vor, er geht jetzt mit Dianne aus. Ich glaube, die beiden passen ganz gut zusammen. Was meinst du?«, fragte Susan naiv, nicht ahnend, dass Jils Herz gerade bis in ihren Magen gesunken war.

Dianne war ein sehr hübsches Mädchen, eine ehemalige Klassenkameradin, die in Bath hängengeblieben war und inzwischen ein süßes, sehr beliebtes Café im Ortskern führte. Jils Mund wurde ganz trocken. Sie konnte kaum sprechen. Ach, so schnell hatte er sich also damit abgefunden. Deswegen gab es wohl keine Message oder einen Anruf von ihm. Langsam gesellte sich zu ihrer Enttäuschung auch ein wenig Wut. Ich dumme Kuh, mache mir noch Vorwürfe, wollte schon die Vernissage von Michael seinetwegen absagen. Und der amüsiert sich längst anderweitig. Frechheit! Sie wurde langsam richtig wütend. »Jil, alles in Ordnung? Bist du noch da? Höre dich nicht mehr!«, rief Susan ins Telefon. »Alles super, war gerade abgelenkt. Ich denke auch, dass Jesse und Dianne gut zusammenpassen. Wohnen im gleichen Ort und sind mit ihrem Leben dort zufrieden. Besser geht es doch nicht.« Sie hätte kotzen können, während sie so mit ihrer Mutter sprach. »Leider muss ich jetzt Schluss machen. Habe sehr viel zu tun und noch eine Einladung für heute Abend«, fügte sie hinzu. Damit war das Gespräch beendet und im Büro kehrte wieder Ruhe ein.

Jil war wütend und enttäuscht zugleich. Was war bloß los mit ihr? War sie es nicht gewesen, die mit einer offenen Partnerschaft geliebäugelt hatte? Und nun saß sie da und konnte die Welt nicht mehr verstehen. Aber die Idee war zumindest verlockend, möglicherweise nicht ganz umsetzbar, aber vielleicht konnte man Polygamie lernen? War der Mensch tatsächlich monogam geboren – wie die Papageien? Jil hatte mal einen Bericht darüber gelesen. Wenn der Partner des einen Papageien stirbt, dann stirbt kurz danach auch der andere vor Kummer. Gab es dieses Phänomen auch bei Menschen? Unheimlich, sein ganzes Leben nur auf den einen Menschen auszurichten. Das konnte sich Jil einfach nicht vorstellen, aber der Stich in ihrem Herz war unerträglich. Blöder Jesse! Und sie trauerte hier die ganze Zeit, während Jesse wahrscheinlich schon mit Dianne herumknutschte.

Hastig griff Jil zum Smartphone, um Michael zu schreiben, wie sehr sie sich auf die Vernissage freute und auf ihn! Nicht zu vergessen das Herz-Symbol ♥. Dann lehnte sie sich erleichtert zurück mit dem leichten Gefühl der Genugtuung, es Jesse jetzt schon heimgezahlt zu haben. Ja, der würde sich noch wundern, wie gut sie sich auch ohne ihn amüsieren konnte! Pah, dieser Junge vom Lande glaubte doch nicht, dass sie ihm auch nur eine Träne nachweinen würde? Sie wischte sich mit der rechten Hand die dumme Träne ab, die ihre Wange hinabrollte, während sie auf ihr Arbeitsblatt starrte, ohne auch nur irgendeine Zeile erkennen zu können. Ach Jesse, so schnell hast du dich abgefunden, ich war wohl nichts Besonderes für dich. Und ihre Hand gab hilflos die vielen Tränen frei, die über ihre Wange flossen. »Reiß dich mal zusammen«, sprach die Fee, »du hast die Spuren hinterlassen, und nun lebe damit!« »Aber warum musste es denn so kommen«, schluchzte Jil. »Weil man nicht alles im Leben haben kann, was von wirklichem Wert ist. Alles erleben zu wollen, schließt die wahre Kostbarkeit aus, da sie in der Masse der Erlebnisse untergeht.« Die Fee schaute Jil mitleidig an, drehte sich um und verschwand.

Nun saß Jil da, mit dem Kopf in den Händen, nachdenklich, dann erhob sie sich trotzig. Ich mach heute hier Schluss, fahre nach Hause, werde mich für diese Vernissage fertigmachen, um rechtzeitig mit den Reichen und Schönen Champagner zu trinken. Sei gewiss, liebe Fee, ich werde mich köstlich amüsieren, und sie lachte etwas zu schrill auf, schritt aus ihrem Büro und ließ den Arbeitsberg allein zurück.

WEEK THREE:
Friday

JIL UND DIE WILDHEIT DER MENSCHHEIT

Jil saß im Taxi mit einer schwarzen Lederhose, einem Schnäppchen aus ihrem Secondhandladen, einem weißem T-Shirt, roten Boots, mit vom Duschen noch nassem Haar, um direkt zur Vernissage in Soho zu fahren. Sie war trotzdem spät dran. Es war voll. Die Kunstcrowd war versammelt, alle in Black gekleidet. Ein Gemurmel von überinterpretierendem Geschwafel füllte den Raum. Keiner konnte dem etwas entgegensetzen, außer ein freundliches Nicken und cooles Durchhalten, sich keinerlei Blöße geben, nicht erwähnen, dass der Kaiser womöglich gar keine Kleidung anhat ... »Hi, I am Adam.« Ein großer dünner Typ, über und über gepierct, mit langen weißen zurückgekämmten Haaren, schritt lasziv auf Jil zu. Im Hintergrund spielte »Lenny« von Stevie Ray Vaughan. Er gab ihr statt Champagner ein Gummibärchen. »Hier Süße, für dich! Bist sicherlich eine Freundin von Michael. Komm, ich begleite dich.« Er nahm ihre Hand, während sie das Gummibärchen zerbiss, ohne darüber nachzudenken. Eklig, bitter. Sie war auf Champagner eingestellt gewesen.

So drängelten sie durch die New Yorker Kunstszene. Frauen ganz in Lack gekleidet; Männer tätowiert, in dunklen Jeans und Jacketts, dunkle Sonnenbrillen tragend; alles im Nebellicht, voll, laut, cool. Jeder sprach mit jedem, keiner hörte dem anderen zu, man genoss sich selbst. Auf jeden Fall musste man wichtig und interessant wirken, eben was ganz Besonderes sein, nicht zur Masse gehören, Kälte und Gleichgültigkeit ausstrahlen. Jil mittendrin, Hand in Hand mit Adam, den sie vor einer Minute kennengelernt hatte, an allen vorbei drängelnd. Sie nahm eine Mischung aus der Wärme der Körper und der Kälte der Menschen um sie herum wahr.

Plötzlich stand Michael vor ihr. Seine hellblauen Augen stachen zwischen dem schwarzen T-Shirt und der dunklen, eng sitzenden Jeans heraus. Ganz lässig stand er da, mit zwei ihn anhimmelnden jungen Blondinen, die froh waren, den Weg bis zu ihm geschafft zu haben, um alles zu bewundern, was Michael von sich gab. Ihre und seine Augen trafen sich. Im selben Augenblick verschwanden die Begleiterinnen, als hätte der Erdboden sie verschluckt.

»Na, meine Schöne, auf dich warte ich schon den ganzen Abend«, hauchte er ihr ins Ohr und legte besitzergreifend seinen Arm um sie. »Komm, ich stelle dir ein paar Freunde vor.« Dabei berührte er kurz mit seiner Zunge ihr linkes Ohrläppchen. Jemand drückte ihr ein Glas in die Hand. Sie nahm warmes Gelächter, chillige Musik, gemixt mit Michaels warmen Atem wahr. Selten hatte sie sich so entspannt gefühlt, frei von Pflichten, von Verantwortung, frei von Gewissensbissen, ja, so wie jetzt wollte sie immer leben! Genau mit diesem Gefühl: sich um nichts zu kümmern, all die gut gemeinten Ideen und Ratschläge der restlichen Menschheit links liegen zu lassen. Easy going, einfach leben, ohne zu müssen. What a Feeling!

Sie versank in Michaels Armen. »Warte, diese Freundin von mir musst du kennen lernen«, sprach er rau, und schon standen sie vor einer riesigen schwarzen Schönheit in einer lilafarbenen Korsage mit schwarzer Schlaghose. Passend zum Outfit war ihr Lidschatten, der sich über das gesamte Auge ergoss und an den Augenbrauen endete. Die Augen glitzerten durch den perlmuttfarbenen Mascara. Der gelbe Eyeliner im inneren Augenlid erinnerte an einen Tiger, der kurz vor dem Angriff stand. Wild, schön und verrückt, dachte Jil, eine komplett andere Welt. Plötzlich wurde ihr leicht schwindlig.

»Hello, ich heiße Virginia, nice to meet you.« Virginia betrachte Jil etwas kalt und gelangweilt. Schnell widmete sie ihre volle Aufmerksamkeit Michael. »Michael, mein Schätzchen«, säuselte sie, »deine Bilder sind mal wieder großartig, du bist einfach ein Genie.« Dabei fuchtelte sie mit ihren roten Tigerkrallen in der Luft herum. Im nächsten Moment wurde sie von einer hellhäutigen zerzausten Rothaarigen umarmt, die passend zu ihren Augen einen knallgrünen Lippenstift trug und eine türkisfarbene Boa um ihren weißen langen Hals geschlungen hatte. Dazu war sie in einen tiefausgeschnittenen schwarzen Hosenanzug gekleidet und ihre Füße steckten in meterhohen silbernen Pumps. »Mary, mein Darling!«, flötete Virginia zärtlich. Sofort umarmten sie sich und küssten sich leidenschaftlich auf den Mund. Ein Piercing glitzerte auf eine der Zungen.

Jil sah das Ganze wie durch einen Nebel, nahm einen Schluck von ihrem Champagner, drehte sich zu Michael um, der keinerlei Reaktion zeigte. Sie betrachtete ihn von der Seite, und im nächsten Augenblick verfiel sie in ein hysterisches Lachen. »Michael«, schrie sie, »zeig mir deine Bilder!« Ihre Augen funkelten, ganz ohne Lidschatten oder Glittermascara. Michael schaute sie verunsichert an, was bei ihr einen neuen Lachflash auslöste. »Schau doch nicht so! Tolle Party, alles gut, wo ist denn dein komischer Kumpel Adam? Hat er noch ein bisschen mehr Champagner?« Michael, der etwas nervös wurde, besorgte den Nachschub schnell selbst und versuchte dann, Jil in eine etwas stillere Ecke der Party zu verfrachten. »Geile Party«, murmelte Jil, »warum hältst du eigentlich meinen Arm so fest?« Verwundert schaute sie ihn an. Im nächsten Moment gesellten sich Virginia und Mary engumschlungen zu ihnen. »Du, Michael, wir hätten gerne das Bild ganz in Orange«, hauchte Mary mit den riesigen grünen Lippen. »Es passt perfekt in unser Schlafzimmer«, fügte Virginia hinzu und strich mit ihrer Hand zärtlich über Marys Taille.

Jil starrte auf das Bild in Orange und musste in diesem Moment an Jesse denken, der mit diesen Bildern so gar nichts anfangen konnte. Dann kringelte sie sich wieder und bemerkte nicht die verdutzten Gesichter der beiden Tussis. »Süße, hast du so ein Gummibärchen genommen?«, fragte Michael irritiert. »Ja«, grinste Jil, »das war eklig, komisch scharf, gar nicht richtig süß. Hast du noch eins? Hab langsam Hunger.« Sie wankte etwas und hielt sich deshalb vorsichtshalber an der großen schwarzen Bohnenstange fest. Virginia schaute Jil brüskiert an, aber die bekam nichts davon mit.

Plötzlich wurde die Musik lauter. »Here with you« von the Layabouts dröhnte aus den Boxen. In diesem Moment stand Michael mutterseelenallein da; denn Jil plus Mary und Virginia tanzten ekstatisch, wild und kreischend durch die Kunstcrowd und verschwanden spurlos in der Menga. Toll, dabei wollten die beiden gerade mein Bild in Orange für schlappe Fünfunddreißigtausend kaufen. Richtig geil! Wie wird der Abend wohl noch enden ..., dachte er ärgerlich. Alles wegen dieser Jil, die nichts verträgt. Er hatte gerade mal zwei Joints intus und fühlte sich auf dem Normal Level of Life. Sie war zwar ein Sensibelchen, aber sie hatte so etwas unschuldiges, naives an sich. So eine war ihm schon lange nicht mehr untergekommen. Genau das machte ihn an.

Ein letzter Blick auf den verlorenen Gewinn an der Wand, dann drängte er sich durch die Masse. Jeder lächelte ihm zu, leicht schwingend mit der Musik, bis er zu Jil vordrang, die mit den beiden Giraffen tanzte, schweißdurchtränkt, wild zappelnd mit allem, was so ein junger Körper hergab. Es wurde heißer und heißer, der Beat lauter und lauter, dann sprang der Funke in die Kunststeppe über, und das Buschfeuer setzte die Szene in Brand, lichterloh, es war jetzt nicht mehr zu stoppen, die Vernissage flog davon. Get this Party started! Auch Michaels Körper konnte sich nicht wehren, der Beat umschloss ihn wie eine Schlange und erstickte gleichzeitig jegliche Hoffnung, noch irgendein Bild zu verkaufen. Der Raum fing an zu beben, die hohlen Gespräche verloren sich in der Masse der heißen Körper, zurück blieb die Leichtigkeit des Seins und die Wildheit der Menschheit, der Ursprung des Lebens war zurück.

Bea war mehr als bedient. Nicht nur wegen Sallys arroganter und überheblichen Art, sondern auch weil Geoffrey vermutlich sein Einverständnis für Sallys Handeln gegeben hatte. Mein Gott, ich habe dieser Frau nichts getan, aber in welcher Kälte sie mich hier abgefertigt hat, grenzt an Unhöflichkeit, dachte Bea, während sie wieder in ihrem Büro saß.

»Weißt du, Bea, Geoffrey kann nur eine weitere Person zu Henssler mitnehmen, um die neue Kosmetikstrategie vorzustellen, und ich betreue diesen Kunden ja nun schon lange. Das wird auch weiter so bleiben«, teilte sie Bea in süffisantem Ton mit. Dabei schlug sie ihre schönen braunen Beine übereinander. »Das verstehst du doch sicher. Aber deine Idee mit der Yellow Box fanden wir sehr interessant und würden dich bitten, sie noch genauer auszuarbeiten, damit wir sie dem Kunden vorstellen können.« Sie lächelte Bea überheblich an.

Die Betonung liegt bei »wir finden das interessant«, dachte Bea verbittert. Sie sah das blasse, leicht grüne Gesicht von Sally vor sich, als sie damals im Meeting im Konferenzraum diesen Vorschlag gemacht und Geoffrey sie mit begeisterter Miene angestarrt hatte. Anyway, ich werde mir hier keine Blöße geben oder gar meine Enttäuschung zeigen. Also antwortete Bea ruhig: »Es freut mich, dass auch du so begeistert von meinem Vorschlag bist. Ich werde mein Bestes geben, um euch und den Kunden zufriedenzustellen.« Und tatsächlich zeigte ihr feines Gesicht keinerlei Irritation.

Bea bemerkte ein Funkeln in Sallys Augen, die unruhig ihre Beine auf die andere Seite umschlug. »Wie lange, glaubst du denn, brauchst du für die Ausarbeitung des vollständigen Konzepts?«, fragte sie kalt. »Na ja, ich denke, wir sollten uns nochmal mit Geoffrey zu einem

Brainstorming treffen, um die wichtigsten Punkte zusammenzustellen«, erwiderte Bea kühl und sachlich. »Ich würde für dieses Meeting dann schon einiges vorbereiten«, fügte Bea hinzu und beobachtete Sallys Gesicht, das sich mehr und mehr verdunkelte. »Okay, aber wir haben ja schon eine Menge Brainstorming gemacht. Ob das jetzt weiterhin sinnvoll ist, weiß ich nicht«, erwiderte Sally ablehnend. Sallys Stimme bebt etwas, dachte Bea, die ihre schlanken, schönen Hände ineinander faltete. »Aber ich werde später sowieso mit Geoffrey beim Abendessen besprechen, ob und wann wir uns noch einmal zusammensetzen«, erklärte Sally bissig. Dann lehnte sie sich in ihrem Stuhl zurück, während es jetzt Bea war, die ihre Gesichtsfarbe verlor.

Touché, schien Sally zu denken, erhob sich mit den Worten, »oh, leider muss ich los, Geoffrey wartet schon. Du entschuldigst mich, möchte mich noch frisch machen, wir melden uns bei dir.« Dann gab sie Bea ihre kalte Hand. Touché again. Ein unangenehmes Meeting, fand Bea, aber viel mehr deprimierte sie der Gedanke, dass Geoffrey und Sally anscheinend jetzt ein Paar waren. Jedenfalls musste man das nach alldem wohl vermuten.

Bea starrte auf ihr Handy. Dann erhob sie sich energisch und packte ihre Sachen zusammen. Am Wochenende würde sie für dieses Projekt arbeiten, aber nicht jetzt! Sie brauchte jetzt dringend Sport, um ihren Körper zu spüren und nicht ihren Geist. Schneller als der Wind befand sie sich im Taxi, weg von allem, endlich Weekend! Wie sehr hatte sie sich in Geoffrey getäuscht. So ein toller Abend letztes Wochenende in seinem Haus und seitdem nichts mehr von ihm gesehen oder gehört, nur von dieser bösartigen Sally, dachte sie verletzt, während sie an der Rotlichtampel standen.

Ein schwarzer Wagen fuhr an ihre Seite, offensichtlich ein Uber-Fahrzeug. Bea schaute gedankenverloren herüber. Ein Seitenfenster öffnete sich und dann trafen sich die Blicke, ihr Blick vermischt mit seinem in einem Strudel – für eine Sekunde, eine Ewigkeit. Ein Moment, der alles durcheinander wirbelte, ein Leben auf den Kopf stellen konnte. Das Taxi fuhr an, so auch die schwarze Limo, jeder fuhr seiner Wege und doch gemeinsam. Nicht zu glauben. Er! Und seine Augen brannten sich tief in ihr Herz ein. Sie wollte einfach ihre Ruhe haben, aber diese Illusion musste sie begraben. In ihr tobte ein Sturm. Bloß nach Hause, Sport und dann ins Bett. Nur weg von dieser Welt.

Sie ging langsam, sanft die Treppen hinunter, ihre Haare hochgesteckt, Pony im Gesicht, lange Wimpern, sanfter Lippenstift, schwarzes Kleid, hinten rückenfrei. Ein warmer Zitronenduft umschlang ihren Körper. Leise, fast schwerelos betrat sie das Schlafzimmer. Vor ihr schwebte die Frau in Rot. Ihre Augen begegneten sich. »Ich wusste, du würdest kommen«, schien sie zu sagen, während sie geheimnisvoll lächelte.

Alles in diesem Zimmer war in goldenes Licht gehüllt. Die Luft schmeckte nach Muskat. Sie stand einfach da, elegant und fein. Ihre zarten Arme berührten leicht ihr Kleid. Dann schloss sie die Augen. Sie spürte einen warmen Atem, der sich leicht wie eine Brise auf ihren Nacken legte, sie umgarnte, um dann von ihrem ganzen Körper Besitz zu ergreifen. In der Ferne hörte man orientalische Töne, mystisch und fremd, aus dem Land des Mannes und Ergebenheit der Frau. Ihre Sinne verloren sich in dem Gewirr dieser Düfte und Töne und des warmen Atems. Kälte und heiße Schauer durchfluteten ihren Körper. Ihre Beine zitterten leicht, wären da nicht die starken männlichen Arme gewesen, die sie sanft hielten. Beide waren betäubt von ihrem Verlangen. Ihre Körper sehnten sich danach, eins zu werden. Diese Nacht war ihre Nacht.«

Die Musik trug die beiden mit sich. Er küsste sie. Sie griff in sein Haar. Seine Hände erforschten ihren Körper, und sie erforschte seinen, mit ihren Blicken, mit ihrem Verlangen, mit ihrem Wesen. Gierig, verlangend, ohne Scham und ohne Respekt, frei, alles zu schmecken, in sich den Duft der Leidenschaft einsaugend, verwirrt, wie das Leben alles so durcheinanderwirbeln kann, während man doch gedacht hat, das Leben zu kennen.

Viel später lagen sie noch so da, eng umschlungen, ihre Wärme gemischt mit seiner, erschöpft, sprachlos, ohne Warum; denn danach fragt das Schicksal nicht, es interessiert sich nicht dafür, es spielt – und nur das zählt. Er nahm ihren Kopf zwischen seine Hände, hielt ihn zärtlich und schaute sie verträumt an. Niemals hatte er gedacht, sowas noch einmal zu erleben, befreit vom Kummer, einen Menschen zu halten, schön und ihm so nahe. Kein Wort kam über ihre Lippen. Sie wussten, etwas war passiert. Sie kannten das Warum nicht, aber es war auch egal. Es war ihre Nacht, das Schlafzimmer eingehüllt in einem wohligen Nebel, gemischt mit den Lauten der Leidenschaft, die Frau in Rot verschwunden.

Plötzlich lösten sich Geoffreys Arme von ihr. Alles verschwand. Sie wollte sich festhalten, aber ihre Hände griffen ins Leere. »Nein, bitte nicht, ich will bei ihm bleiben!«, schrie sie, »nein, Geoffrey, halte mich!« Schweißgebadet wachte Bea auf, verwirrt und enttäuscht, weil sie zu Hause war und nicht bei ihm. Sie starrte auf die Decke. Es war noch dunkel und still und sie allein in ihrem Bett, ohne ihn, ohne seinen Atem, ohne seine Berührung. Sie stand auf, um sich ein Glas Wasser zu holen, und kühlte ihre trockene Zunge, während sie in die dunkle Nacht auf New York blickte, eine Stadt, die sich nicht um die kleine Bea kümmerte, eine Stadt, die weiter leuchtete und lebte in ihrer Pracht, ohne das Leben des Einzelnen zu beachten.

Bea fühlte sich, als ob sie in ihren vier Wänden ersticken würde. Schnell zog sie sich an, einen dicken Mantel, Schal, Boots, und schon war sie da draußen in ihrer Straße, allein. Es schien ungewöhnlich still für New York. Die Menschen ruhten, einige vom Stress des Lebens, andere vereint in Liebe, und wieder andere allein vor Kummer oder Einsamkeit. Sie lief an allen vorbei und atmete tief die frische Luft ein. Der Himmel war klar. Sie fühlte sich nicht einsam; denn mit ihr waren die Sterne und die schlafenden Menschen. Die Unruhe in ihr entwich langsam, Ruhe kehrte ein und damit auch die Müdigkeit. So drehte sie sich um und wanderte zurück zu ihrer Wohnung.

Sie schlich die Treppen hinauf, erfrischt von der kühlen Nacht, doch gleichzeitig erschöpft von ihren Gedanken an Geoffrey. Hatte sie sich das alles eingebildet? Auch wie er sie an der Ampel angeschaut hatte? Sie fröstelte plötzlich und sehnte sich nach ihrem Bett. Ein letzter Blick auf ihr Handy. Nein, ihr Herz klopfte, eine Message von ihm vor einer Stunde, genau die Zeit, als sie gerade aus ihrem Traum erwacht war. Zufall oder Schicksal?

CELINE UND DER MARIONETTENSPIELER

Freitagabend achtzehn Uhr. Celine saß immer noch im Büro. Die Analyse der vierzig Restaurants dauerte länger als gedacht. Claude fühlte sich mittags nicht wohl, sprach von Halsschmerzen, und so schickte Celine sie nach Hause. »Meinst du wirklich, du schaffst das?«, krächzte Claude, die sie besorgt mit roten, müden Augen musterte. »Klar, du gehst jetzt nach Hause und ich mache das hier fertig«, erklärte Celine streng. »Ab ins Bett mit dir! Nimm eine Ibu und schlaf das Wochenende durch!« Sie lächelte Claude fürsorglich wie eine Mutter an. »Ja, Mama, mache ich!« Claude schmunzelte. »Aber du musst doch auch rechtzeitig nach Hause zu deinen Kindern«, bemerkte sie dann. »Nein, Bill fährt heute Nachmittag mit den Kindern zu seinen Eltern, die in Coney Island wohnen. Denke, die kommen heute erst spät heim. So habe ich genug Zeit. Mach dir keine Gedanken! Und geh jetzt bloß, sonst steckst du mich noch an«, schnaubte Celine streng, doch ihr Blick war gütig. »Ok, ok, bin schon weg, tut mir so leid! Bis Montag, dann bin ich wieder fit. Dir trotzdem ein schönes Wochenende, auch wenn es für dich heute bestimmt länger wird.« Dann verschwand Claude schnell nach draußen.

Im selben Moment klingelte Celines Handy. Bill war am Telefon: »Hi Darling, ich komme um circa fünfzehn Uhr raus, hole dann die Kids und fahre zu meinen Eltern. Denke nicht, dass wir da übernachten, obwohl Mama sich freuen würde, wenn wir es täten. Willst du nicht doch mitkommen? Wäre doch schön. Du hast sie doch auch schon lange nicht mehr gesehen«, fragte er. Der etwas vorwurfsvolle Unterton entging Celine nicht. »Bill, ich würde so gerne mitkommen, aber ich kann nicht. Claude ist krank und ausgefallen, und mein Chef braucht die Unterlagen bis heute«, erklärte sie zaghaft. »Mein Gott, Celine, ich finde es von deinem Chef sowas von rücksichtslos, dich als Halbtagskraft so lange zu beschäftigen, und das für

Aufgaben, die eigentlich ein Associate machen sollte!«, rief Bill genervt ins Telefon.

Celine spürte einen kleinen Stich im Herz, als ihr klar wurde, wie sehr Bill sie unterschätzte und anscheinend nur als kleine Halbtagskraft betrachtete. Das tat Harry nicht. Er traute ihr mehr zu als nur Sekretariatsarbeiten. Sie wollte sich aber nicht mit Bill streiten. Deshalb antwortete sie sanft: »Ich finde es toll, dass du zu deinen Eltern fährst. Das nächste Mal bin ich dabei. Ich muss jetzt aber auflegen, sonst bin ich noch die ganze Nacht hier.« »Gut, gut«, brummte Bill, »ich melde mich, wenn wir zurückfahren.« Dann legte er auf. Endlich Ruhe, dachte Celine erleichtert; denn auch Harry befand sich heute nicht im Büro. Er hatte Meetings außerhalb. Sie sollte ihm alles auf den Schreibtisch legen, wenn sie und Claude fertig wären. Er wusste ja noch nicht einmal, dass Claude schon gegangen war.

Celine arbeitete bis zum späten Nachmittag, ohne Pause. Es war schon sechs Uhr, aber sie war immer noch nicht ganz fertig. Plötzlich ging die Tür auf. Hereinmarschiert kam Harry, komplett in Gedanken versunken und überrascht, sie noch im Büro vorzufinden. Celine, konzentriert und in ihre Arbeit versunken, schaute mit abwesendem Blick auf. Sie hatte gar nicht wahrgenommen, wer genau durch die Tür hereingekommen war. So entstand eine kurze Stille. Sie schauten sich beide etwas erschrocken an. Dann ergriff Harry das Wort: »Ach, mit Ihnen habe ich gar nicht mehr gerechnet, Celine. Sind Sie noch nicht fertig? Dachte, zu zweit wäre es kein Problem, diese Arbeit früher zu schaffen«, meinte er herablassend und zog eine Augenbraue hoch.

»Habe Claude nach Hause geschickt. Sie fühlte sich krank. Es ging ihr nicht gut«, erwiderte Celine kühl. »Aber ich bin bald fertig. Dann könnten wir es kurz durchsprechen, falls es Ihre Zeit erlaubt«, fügte sie sachlich hinzu. »Klar«, meinte Harry etwas angespannt. Es ärgerte ihn, dass diese Celine ihn immer wieder verunsicherte. »Kommen Sie bitte einfach in mein Büro, wenn Sie fertig sind.« Er drehte sich räuspernd um und schritt schnurstracks davon. Celine schaute ihm nachdenklich hinterher. Sie wurde aus ihm nicht schlau. Doch jedes Mal war der Raum wie elektrisiert, wenn sie sich begegneten. Warum bloß war das so? Bei Bill hatte sie dieses Gefühl nie gehabt ... Jetzt bloß nicht in Gedanken versinken, sonst schaffst du es wirklich nicht mehr, dachte sie, und schon war sie wieder konzentriert bei der Arbeit.

Wenige Minuten später stolzierte plötzlich eine auffallend hübsche Blondine ins Büro, mit großer Sonnenbrille, schwarzem Blazer, weißer Bluse, grauer, eng ansitzender Hose mit dazu passender Spitze und dunklen Pumps. Am rechten, von verschiedensten Armbändern umbundenen Handgelenk trug sie eine totschicke Aktentasche und passend zum Outfit hatte sie einen arroganten Ausdruck auf ihrem Gesicht, der sie ziemlich an Harry erinnerte. Wo habe ich die schon mal gesehen, dachte Celine etwas perplex. Klar, sie war die schöne Begleiterin von Harry in der Oper gewesen. Doch ehe sie sich versah, hörte sie eine leicht hochnäsige Stimme: »Sie entschuldigen, Harry erwartet mich«, und schon war sie in seinem Büro verschwunden.

Na so was! Die hat sich bei mir nicht mal vorgestellt, dachte Celine kopfschüttelnd. Die beiden sind ja wirklich ein perfektes Paar. Gleich und gleich gesellt sich gern. Mit der wird er es nicht einfach haben, und auch sie nicht mit ihm. Hoffentlich würde dieses Treffen nicht allzu lange dauern; denn sie selbst stand jetzt kurz vor dem Ende ihrer Ausarbeitung. Es war immerhin Wochenendbeginn und sie wollte nach Hause. Dabei streckte sie ihre langen schlanken Arme gen Himmel in Vorfreude auf ihre Couch und eine heiße Dusche. Doch davon war sie leider noch weit entfernt, weshalb sie einen leichten Seufzer ausstieß mit Blick zur verschlossenen Tür, hinter der sich Harry und diese Unbekannte befanden. War sie seine Freundin? Und warum kam sie hier ins Büro? Ihr Outfit sah eher so aus, als ob sie selber von einem Meeting kam und nicht zu einem Date.

Celine wollte eigentlich nicht neugierig sein. Aber in diesem Fall hätte sie schon gerne gewusst, was da vorging. Wie lange sind die da schon drin? Sie schaute auf ihre Uhr. Mehr als dreißig Minuten! Mein Gott, sie wollte jetzt nach Hause. Spontan stand sie auf, sortierte noch einmal ihre fertige Arbeit, ging dann ins Bad, wusch ihre Hände, schaute in den Spiegel, zog ihre blassen Lippen mit einem zarten Lipgloss nach, und betrachtete sich dann kritisch mit der abschließenden Feststellung, dass sie dafür, dass sie den ganzen Tag gearbeitet hatte, noch ganz passabel aussah. Sie zog eine Grimasse. Nun Schluss mit lustig, dachte sie, drehte sich energisch um, löschte das Licht und ging zielbewusst auf Harrys Büro zu.

Sollte sie einfach klopfen? Ihre Hand bejahte. Dann öffnete sie entschlossen die Tür. Harry und Sally hatten sie gar nicht bemerkt. Sie standen eng umschlungen am Fenster. Seine Hand lag leicht auf ihrem Po. Jetzt war es Celine, die sich räusperte, und im selben Moment schreckten die beiden auseinander. Celine spürte, wie ihr die Röte ins Gesicht stieg, obwohl sie doch eigentlich schwer aus dem Konzept zu bringen war. Die beiden starrten sie entgeistert an. Sally fuhr sich durch ihr langes blondes Haar, während sich Harry ans Fenster lehnte. »Celine. Ach ja, die Ausarbeitung! Aber jetzt geht es noch nicht«, bemerkte er verärgert. Er steckte eine Hand in seine Hosentasche und schaute sie düster an.
»Ich habe angeklopft ...«, versuchte Celine so ruhig wie möglich zu antworten, »es tut mir leid, Sie zu stören, aber ich muss jetzt nach Hause. Meine Kinder erwarten mich schon lange.« Verärgert bemerkte sie, dass ihre Stimme leicht zitterte. Doch ehe er etwas sagen konnte, mischte sich Sally ein: »Harry, Darling, ich muss sowieso los. Du bist wirklich ein Sklaventreiber!«, rief sie lachend, nahm ihre Tasche, und verschwand, ohne Celine eines Blickes zu würdigen.

Einundzwanzig Uhr, endlich zu Hause. Celine war aufgewühlt und erschöpft zugleich. Bill und die Kids waren noch nicht wieder zu

Hause. So hatte sie Zeit, sich nach den heutigen Ereignissen zu sammeln. Wenige Minuten später floss das warme Wasser über ihren Körper. Noch immer spürte sie seinen Atem auf ihren Lippen und dabei ihre Erregung.

Wie er sie angesehen hatte, als Sally das Büro verließ. Sie musste schlucken, um nicht im Erdboden zu versinken. Eine Mischung aus Wut und Kälte hatte in seiner Stimme gelegen: »Celine, es ist indiskutabel, einfach hier hereinzuschneien! Zumindest hätten sie anrufen können. Erklären Sie mir bitte ihr Verhalten.« Er schritt gefährlich nah an sie heran. Einen Wolf sollte man nicht reizen, schoss es ihr durch den Kopf, doch trotz dieses Gedankens erwiderte sie scharf: »Daran habe ich in diesem Moment nicht gedacht. Es tut mir leid, ich weiß nur, dass ich nach Hause muss und nicht länger warten kann.« Hatte es ihr wirklich leidgetan? Wollte sie nicht eigentlich unbedingt wissen, was die beiden da drinnen taten?

Ihre hellgrünen Augen leuchteten vor Erregung und ihre Lippen zitterten leicht. Er starrte sie wie hypnotisiert an. Die Luft war dermaßen angespannt, dass nur ein Funke genügt hätte, um das Zimmer lichterloh zu entzünden. Er war ihr sehr nah. Ihre Beine zitterten. Mit letzter Kraft sammelte sie ihren Verstand und überreichte ihm die Ausarbeitung mit den Worten: »Hier ist die Arbeit, die Sie mir aufgetragen haben. Falls Sie dazu Fragen haben, mailen Sie mir bitte.« Ihre Stimme klang brüchig. Harry nahm wortlos die Unterlagen, drehte sich abrupt um und setzte sich an seinen Schreibtisch.

Celine stand regungslos allein in der Mitte des Raumes. Er starrte auf die Papiere. »Also, dann wünsche ich Ihnen noch einen schönen Abend.« Mit diesen Worten wollte sie sich von ihm verabschieden. Doch er schaute auf, mit seinen dunklen kalten Augen, als ob sein Wild zu entwischen drohte: »Celine, ich habe noch ein paar Fragen. Wird auch nicht lange dauern. Bitte.« Mit der rechten Hand zeigte er auf den Stuhl ihm gegenüber. Was blieb ihr anderes übrig, als sich zu setzen? »Welche Zielgruppe sollte man ihrer Analyse nach für eine neue vegetarische Fastfoodkette ansprechen?« Back to Business, dachte sie erleichtert. Doch ihre Gänsehaut hatte sich noch nicht gelegt. Sie spürte, es war nicht Angst, schlimmer, viel schlimmer, es war Lust, pure Lust.

Mit ihren Händen strich sie sanft über ihren Körper. Waren es nicht seine? Das warme Wasser floss weiterhin über seine Hände, die ihren Busen liebkosten. Ihre Augen waren geschlossen, ihr Mund geöffnet, ihr Kopf nach hinten gebeugt. Ein sanfter Lustschrei löste sich, vergessen waren Bill und die Kinder.

Minuten später lag sie in ihrem Bademantel auf dem Sofa, fassungslos über sich selbst. Wer bin ich? Bin ich die Frau von Bill, oder war ich es vielleicht nie? Celine, reiß dich zusammen, sei nicht so egoistisch und selbstsüchtig. Du hast kleine Kinder, sie brauchen dich und die Familie! Du bist dafür verantwortlich, du bist verantwortlich. Ohne dich und deine Entscheidungen gäbe es sie nicht, weder ihre Freude noch ihr Leid. Du bist der Player, der die Marionetten bewegt. Und das weißt du. Also mach dir nichts vor, von wegen »Es wird schon irgendwie gehen«. Nein! Wird es nicht! Ein Kristallglas mit einem Riss, ist er auch noch so zart und kaum zu sehen, wird niemals mehr makellos sein. Klar, was bleibt, sind die Kinder, die Opfer. Sie müssen kämpfen, sich an die neuen Gegebenheiten anpassen. Keiner fragt sie, wie es ihnen dabei eigentlich ergeht. »Denn ihr, liebe Kinder, wollt doch nicht, dass wir Eltern, unglücklich werden?«

»Aber habt ihr, liebe Eltern, euch nicht zusammengetan, um uns, die Kinder, zu bekommen? Und warum? Niemand hat euch darum gebeten, schuld ist allein euer grenzenloser Egoismus!« »Ja, aber wir mussten doch vorankommen, wollten Kinder kriegen, und haben dabei alle Warnzeichen beiseitegeschoben. Wir wussten es, wir ahnten es, aber wir wollten euch trotzdem.« »Gut, wir sind die Scherben, und ihr denkt, wir müssen uns einfach nur anpassen. Das muss doch wohl gehen, ist nicht zu viel verlangt. Was bleibt uns anderes übrig?«

Celine neigte den Kopf. Eine Träne, die aus ihrem Auge perlte, suchte sich den Weg in Richtung ihres Mundes. Niemals würde sie ihre Kinder verletzten, und niemals Bill. Sie hielt die Fäden in ihrer zitternden Hand. Die Liebe zu ihrer Familie musste ihr die Kraft geben, die Schicksalsfäden in die richtige Richtung zu steuern. Ihre Liebe würde sie vor der Versuchung schützen, ja beschützen!

Plötzlich riss jemand die Tür auf. Ihre Kinder stürmten ins Haus, Bill im Schlepptau, sichtlich erschöpft vom Tag. Celine stand wie in Trance auf, mied den Augenkontakt zu Bill und umarmte ihre Kinder. »Hallo Celine, die Kleinen müssen ins Bett, sie sind völlig fertig.« Er trat auf sie zu, blickte sie aus müden Augen an und gab ihr einen sanften Kuss. »Ich gehe kurz ins Bad«, in dem er dann verschwand.

»Mama, sagst du uns noch Gute Nacht?« Da standen die kleine Clara und die große Lilly mit ihren glühend roten Backen und den kupferfarbenen Locken vor ihr und sahen sie mit erwartungsvollen, leuchtenden Kinderaugen an. »Natürlich, meine Kleinen.« Celines Herz floss über vor Liebe. Sie umarmte die beiden, nein, sie presste sie fest an sich, um sie nie wieder loszulassen. »Mama, was ist mit dir?« »Alles gut, meine Süßen, kommt, ich erzähle euch noch die Geschichte vom kleinen Bären, der nicht schlafen konnte«, raunte Celine Clara leise ins Ohr und gab ihr einen Kuss. Sie brachte beide ins Bett, und schloss für das Erzählen der Geschichte die Kinderzimmertür. Doch würden Lust und Versuchung vor der verschlossenen Tür haltmachen? Und wieder bekam sie eine Gänsehaut, diesmal aus Angst und Zweifel.

JANE UND DAS BOOT

Gott sei Dank trug Jane auf dem Motorboot von Chris, dem Schiffsrestorator, gegen den Wind ihr Lieblingskopftuch, diesmal in orangen und rotblauen Farben, wie immer von Hermes, locker unter dem Kinn zusammengebunden. Zu ihrem sorgsam gestylten dunklen Haar gab das einen tollen Kontrast ab, à la Jackie Kennedy. Vorsorglich hatte sie eine Auswahl an Tüchern eingepackt; denn Strand und Fahren im Cabrio oder Boot bedeuteten viel Wind und zerzauste Haare. Außerdem trug sie eine riesige schwarze Sonnenbrille, welche ihre Mückenstiche verbergen sollte, die sie sich bei ihrem Mittagsschläfchen in ihrer Pension zugezogen hatte.

»Schau dir das mal an!«, hatte sie entsetzt geschrien, als sie sich im Spiegel betrachtete. Kaum zu glauben, sie war komplett ruiniert. Drei rote Stiche prangten direkt unter ihrem rechten Auge. So etwas hatte sie das letzte Mal als kleines Kind gehabt. Wie diese Mücken in ihr Zimmer gelangen konnten, obwohl die rührselige Pensionsinhaberin Elisabeth extra Mückenscreens an ihrem Fenster angebracht hatte, grenzte an ein Rätsel. »Sieh nur, wie ich aussehe«, wimmerte sie an Robert gewandt, der völlig stichfrei neben ihr lag. »Darling, du musst einfach Zigarre rauchen. Das mögen diese Viecher nicht.« Er prustete los. »Lass mich bloß mit deinen dummen Scherzen in Ruhe«, zischte sie zurück, während sie versuchte, den Schaden mit Kilos von Makeup zu verdecken.

Am Ende klatschte sie sich die Brille auf die Nase und schmierte ihr knalligstes Rot auf die Lippen, um von der Verunstaltung abzulenken. Robert betrachtete sie genüsslich, wie sie da stand mit ihrer blauen engen Slim-waist-Jeans, die ihr eine Audrey-Hepburn-Taille zauberte. Der weiße enge Rollkragenpullover betonte ihren kleinen festen Busen. Krönender Abschluss war ihre neueste Eroberung, die Stellar

Sneaker Boots von Louis Vuitton. »Mein Gott, siehst du lecker aus«, bemerkte Robert stolz und betrachtete sie mit funkelnden Augen. »Danke, mein Schatz.« Jane lächelte geschmeichelt. Auch sie fand ihr Outfit wirklich gelungen. Dank an Bernard, ihrem Fashionberater in der Fifth Avenue! »Wir müssen uns jetzt aber wirklich beeilen. Der Bootsverkäufer holt uns gleich ab«, erinnerte sie Robert.

Das Boot sauste mit ihnen davon, am Steuer saß Chris, ein Mann Mitte Fünfzig, groß, breit, braungebrannt mit leicht ergrauten längeren Haaren, die er zu einem Zopf zurückgebunden hatte. Er ist das absolute Gegenteil von Robert, dachte Jane, während sie sich verzweifelt festhielt, um nicht als Wasserleiche zu enden. Sie spürte immer noch seinen festen trockenen Händedruck auf ihrer Hand. Er erinnerte sie an einen Pirat. Mit einem selbstbewussten Lachen auf den Lippen blickte er ihr fest in die Augen. »Hi, Ma'm, ich bin Chris. Willkommen in Bath, am Ende dieser Welt.« Jane sah ihn sprachlos an. Na, das kam nicht alle Tage vor, dachte Robert belustigt.

Susan, seine Frau – zierlich, dunkelhaarig, mit endlos langen Wimpern –, die sie auf ihrem Hausboot liebevoll begrüßte, stand neben ihrem Mann und schaute aufs Meer hinaus. Sie trug Jeans und über einem T-Shirt eine dicke Daunenjacke, war völlig ungeschminkt und sah irrsinnig jung aus. Wie alt mochte die wohl sein? Jane fühlte eine leichte Verunsicherung, eine Seltenheit in ihrem Leben, aber sie kam sich mit ihrem durchgestylten Outfit und der dicken Make-up-Schicht unpassend vor. Dieses natürliche Paar schüchterte sie ein. Plötzlich fühlte sie sich so künstlich, völlig überschminkt. Robert dagegen war wie immer. Er strahlte von einem Ohr zum anderen, freute sich offensichtlich seines Lebens und besonders auf das Oldtimer-Schiff, zu dem sie mit rasanter Geschwindigkeit fuhren.

Janes Laune war auf dem Tiefpunkt. Am liebsten wäre sie jetzt auf Long Island gewesen, bei ihrer Freundin Isabelle, um die große Party zu besprechen. Dann erinnerte sie sich daran, diese ja eigentlich nach dem Gespräch mit Robert absagen zu wollen. Aber Isabelle war ihr zuvorgekommen. Sie schrieb ihr begeistert auf WhatsApp, wie viele Leute jetzt schon zugesagt hätten. Damit war das Thema erledigt, die Party angesagt. Sofort schrieb Jane ihrer Tochter Bea, sie solle sich bitte den 15. Juli für ein verlängertes Wochenende mit Gigant-Fest auf Long Island freinehmen. Leider hatte sie noch keine Antwort bekommen. Aber das war ja gerade bei ihrer Tochter nichts Ungewöhnliches. Bea nahm sich immer viel Zeit, um ihr zu antworten. Nun musste sie selbst erst einmal diese Tage hier hinter sich bringen. Düster starrte sie auf die Wellen.

Angekommen und ziemlich durchgerüttelt stieg eine blasse Jane vor einer größeren Bootshalle aus. Es rumorte so komisch in ihrem Magen. Am liebsten hätte sie sich hingelegt. Ein junger gutaussehender Mann stürmte aus der Halle, um die Gäste zu begrüßen. Wow, dachte Jane, der nächste mit Strahle-Grinsen, da fällt doch jede Frau tot um. Und im nächsten Moment waren schlechte Laune und Übelkeit auch schon verflogen. So ein süßer Teddybär, der wäre auch was für meine Bea. Aber hier für immer in diesem Nest zu hocken, passt nun gar nicht zu einem aufregenden Leben, eigentlich undenkbar, sinnierte Jane, außer man ist hier geboren.

»Hi, darf ich mich vorstellen, ich heiße Jesse, how are you doing today? Sie werden gleich unser Baby sehen, für mich das schönste Schiff der Welt!« Seine braunen Augen leuchteten, und zum Vorschein kamen seine schneeweißen Zähne. Aus dem Augenwinkel betrachtete Jane Robert, dem seine Vorfreude anzumerken war. Aufgeregt nickte er ständig lächelnd, wie ein Junge vor der Geschenkbescherung. Jane schüttelte den Kopf, ignorierte dieses kindliche Verhalten ihres fast sechzig Jahre alten Mannes und widmete sich lieber den anderen. »Na, dann mal los«, meinte Chris und gab Jesse einen freundschaftlichen Klaps auf den Rücken. »Jesse ist mein Partner. Wir haben zusammen das Schiff auf Vordermann gebracht.« Verschmitzt zwinkerte er Susan zu, die den Blick ihres Mannes mit sichtlicher Bewunderung erwiderte, stolz darüber, mit welchem Enthusiasmus und welcher Freude er seiner Arbeit nachging. »Also, Schiff ahoi!« Sie stolzierten im Gänsemarsch zu einem kleinen privaten Hafen neben der Bootshalle, wo das Schiff für dieses Ereignis zu Wasser gelassen worden war.

Das Wetter war für eine Bootsbesichtigung mit Segeltörn ideal. Der liebe Gott meinte es gut mit ihnen. Da lag es nun, das Prachtschiff, und in diesem Moment waren drei Männer in ihrem Element. Alles andere verschwand aus ihren Gedanken, einschließlich Jane und Susan. Jane verstand kein Wort. Es ging um Takelage, Wanten und Stagen, die erneuert wurden, wozu natürlich auch Fallen, Riff und Trimmleinen gehörten. Fragen, wie alt die Garderobe sei, oder ob das Profil bei frischem Wind flach oder das Tuch bauchig seien, wurden besprochen.

Für Jane hätten sie genauso gut chinesisch sprechen können. Sie erkannte ihren Mann nicht wieder. Gut, er hatte regelmäßig mit Freunden gesegelt, dann einen Segelschein absolviert, einige Segelfachbücher gelesen, doch wer konnte ahnen, dass er so Bescheid wusste und auch noch so glücklich dabei sein würde? Selbst bei ihrer Hochzeit konnte sie sich nicht erinnern, ein derart strahlendes Lächeln auf seinem Gesicht gesehen zu haben. Drei kleine Jungs im Sandkasten. So gingen sie an Bord. Unter dem Großsegel stand ein langer Teaktisch mit acht hellen Deckchairs, darauf Getränke, Gläser, kleine Snacks und sogar weiße Lilien in einer silbernen Vase, die Susan besorgt hatte. Das edle alte Schiff präsentierte sich auf Hochglanz poliert im Sonnenlicht.

»Kann ich kurz das Bad benutzen?«, meinte Jane, der langsam unter ihrem Kopftuch heiß wurde. »Klar, ich zeige es dir«, meinte Susan sofort, die immer noch genauso frisch aussah wie vor der Bootsfahrt. So gingen sie unter Deck. »Vorsicht, aufpassen, sehr niedrig«, warnte Susan freundlich. Jane kletterte mit eingezogenem Kopf die schmale Treppe hinunter. Alles ziemlich eng hier, dachte sie. Das Schiff schaukelte leicht. Sie erblickte ein elegantes kleines Entrée mit einer knallroten Lederesscouch, einem Mahagonitisch und einer Kommode. Es roch nach frischer Farbe und Lack. Susan stand sichtbar stolz mit leuchteten Augen da und erklärte detailliert jeden Gegenstand, die Jane aber gar nicht wirklich interessierten. Ihr wurde durch das leichte Wanken unter ihren Füßen da unten langsam schummrig. »Ja«, ereiferte sich Susan, »und hier ist eine Schlafkoje für unsere kleinen Gäste.« Sie zeigte auf eine Minikabine mit Stockbetten. »Hier könnte das Personal übernachten«, schlug sie vor.

Weiter schritten sie zur Masterkoje, die so groß war wie Janes Ankleide. »Natürlich mit eigenem Bad«, erklärte Susan weiter. Nach einer Weile unterbrach Jane matt den Redeschwall: »Wäre es wohl möglich, wenn ich mich hier jetzt erstmal frisch machen könnte, bevor wir mit der Besichtigung weitermachen?« »Ja, natürlich«, erwiderte Susan leicht erschrocken, »kein Problem.« Sie betrachtete Jane verwundert, die mit ihrer Sonnenbrille etwas blass aussah. Komisch, dachte sie, warum trägt sie hier unten noch die Brille. Hat die Arme vielleicht ein Augenproblem? Im nächsten Augenblick verschwand Jane ins Bad. Susan zuckte kurz mit den Schultern, und marschierte dann zurück zur fröhlichen Männergruppe an Deck, die es sich bei einem kühlen Bier gut gehen ließ und weiterhin tief in ein Segelfachgespräch versunken war.

Jane stand in dem engen Bad. Über ihrem Kopf thronte nur ein Klappfenster. Die Vorstellung, hier mit Robert ein paar Wochen verbringen zu müssen, verursachte bei ihr Unbehagen in der Magengegend, wodurch ihr noch übler wurde als ohnehin schon. Sie nahm ihre Sonnenbrille ab und stellte erleichtert fest, dass ihre Mückenstiche kaum noch zu sehen waren. Ansonsten sah sie im wahrsten Sinne zum Kotzen aus. Ihre Gesichtsfarbe nahm zunehmend eine Mischung aus Weiß und Grün an. Sie musste unbedingt von Bord. Hier wollte sie sich auf keinen Fall übergeben. Ohne Tuch und Brille schleppte sie sich die steile Treppe hinauf, wobei sie allerdings vergaß, wie niedrig die Decke war. Es gab einen Rums, und Jane sah plötzlich klitzekleine Sternchen vor den Augen. Ehe sie sich versah, kamen ihr Chris und Jesse zur Hilfe und trugen sie die Treppe hinauf, während sie sich mit der rechten Hand ihre Stirn hielt. Robert, der gerade konzentriert die Winsche betrachtete, bemerkte nichts. Den Klang der Winsche kann ich sowieso erst überprüfen, wenn wir einen Törn machen. Sehen aber eigentlich gut geschmiert aus, dachte er tief in Gedanken versunken, während Jane auf einen Deckstuhl gesetzt wurde und von Susan für ihre Beule einen Eisbeutel bekam.

Susan fuhr Jane, die sich fortwährend verkrampft den Eisbeutel an den Kopf hielt, mit Jesses Jeep in Elisabeths Pension. Nach dem Malheur auf dem Boot hatte Jane so schnell wie möglich von Bord gewollt und sich von den anderen nicht einmal richtig verabschieden können, so übel war ihr gewesen. Robert war aus seiner Begeisterungshypnose erwacht und hatte sie an Land begleitet. »Und es macht dir wirklich nichts aus, wenn ich den Törn mit den Männern allein mache?«, fragte er besorgt. Er wollte sie umarmen und küssen, doch danach stand ihr absolut nicht der Sinn. »Bitte Robert, mir ist furchtbar schlecht.« Zusätzlich pochte ihre Beule an der Stirn. »Nun hab Spaß und geh zurück. Ich komme schon zurecht«, sagte sie zerknirscht und stieg ins Auto, wo Susan schon auf sie wartete.

Susan versuchte, so weit wie irgend möglich, gute Stimmung zu verbreiten. Zum einem wollten sie das Boot verkaufen, und ohne Zustimmung der Ehefrau sahen die Karten nicht sehr gut aus. Zum anderen tat ihr Jane aufrichtig leid. Sie kannte Seekrankheit aus früheren Zeiten, bei ihr war sie zum Glück mit den Jahren verschwunden. Und dann noch dieser kleine Unfall; so ein Pech, dachte sie. »Jane, geht es Ihnen schon etwas besser? Ich habe ein Kaugummi, das ziemlich schnell gegen die Übelkeit hilft.« Sie griff ins Handschuhfach. »Hier bitte, es bewirkt Wunder!« Jane hätte alles genommen, damit diese Übelkeit aufhörte. So saß sie kauend, die Hand auf ihre Beule gepresst, neben Susan und hörte zu.

»Weißt du Jane, dass unsere Töchter sich kennen?«, erzählte Susan. »Die arbeiten zusammen in der gleichen Firma in New York, bei Mansfield & Strutton.« Fast hätte Jane sich verschluckt, so unglaubwürdig kam ihr diese Information vor. »Wirklich?«, erwiderte sie, »bist du dir da ganz sicher? In der gleichen Firma?« »Ja«, erwiderte Susan stolz, »meine Tochter Jil ist sehr ehrgeizig. Sie hat kein leichtes Leben dort, muss nur arbeiten, besonders wegen ihrer Chefin, die sie Tag und Nacht antreibt. Die Arme hat, glaube ich, kaum ein Vergnügen. Sie geht jeden Tag früh ins Bett, um früh morgens wieder pünktlich bei der Arbeit zu sein.« »Das geht meiner Bea nicht anders. Die hat auch nur die Arbeit, keine Freizeit, ist ja noch nicht mal in irgendjemanden verliebt«, erwiderte Jane. Zwei ahnungslose Mütter, die sich in ihrer gemeinsamen Sorge gefunden hatten. Susan schlug vor, sie in einer Stunde bei Elisabeth abzuholen, um ein gemeinsames Gläschen Wein auf der Terrasse ihres Hausboots zu trinken, und Jane stimmte freudig zu. Aber erst wollte sie überprüfen, wie schwer der Schaden auf ihrer Stirn war, um gegebenenfalls sofort mit den Renovierungsarbeiten zu beginnen.

Abgesetzt bei der Pension stand dummerweise schon Elisabeth an der Tür, die sie sofort fragte: »Hi Mrs. Bancroft, hatten Sie einen schönen – ?« Beim Anblick von Janes heruntergezogenen Mundwinkeln verschluckte sie den Rest ihrer Frage, und Jane rauschte wortlos an ihr vorbei. Im Badspiegel ihrer kleinen Suite blickte ihr eine Frau mit blauer Beule, blassem Gesicht, verlaufener Mascara und drei kleinen Mückenstichen unter den Augen entgegen. Im nächsten Moment bekam Sie eine Message mit Foto von ihren Freunden Cathy und Ruppert auf ihr Handy: »Liebe Jane, St. Barth ist einfach traumhaft. Dicker Kuss 💋 «

Auf dem Foto lagen Ruppert und Cathy braungebrannt und blendend aussehend im Liegestuhl an einem schneeweißen Strand mit einem Glas Champagner in den Händen und prosteten ihr zu! Nun endlich konnte sich Jane übergeben.

DAS ROTKÄPPCHEN UND DER WOLF

Sally lief lachend aus Harrys Büro. Diese hilflose Angestellte – wie ein verschrecktes Huhn war sie dagestanden, und dann Harrys Gesicht, einfach zum Fürchten, wenn man ihn nicht kannte. Düster, unangenehm, berechnend und gefährlich. Die beste Mischung, um ahnungslose Menschen komplett einzuschüchtern. Sally kannte ihn und seinen wahren Charakter. Doch sie war en Garde, sie spielte nach seinen Regeln, und nur so bekam man die Chance auf ein Touché. Aber diese arme Frau, seine Sekretärin, hatte keine Chance. Sie war der Aperitif vor der Vorspeise, eine Maus, die sich auch noch einbildete, den Wolf lahmlegen zu können. Sally stieg ins Taxi. Jetzt ab nach Hause! Wer wusste, was ihre Mutter schon wieder angestellt hatte. Eine wirklich absolut unberechenbare Person!

Sally, zufrieden und gleichzeitig gespannt, hatte die Falle ausgelegt und hoffte inständig, dass der Wolf hineintappen würde. Sie hatte seine Höhle betreten, er war in Habachtstellung gewesen, wie es sich für ein wildes Tier gebührte. Sie ließ die Coco-Aktentasche auf den schwarzen Sessel ihm gegenüber fallen, schritt auf ihn zu und küsste ihn leidenschaftlich. Dann steckte sie ihm den Wohnungsschlüssel in seine Hosentasche. »Come on, Sally, hier nicht«, stöhnte er, »wir sind im Büro. Lass uns später treffen.« »Ach, Harry, du und Skrupel? Aber, anyway, reden wir über Business. Ich brauche deinen Rat. Ich schulde dir dann was, wenn ich den Auftrag bekomme.« Sanft drückte sie ihren warmen Körper an seinen. »Erinnerst du dich, letzten Sonntag in deiner Wohnung?«, hauchte sie ihm ins Ohr. Allein die Erinnerung erregte ihn. »Sally, lass uns später treffen, bei mir«, raunte er ihr zu.

Sie riss sich los und schaute ihn herausfordernd an, wie ein Vamp. Schon im nächsten Moment aber sah sie zaghaft und verzweifelt aus, wie eine Frau, die dringend Hilfe benötigte. »Harry, ich brauche von dir eine kluge Marketingidee, um diese Bea Richtung Nirgendwo zu schießen. Du hattest mir versprochen, dass du mir helfen würdest«, sagte sie leise, ihr Blick war flehend. Harry schaute sie durchdringend an: »Natürlich tue ich alles Mögliche, dir zu helfen. Du musst mir nur etwas mehr Informationen geben, zum Beispiel, welchen Vorschlag deine Kollegin auf den Tisch brachte, und was den Kunden daran so begeistert hatte.« Harry freute sich diebisch darüber, dass Sally nun doch freiwillig mit den Informationen herausrücken würde. Er wurde unvorsichtig, da seine Gier den Verstand in Besitz nahm. Schon wähnte er den lukrativen Auftrag auf seinem Schreibtisch.

Sally beobachtete ihn ganz genau, die flackernden Augen, die sanfte Art, mit ihr zu sprechen, um sie langsam in einem Stück zu verschlingen. Er glaubte tatsächlich, dass Sally sein Opfer werden würde. Aber sie war nicht das Rotkäppchen aus dem Lieblingsmärchen ihrer Mutter. Sie hatte diese Geschichte, in der das dumme Rotkäppchen vom Wolf aufgefressen wurde, schon als Kind in Berlin gehasst. Dass Harry sie tatsächlich so einschätzte, missfiel ihr sehr. Sie wollte ihren Plan, durch den sie ihm seine Naivität unter die Nase reiben würde, noch mehr auskosten. Über seine Skrupellosigkeit ihr gegenüber war sie nicht einmal überrascht oder böse. Das gehörte zum Spiel des Lebens. Aber sie für dumm zu verkaufen, das machte sie rasend.

Lange hatte sie überlegt, wie sie ihn reinlegen konnte, immer wieder den Plan geändert; denn er war ein schlauer Fuchs, der schnell alles durchschaute. Am Anfang überlegte sie, ob sie Bea eins auswischen sollte, indem sie ihm Beas Ideen verriet, er sie dann noch besser umsetzen, als die Seinigen verkaufen und schließlich den Auftrag an Land ziehen würde. Bea würde im dritten Stock bleiben, und sie ihre Ruhe haben. Aber wie lange würde dieses Glück andauern? Am Ende käme noch alles heraus, und sie wäre erledigt. Nicht auszudenken! Nein, sie musste Harry hinters Licht führen und ihm eine Lehre erteilen.

Die Idee, wie sie das am besten anstellen konnte, war ihr nach dem Meeting bei Henssler gekommen, auf dem sie Beas Idee der Yellow Box wie selbstverständlich als die ihrige verkaufte. Geoffrey hatte während ihres Vortrags die Stirn gerunzelt. Etwas hatte ihm missfallen, das bemerkte sie sofort.

Danach saßen sie noch gemeinsam in einem Café, um über einzelne Projekte zu sprechen, ganz in der Nähe der Schule seiner Tochter, die er kurz danach dort abholen musste. Sally fand es total übertrieben, dass er jetzt deren Betreuung von zu Hause aus übernahm. Sie hätte sich einfach Ersatz von einer Kindermädchenagentur geholt, bis seine Nanny wieder aus dem Krankenhaus kommen würde, statt seinen Job zu vernachlässigen. Was für ein Weichei, dachte sie verachtend und betrachtete ihre perfekt manikürten Hände.

Geoffrey hatte zuerst über den Pitch bei der Tasco Corporation in San Francisco sprechen wollen, dem Konzern, der die vegetarische Foodkette aufbauen wollte. »Es gibt Neuigkeiten von Tasco. Zunächst einmal hatten die mir erzählt, dass sie die ganze Zeit schon an dem Take-over irgendeiner anderen Fastfoodkette gearbeitet haben, um die Veggiekette aus dem Stand gleich in der ganzen Nation aufzusetzen. Sie hatten wohl an eine dieser zweitrangigen, börsennotierten Hamburgerketten gedacht. Welche genau das sein soll, das haben sie mir natürlich nicht erzählt, aber sie wollten diese Läden dann vollständig in eine vegetarische Fastfoodkette umwandeln.« »Oh, also nicht mehr ein Start-up auf der grünen Wiese, wie es vorher beim Meeting in San Francisco besprochen wurde?«, erwiderte Sally interessiert. »Ist natürlich viel schneller, wenn man schon vorhandene Läden und all die Standorte hat«, fügte sie hinzu, »und dafür sollen wir jetzt das Marketingkonzept entwerfen?« »Nein«, meinte Geoffrey, »beziehungsweise ja, aber nicht mehr mit Hamburgerläden. Habe lange mit diesem Steve Corrick, dem CEO, telefoniert. Bea hatte doch sehr eindrucksvoll die Young Crowd in höheren Bildungsschichten als die passende Zielgruppe herausgearbeitet, also Menschen mit mehr akademischer Herkunft, die in Universitätsstädten, College-vierteln und so weiter leben. Das sind die Hauptkonsumenten für vegetarisches Essen. Und somit kommt eine Fastfood-Hamburgerkette nicht mehr in Frage. Deren Läden befinden sich ja eher in Arbeitergegenden beziehungsweise in Vierteln, wo die Leute weniger Bildung haben. Dort wohnen eigentlich nur Fleischfresser. Das passt einfach nicht. Deshalb nimmt Tasco jetzt von der Idee Abstand.«

Beim Klang von Beas Namen bekam Sally leichte Kopfschmerzen. Geoffrey fuhr fort: »Nun wollen sie eine ganz andere Kette kaufen, die ihre Standorte dort hat, wo sich gebildete, junge Menschen aufhalten, die Konsumentengruppe für vegetarisches Essen. Genau dafür sollen wir jetzt das Konzept entwickeln.« »Aber für welche Art von Läden?«, fragte Sally neugierig. »Sie denken da an eine Buchladenkette, die wohl derzeit billig zu haben ist. Das ist nun ihr Hauptfokus. Macht ja auch Sinn, wenn man bedenkt, dass diese kleineren Buchläden tatsächlich um die Campusse der Unis und Colleges liegen beziehungsweise in Vierteln mit Akademikern und höheren Einkommen.« »Ach«, meinte Sally perplex, und im gleichen Moment hatte sie den perfekten Plan geschmiedet, wie sie Harry reinlegen konnte, nicht ahnend, dass es ihn mehr als nur einmal treffen würde.

»Und Sally, ich denke, dass Bea in Zukunft an allen Meetings teilnehmen sollte. Sie ist eine wertvolle Bereicherung und passt perfekt ins Team. Deshalb möchte ich auch, dass sie in unser Stockwerk zieht. Was denkst du?«, fragte er mit ernstem Blick. Augenblicklich verwandelten sich Sallys leichte Kopfschmerzen in eine ausgewachsene Migräne.

Als sie im Taxi an diese Situation zurückdachte, verzog sich Sallys Gesicht zu einer Grimasse. Wie hätte sie Geoffrey auch widersprechen können? Er hatte sie so entschieden angeschaut, dass ihr die Spucke fehlte, um ihm zu antworten oder gar irgendwelche Einwände vorzubringen. Mist! So ein Mist! Sie hatte es immer irgendwie geahnt und befürchtet, schon in San Francisco, als Geoffrey Bea an der Rezeption so angestarrt hatte. Sally glaubte nicht, dass es ihm nur um ihre Fähigkeiten als gute Mitarbeiterin ging. Da steckte mehr dahinter. Nervös kaute sie an ihren Fingernägeln. Shit, aber auch da werde ich mir was einfallen lassen. Doch noch brannte die Baustelle Harry. Ob sie ihn auf die falsche Fährte gelockt hatte?

Seine Augen waren zu Schlitzen zusammengekniffen, als sie ihm erzählt hatte, dass der Kunde Beas Zielgruppenkonzept so gut fand. Darüber musste sie ihm die Wahrheit erzählen. Alles andere hätte er nach ihrem Geplapper in seiner Wohnung angezweifelt. »Ja, und Tasco will eine alte Hamburger-Fastfoodkette kaufen und daraus eine vegetarische machen. Dazu brauchen sie ein gutes Marketing- und Werbekampagnenkonzept. Es geht mir nicht um eine solide Umsetzung, das kann ich schon selber, sondern um irgendeinen genialen Einfall. Sonst läuft mir diese Bea schon wieder den Rang ab. Und du hast doch immer so super Ideen ...«

Sally beobachtete ihn. Er sagte keinen Ton. Offensichtlich dachte er nach. Würde er den Braten schlucken? »Harry, was meinst du? Du weißt, diese Infos sind absolut vertraulich«, erklärte sie plötzlich gewichtig. »Darling, das mit der Vertraulichkeit ist doch klar. Aber einfach ist das Ganze nicht, ob mir da was Geniales einfällt? Ich denke darüber nach und schicke dir dann meine Ideen, wenn ich welche habe. Habt ihr den Auftrag denn schon sicher?« »Nein, der Auswahlprozess läuft wohl noch, aber es sieht gut für uns aus. Die wollen uns.«

Harrys durchdringender Blick entspannte sich. Er schritt auf sie zu, legte seine Hand leicht auf ihren Po und lächelte sie an. Ich glaube, er hat es geschluckt, vermutete Sally, und umarmte ihn. So hilflos hätte ich sie nicht eingeschätzt, dachte Harry überrascht. Bei Marketing und Werbungskonzepten hatte sie doch immer echt was drauf. Jetzt soll ich mit einer genialen Idee aushelfen? Die muss verzweifelt sein, mit dieser jüngeren Kollegin im Nacken.

Normalerweise war er von Natur aus ein misstrauischer Mensch. Doch in diesem Fall hatte er schon eine wichtige Vorabinformation von seinem Freund Brad bekommen, den er noch aus alten Collegezeiten kannte und der bei Tasco in der Abteilung für Unternehmensentwicklung und Mergers & Acqusitions arbeitete. Er hatte ihm den Tip gegeben, dass Tasco bald die Fastfoodkette Ramsten Burger kaufen und an einem öffentlichen Übernahmeangebot von Ramsten-Aktien arbeiten würde. Dies war zwar eine Insiderinformation, aber kein Mensch konnte etwas von der Verbindung zu Brad ahnen oder sie gar nachweisen. Na ja, es hatte da allerdings dieses eine Telefonat mit ihm in seinem Büro gegeben, als auch noch diese Celine plötzlich hereingeschneit war. Aber die hatte nichts mitbekommen, da war er sich sicher. Für schnelles Geld war er immer zu haben, und somit hatte er online sofort Ramsten-Aktien gekauft. Nun, da die Sache sicher war, würde er noch mehr kaufen. Vorher wollte er aber noch Brad anrufen, nicht aus dem Büro, besser von seinem Prepaid-Cellphone.

Der Pitch bei Tasco sollte am Dienstag in San Francisco stattfinden. Für das Marketingkonzept seiner Firma, das er dort vorstellen würde, hatte er also noch das ganze Wochenende Zeit. Natürlich musste er bei dem Termin dann so tun, als ob er nicht wüsste, welche Hamburgerkette übernommen werden würde. Das war ja noch geheim. Aber jetzt, mit diesen Vorinformationen, würde er das Konzept so aufsetzen, dass Tasco es dann eins zu eins auf die Ramsten-Outlets anwenden konnte. Und sie werden uns, Lambert, auswählen! Einfach nur geil! I love you, Sally!

Er würde gleich Brad bei Tasco anrufen – obwohl, war diese letzte Rückbestätigung eigentlich noch nötig? Eigentlich nicht, dachte er sich. Ach ja, und was mache ich mit Sallys Wunsch nach genialen

Ideen? Auf jeden Fall dürfen sie nicht auf die Burgerläden von Ramsten passen und müssen bei Tasco auf Ablehnung stoßen. Sonst gewinnt am Ende doch noch Mansfield & Strutton diesen Auftrag.

Dann lehnte er sich zurück. Dieses Wochenende würde anstrengend werden. Da gab es Einiges zu tun. Für einen kurzen Moment dachte er an Celine, die ihn immer wieder irritierte, auch als sie ohne Anklopfen hereingekommen und trotz der peinlichen Situation Contenance bewiesen hatte. Respekt, sie hatte so etwas Reines in ihrem Wesen, war nicht verlogen, sondern unfassbar ehrlich. Wie eine schöne, stolze Schottin war sie dagestanden in seinem Büro. Es fehlte nur noch das Schwert. Ja, genau das reizte ihn so sehr, er wollte ihre Fassade durchbrechen. Er schüttelte den Kopf. Mein Gott Harry, was zerbrichst du dir den Kopf. Zuerst schnell die Ramsten-Aktien kaufen, bevor erste Meldungen von der Tasco-Übernahme rauskommen und sie in die Höhe schießen. Beim Gedanken daran, rieb er sich die Hände. Für Sally hatte er dieses Wochenende keine Zeit, obwohl sie mal wieder umwerfend ausgesehen hatte. Einfach zu viel um die Ohren, bedauerte er sich selbst.

Sally betrat ihr Apartmentgebäude in Soho, wo Lawrence schon auf sie wartete. »Guten Abend, Mrs. Krüger, hier ihre Post. Ich hoffe, Sie hatten einen wunderschönen Tag.« »Hi, mein lieber Lawrence, ich glaube, dass es ein schöner Tag war.« Sie lächelte geheimnisvoll. Mit einem Zwinkern verschwand sie in den Fahrstuhl und ab nach oben. Ob ihre Mutter zu Hause war oder etwa wieder bei diesem Casimir? Vorsichtsweise klingelte sie an ihrer eigenen Tür. Dann öffnete sie: »Mama, bist du da?« Keine Antwort. Sie ging in die Küche. Oh my God! Vor Schreck ließ sie die Tasche auf den Boden fallen. Ein Mann stand in der Küche, mit dem Rücken zur ihr. Langsam drehte er sich um. Sie war einer Ohnmacht nahe. Dann schrie sie.

SUSAN UND CHRIS

Susan und Chris saßen auf ihrer kleinen Terrasse in einen zwanzig Jahre alten Hollywoodschaukel und tranken zusammen ein Bier. Bei jedem leichten Schwingen der Schaukel durchbrach ein leises Quietschen die Stille des Abends. Es war schon frisch, doch die rotkarierte Wolldecke wärmte die beiden wohlig. Sie saßen fast jeden Abend hier draußen, wenn das Wetter es erlaubte, allein mit ihrer singenden Couch. Chris war zwar ein fabelhafter Restaurator von Schiffen, doch er versäumte es scheinbar bewusst, gegen das Quietschen Abhilfe zu schaffen. Susan störte es gar nicht. Es gehörte zum Ritual des Abends, so wie ihr Hund Gerit, eine Promenadenmischung, die Chris eines Tages als Welpe mit nach Hause gebracht hatte. Er hatte ihn wimmernd und allein unter dem Bootshaus gefunden. »Chris, ich hoffe, er bleibt so klein. Wir haben in unserem Minihäuschen nicht viel Platz«, gab sie zu bedenken. »Mach dir keine Sorgen, Liebes. Ich sehe an den Pfoten, dass er nur noch wenig wächst«, hatte er sie damals mit fachmännischer Sicherheit beruhigt. Mittlerweile nahm Gerit, zufrieden vor Susans Füßen schnarchend, fast die gesamte Terrasse ein.

Heute leuchtete der Mond über dem Wasser, an anderen Abenden nur die Sterne. Die Laute der Natur vermischten sich mit ihren Erzählungen des Tages. Sie genossen die Zweisamkeit und Vertrautheit miteinander. »Und?«, fragte Susan und nahm einen Schluck Bier aus der Flasche. »Erzähl!« Sie war etwas bedrückt; denn sie hatte für Chris keine guten Nachrichten. »Wie lief dein Segeltörn mit Robert und Jesse?« Sofort schmiegte sie sich an ihn und versuchte fröhlich zu wirken. »Sag schon!«, dabei warf sie ihm aus ihren warmen Augen einen intensiven Blick zu. Für sie war er der attraktivste Mann, der ihr je begegnet war, ihr Pirat, ihr Fels in der Brandung, ihr bester Freund und Geliebter.

Am Nachmittag hatte sie Jane auf ihrer Terrasse gefragt, wo sie und Chris sich kennengelernt hatten, eine Frage, die alle Frauen auf dieser Welt interessierte, so auch Jane, die sie neugierig betrachtete. Jane sah verändert aus mit wenig Make-up, nur einem Hauch von Lippenstift, einem dunkelblauen Kaschmirpullover, einfachen Jeans, und ihren Haaren zum Pferdeschwanz gebunden. Susan stellte fest, dass sie jetzt viel jünger und hübscher erschien. Jane selbst konnte sich nicht mehr erinnern, wann sie so das letzte Mal aus dem Haus gegangen war. Sie musste zugeben, dass sie sich leichter und freier fühlte. Es erinnerte sie an ihre Jugend.

So hatten sie beide wie zwei Freundinnen auf dem schaukelnden Sofa gesessen und von alten Zeiten gesprochen. »Tja«, erzählte Susan träumerisch, »da war ich achtzehn Jahre alt. Ich kam gerade aus Paris, wo ich ein Jahr lang als Au-pair-Mädchen gearbeitet hatte.« Jane konnte nicht glauben, dass je jemand hier aus Bath in der großen weiten Welt gewesen sein sollte, und das auch noch in Paris. Aber anyway, fasziniert hörte sie gespannt zu, während sie den Lavendeltee kostete, den Susan selbst gemacht hatte. Sie durfte nicht vergessen nach dem Rezept zu fragen, als Mitbringsel für ihren Butler William.

»Also, da saß ich dann wieder in meiner Heimatstadt Bath, und das Jahr in Paris war wie vom Winde verweht, so schnell war es vorbei«, seufzte sie nachdenklich. »Ich muss zugeben, der Anfang zurück in der Provinz fiel mir schwer. Wenn ich Chris nicht kennengelernt hätte, dann weiß ich nicht, ob ich geblieben wäre.« Jane nickte verständnisvoll. Von Paris zurück nach Bath, grausam! Nun wartete sie gespannt auf die Erzählung vom ersten Treffen der beiden.

»Gut«, begann Susan zu erzählen, »ich arbeitete bei meinem Vater, der einen Laden für Segelbedarf betrieb, alles rund ums Boot. Den leite ich übrigens bis heute, da meine Eltern sich vor Kurzem aus Altersgründen aus dem Geschäft zurückgezogen haben. Sie wollen mehr

Zeit für andere Dinge haben. Ja, und eines Tages trat dann Chris in den Laden. Er war einfach umwerfend. Total natürlich, männlich, gar nicht aufgesetzt, schaute mich offen an, kam sofort auf mich zu. Beeindruckt fragte ich ihn »Was kann ich für Sie tun?« »Mich auf der Stelle heiraten!«, antwortete er wie aus der Pistole geschossen. Dabei hat er mich so verschmitzt angegrinst ... Und so kam es dann auch. Wenige Monate später haben wir tatsächlich geheiratet«, schwärmte Susan.

»Unfassbar«, bemerkte Jane verzückt, »mit mir und meinem Mann Robert hat es da schon etwas länger gedauert. Wir beide waren so jung, als wir uns kennenlernten, damals auf einer Party von meiner Freundin Cathy.« – Die gleiche Cathy, die ihr heute völlig unnötigerweise dieses Foto von St. Barth in der Karibik geschickt hatte, dachte sie etwas verärgert. »Bitte erzählen Sie!«, rief Susan neugierig. »Ich ging damals noch zur Highschool in New York. Sie müssen wissen, ich bin in New York geboren. Mein Vater besaß eine Vermögensverwaltung in Manhattan.« Susans Augen blickten gespannt auf, während Jane von der großen Welt erzählte. Eine waschechte New Yorkerin trifft man nicht alle Tage, dachte sie beeindruckt.

Jane war jetzt in ihrem Element: »Cathy und ich unterhielten uns gerade am Pool. Plötzlich stand Robert da, mit einem Freund, und sie schauten zu uns herüber. Meinem Geschmack entsprach er nicht gerade. Er trug eine braune Schlapper-Cordhose und ein kariertes Hemd. Ganz fürchterlich. ‚Wen hast du denn da eingeladen', kicherte ich damals zu Cathy gewandt. Sie kannte ihn gar nicht, ein Freund von ihr hatte ihn mitgebracht. Es stellte sich heraus, dass er ein Musikstipendium an der New York Universität hatte und abends in Jazzbars Klavier spielte, um sein Leben zu finanzieren. Das beeindruckte mich. Seine gelassene Art fand ich irgendwie faszinierend, auch, mit welchem Selbstbewusstsein er auftrat, und die Beständigkeit, mit der er versuchte mich zu daten. Als ich ihn dann in einer Jazzbar Klavier spielen hörte und er für mich den Song ‚Someday' sang, da war es um mich geschehen«, seufzte sie und nippte an ihrem Lavendeltee.

»Meine Eltern liebten ihn. Wir heirateten, siedelten von einem Ort zum anderen, mein Vater unterstützte uns finanziell, und dann, irgendwann, kam der Durchbruch. Robert wurde als Komponist erfolgreich und bekannt. Susan, ich liebe wirklich vieles an meinem Robert, aber ich muss Ihnen leider sagen, dazu gehört nicht die Leidenschaft für Oldtimerschiffe, oder besser gesagt, für irgendwelche Schiffe.« Bei diesen Worten runzelte sie die Stirn, was sie normalerweise so weit wie möglich vermied, da es zu vermehrter Faltenbildung führte. Susans Gesicht nahm eine leichte Rotfärbung an. Sie versuchte, sich ihre Enttäuschung nicht anmerken zu lassen, aber es fiel ihr sehr schwer. Wie sollte sie Chris heute Abend sagen, dass Jane gegen den Kauf des Bootes war?

Seit über einem Jahr hatten er und Jesse an dem Boot gearbeitet. Jeder Cent wurde in die Restauration gesteckt. Ein größerer Kredit wurde aufgenommen, um den Ankauf und die vielen teuren Ersatzteile zu finanzieren. Sie war damals sprachlos, als Chris mit diesem runtergekommenen Schiff ankam, welches er bei einer Auktion für immer noch 100.000 Dollar ersteigert hatte. Soviel hatte er vorher noch nie für ein Boot, das in die Restauration kam, ausgegeben. Wie ein strahlender Sieger stand er da, stolz, diesen alten Kahn ergattert zu haben. »Schau nicht so«, erklärte er ihr voller Begeisterung, »dieses Boot ist etwas Besonderes, ein original Dahlstrom. Daraus machen wir ein wahrhaftiges Juwel.« Dann riss er sie an sich und küsste sie. Sie ließ sich von seiner Begeisterung schließlich mitreißen. Aber falls sie das Boot nicht verkaufen würden? Bloß nicht daran denken, hatte sie damals gedacht.

»Susan, es war einfach grandios. Wind und Wetter spielten uns in die Karten. Das Schiff lag wie eine Eins. Robert stand an der Pinne. Das

Großsegel hatte ein flaches Profil und war nicht bauchig, dank Jesse. Der hatte alles nochmal überarbeitet, samt der Nähte. Somit waren die Reffpunkte auch nicht überdehnt, Gott sei Dank; denn ein neuer Satz Segel kostet eine Stange Geld«, erzählte er erleichtert. »Robert kennt sich richtig gut aus. Er hat alles inspiziert, das Rigg, die Segel, die Deckausrüstung, und selbst das Teakdeck, ob es in der richtigen Stabstärke verlegt wurde. Unter Deck hat er überprüft, ob das Boot dicht ist, hat an den Polstern gerochen und nach Wasserablagerungen unter den Fensterrahmen geschaut. Der Mann scheint mir ein absoluter Profi zu sein.«

Susan beobachtete ihn in seiner Begeisterung für sein Boot, in dem Glauben, der Deal sei bereits abgeschlossen. Er ließ sich treiben wie ein Stück Holz in einem reißenden Fluss, und doch war er selbstbewusst im Irrglauben, das Steuer in den Händen zu halten, bedachte dabei nicht, dass das Leben seinen eigenen Weg geht, ohne zu fragen, wortlos, ohne Mitgefühl, und dass absolut niemand für das Leben von Bedeutung war. Und trotzdem strebt und denkt der Mensch und nimmt sich weiter wichtig, was bleibt ihm auch anderes übrig, während das wahre Leben seinen Lauf nimmt.

Susan nahm seine Hand, schaute auf die Sterne, hörte das Schnarchen von Gerit, den diese Gedanken nicht mal im Ansatz kümmerten. Auf einmal spürte sie, wie sich eine tiefe Ruhe in ihr ausbreitete. Egal, ob das Boot nun heute oder morgen oder gar nicht verkauft würde, nichts würde sich ändern an ihrer Liebe zu Chris. Und auch er würde es abstreifen, aufstehen, ihre Hand nehmen, sie umarmen und mit ihr einen Tanz tanzen, der alle in Atem halten würde. Dann lächelte sie, und alle Sorgen des Lebens verflogen wie durch einen kurzen harmlosen Sturm, der in seiner momentanen Laune alles fortbläst, ohne sich darüber große Gedanken zu machen, wonach aber doch alles weiter geht, und auch das Glück sich nicht vertreiben lässt. Chris legte seinen Mund sanft auf ihren. Vergessen und verweht waren alle Sorgen dieser Welt, allein zurück war nur ihre Liebe.

EPILOG

Wie es den anderen Menschen in dieser Welt ergeht? Ist es am Ende nicht immer dasselbe Streben und Leiden? Und doch, was ist im Leben wichtig? Ja, selbst die Menschen, die in einer Wunderstadt leben, die funkelt und strahlt und niemals ruht, auch die suchen nach etwas, was sie ahnen, aber nicht erklären können.

Nichts ist schöner als bei einer klaren Nacht in das Gesicht von New York zu blicken. Jedes Gebäude versucht, mit den anderen mitzuhalten und sich soweit wie möglich nach ganz oben zu strecken. Die Älteren von ihnen haben in diesem Kampf keine Chance. Sie bleiben auf der Strecke und werden von den Jüngeren mit rasanter Geschwindigkeit überholt. Aber sie alle schauen hell erleuchtet und stolz gen Himmel. Darüber fliegen Flugzeuge, die auch unermüdlich am Wettbewerb des Strebens nach oben teilnehmen. Weit unten, von aufgeregtem Sirenengeheul übertönt, hupen wütend Millionen von Autos, als wenn auch sie immerfort versuchten, ein wenig an Höhe zu gewinnen. Und ganz oben lächeln die Sterne. Zumindest erscheinen sie so; denn die Ruhe täuscht. Auch bei ihnen im Universum tobt ein Kampf, der allerdings den Menschen verborgen bleibt. Die sind viel zu viel damit beschäftigt, ihr Glück auf der Erde zu suchen.

Die besonders Ehrgeizigen rennen triumphierend an allem vorbei, verlieren nie das Ziel aus den Augen, um dann endlich die Trophäe fest in den Händen zu halten, im Glauben, alles erreicht zu haben. Jubel, Freude, endlich ganz oben angekommen! Die Zeit vergeht. Verwundert schaut sich der Sieger um. Und nun? Nach einer Weile verstummt der Beifall um ihn herum. Zurück bleibt die Einsamkeit. Warum stellen sich nicht innere Zufriedenheit und Ruhe ein, auf die man doch so hin gefiebert hat? Zweifel fangen zu nagen an. Befindet man sich doch nicht am Gipfel des Lebens? Sind dort vielleicht ganz andere, die gar nicht am Rennen teilgenommen haben?

New York strahlt weiter in der Nacht mit seinen Millionen von erleuchteten Fenstern. Wer dahinter jeweils lebt, ist nicht zu sehen. Hinter einigen wenigen aber, ob unten, oben oder wo auch immer, schauen sich die Menschen tief in die Augen. Manche treffen sogar die Seele eines Liebenden. Im nächsten Fenster singt ein Mensch. Keiner von ihnen strebt nach oben. Sie haben die Erde geküsst. Und dann steht der vermeintliche Sieger kopfschüttelnd und fassungslos daneben und ahnt, nicht er, sondern jene sind längst im TOP FLOOR angekommen.

ENDE
von
TOP FLOOR 1

Wie wird es Sally, Bea, Jil, Jane, Celine und Susan ergehen? Welches Schicksal steht in ihren Sternen? Das Leben, das Weinen, das Lachen und mit all seinen Höhen und Tiefen, das Streben in den obersten Stock gehen weiter in TOP FLOOR 2 – und Sie mittendrin!

ANFANG
von
TOP FLOOR 2

WEEKEND THREE

JIL UND DIE GUMMIBÄRCHEN

Jil konnte nicht schlafen. Ihr Herz klopfte wie verrückt, als ob sie literweise Espresso getrunken hätte. So lag sie mitten in der Nacht zum Samstag völlig gerädert in Michaels Apartment. Futonbetten wurden wohl für Menschen entwickelt, die normalerweise gerne unter Brücken schlafen, dachte Jil, während sie sich vorsichtig umdrehte, um einer Genickstarre vorzubeugen. Sie war unter der schwarzen, kalten Satinbettdecke komplett unbekleidet. Neben ihr lag Michael, nackt und schnarchend. Dem scheint es gut zu gehen, dachte sie und erhob sich, um ein Glas Wasser aus der offenen Küche zu holen.

Manhattans Lichter erhellten die loftartige Wohnung. Von draußen hörte man Sirenengeheul aus der Stadt, die nie zur Ruhe kam. So fühlte sie sich auch heute Nacht. Warum hatte sie bloß noch diese Pille genommen, die ihr Michael beim Tanzen angeboten hatte? Sie war doch sowieso schon so gut drauf gewesen. Nachdenklich setzte sie sich auf die schwarze Ledercouch und zog dabei Michaels Sweatshirt über, das er achtlos auf die Couch geschmissen hatte, als sie das Apartment betreten hatten.

Wie spät war es überhaupt? Was? Erst drei Uhr morgens? Sie hatte Kopfschmerzen und Herzrasen. Eigentlich kannte sie sowas nicht. Kam es von dem Gummibärchen, der Tablette oder dem Weißwein? Wahrscheinlich vom gesamten Cocktail, dachte sie stöhnend. Der Abend war toll gewesen. So hatte sie sich eine Vernissage nicht vorgestellt. Sie dachte eher, die Besucher würden über die Bilder philosophieren und dabei ganz ernst und wichtig tun. Doch das Ganze war in eine wilde Party ausgeartet. Wieviel sie gelacht hatte! Und dann der Tanz mit den beiden Lesben, sie in der Mitte, und deren Hände überall und nirgends. Irgendwann saß sie mit Michael im Taxi. Wie sie dann hierhergekommen war, keine Ahnung. Erinnerungsfetzen tauchten auf. Schon im Fahrstuhl hatten sie heftig geknutscht. Dann war die Tür seiner Wohnung aufgeflogen. Seit sie diese Pille eingenommen hatte, fühlte sie sich wie elektrisiert. Noch auf der Vernissage waren sämtliche Gäste plötzlich ihre besten Freunde. Alles war wie in eine Wolke gehüllt. Auch der Sex mit Michael kam ihr unwirklich vor. Sie rissen sich gegenseitig ihre Kleidung vom Körper. Michael drückte sie gierig an die Wand und drang sofort in sie ein. Sie schrie laut auf und klammerte sie sich an ihn, während die Sterne in ihrem Kopf explodierten.

Bei diesen Gedanken errötete Jil. Die Welt in New York war eine Ewigkeit von Bath entfernt. Ob Jesse dort jetzt auch mit diesem Mädchen gemeinsam im Bett schlief? Dachte er manchmal an sie, so wie sie gerade an ihn? Vor einer Woche hatte er hier noch gesessen, genau auf dieser Couch, um Michael beim Abhängen der Bilder zu helfen. Die beiden mochten sich ganz und gar nicht, waren wie Katz und Maus. Jesse hatte irgendwie geahnt, dass sie etwas mit Michael hatte, war dann plötzlich enttäuscht und wütend in sein Auto gestiegen und zurück nach Bath gefahren. Seinen Vorwürfen konnte sie nichts entgegensetzen. Lügen lag ihr gar nicht. Deshalb hatte sie geschwiegen. Traurig hatte er sie stehen gelassen. Trotzdem machte sie keine Anstalten, ihn zurückzuholen oder ihm zu schreiben, dass alles nur ein Irrtum sei, und er der einzige war, den sie liebte. Warum?

Jil umschlang ihre Knie und starrte auf die Lichterwelt da draußen. Ihr Herz raste immer noch. Sie trank einen Schluck Wasser und versuchte dabei, ruhig zu atmen. Sowas kannte sie gar nicht. Sonst schlief sie immer wie ein Murmeltier. In der letzten Woche hatte sie viel an Jesse gedacht und wie schön es war, mit ihm im Karussell zu schmusen. Keine Frage, er war ein unfassbar süßer Mann, ein Stück Zuhause in dieser großen Fremde. Dann musste sie an Michael denken. Er war das genaue Gegenteil von Jesse, alles war sehr aufregend mit ihm, wie auf einer wilden Achterbahnfahrt. Wann erlebt man sowas schon mal:

Sie, die kleine Jil vom Land, schwebte zusammen mit einem bekannten Maler aus New York hier in seinem traumhaften Penthouse hoch über der Welt. Sollte sie das aufgeben, um mit Jesse wieder in Bath zu hocken?

Ihre Mutter hatte ihr schon als Kind immer begeistert von der weiten Welt erzählt, wo sie als junges Mädchen als Au-pair in Paris für ein Jahr gelebt hatte. Zurück in Bath blieb ihre Mutter bei ihrem Vater hängen. Bis heute sind sie immer noch über beide Ohren verliebt. Bei diesem Gedanken lächelte Jil amüsiert. Dann seufzte sie auf. Warum legte das Leben dem Menschen immer wieder neue Prüfungen aufs Tablett? Auf jeden Fall fiel ihr diese besonders schwer zu lösen.

»Hey, Babe, was ist los mit dir? Kannst du nicht schlafen?«, hörte sie die raue Stimme von Michael und spürte im nächsten Moment seine Hand auf ihrem Nacken. Er beugte sich über sie und fing an, mit seiner Zunge ihren Hals zu liebkosen. Jil erschrak etwas. Dann sprach sie leise zu ihm: »Kann nicht schlafen, Michael, mein Herz rast wie verrückt.« Michael lachte kurz und heiser auf, während seine Hände unter ihr Sweatshirt glitten. »Das liegt einzig und allein an meiner Gegenwart, Babe, glaube mir.« »Michael, mir geht es nicht so gut«, stöhnte Jil. Seine Hände waren jetzt überall auf ihrem Körper. Ein Zittern durchströmte sie wie ein Fluss, der seinen Weg kannte. Schon lagen sie eng verschlungen wie eine Kordel auf seiner Couch. Im Raum war absolute Stille mit Ausnahme ihrer Lustlaute und der von Hunger und Gier getriebenen Leidenschaft, die wie weit entfernte Gitarrenklänge durch den Raum klang und von einer Energie zeugte, die nur der Jugend vorbehalten war.

Später lagen sie einfach da, beide erschöpft und doch hellwach, und starrten in die Lichter von Manhattan. »Weißt du, Michael«, raunte Jil, »der Ausblick von hier oben ist wirklich nicht zu toppen. Ich könnte hier stundenlang liegen und einfach träumen.« Sie gähnte zum ersten Mal. »Hoppla, mein Herz poltert gar nicht mehr«, rief sie erfreut, »kaum zu glauben.« »Da siehst du mal, was für ein guter Arzt ich bin«, lachte Michael. »Ja, du bist ein Engel in allen Lagen«, rief Jil kichernd und knuffte ihn leicht in den Arm. Schon war die Müdigkeit verflogen. Sie erhob sich und lief, ihr Körper zart und geschmeidig wie der einer Katze, zu einer Staffelei mit unzähligen kleinen Farbtöpfen auf einer Palette vor einer unbemalten Leinwand. »Was soll denn das bitte werden? Deine neuste Kreation? Alles in weiß?« Sie quietschte vor Lachen. Michael schüttelte den Kopf, während er ihr zurief: »Nun, da ich deinetwegen kein einziges meiner Werke verkauft habe, weil du alle zum Tanzen angesteckt hast, muss ich mir bei diesem Bild was ganz Besonderes einfallen lassen.«

Lachend rannte er zu ihr und gab ihr einen leichten Klaps auf den Po. Sie schaute ihn kampfsüchtig an, tauchte dann ihre Hand kichernd in den roten Farbtopf und wischte mit einem Schwung quer über die gesamte weiße Leinwand. Freudig kreischend lief sie davon, der Verfolger hinter ihr her, eine wilde Jagd begann, bis er sie schnappte und festhalten wollte, doch Jil wehrte sich und klatschte ihm laut schreiend die rote Farbhand quer über seine Backe. Als sie sein verdutztes Gesicht sah, mit ihrem roten Handabdruck mitten darin, verfiel sie in einen hysterischen Lachanfall und schmiss sich krümmend auf die Couch.

Plötzlich klopfte es dröhnend an die Wohnungstür. Die beiden Nackten erstarrten und schauten sich fragend an. »Wer, um Himmels Willen, kann das sein?«, sprach es aus ihren Blicken. Jil ergriff sofort die Flucht in Richtung Bad und verschwand. Michael nahm sich einen Bademantel und schritt vorsichtig zum Eingang. »Wer ist da?«, fragte er laut durch die verschlossene Haustür. »Ich, ihr Nachbar von unten«, kam die knurrende Antwort. Michael öffnete. Ihm gegenüber stand Herr Miller, der im ganzen Haus bekannte Dauermeckerer. Gerade holte er tief Luft, um wohl Michael anzubrüllen. Doch beim Anblick von Michaels knallroter Gesichtsfarbe verschlug es ihm die Sprache, und stattdessen stammelte er entsetzt: »Äh, ich, äh, Herr Croyden, wie sehen Sie denn aus? Soll ich einen Arzt holen?« Michael schaute ihn verständnislos an. »Bitte? Warum? Nein, es tut mir leid für die Störung«, entschuldigte er sich und schloss die Tür, ohne ein weiteres Wort zu verlieren. Ein verdatterter Herr Miller blieb allein dahinter zurück.

OWN EVERYTHING

Samstagmorgen in New York. Oh Gott, so spät? Schon nach zehn Uhr! Bea schwang sich aus ihrem Bett. In zwei Stunden musste sie im hipsten Sportclub der Stadt in Soho bei Marjorie sein, von dem man folgendes hörte: sehr teuer, das Clubmotto »Own Everything«, tausendachthundert Bewerber pro Jahr, aber nur zweihundertachtzig wurden aufgenommen.

Noch immer hörte sie die Stimme ihrer Mutter Jane am Telefon, die ihr dieses Abonnement geschenkt hatte, weil sie die Hoffnung hegte, ihre Tochter einmal in Perfect Shape zu erleben. »Darling, ich kenne Marjorie schon länger. Sie ist so lieb, dich noch aufzunehmen, da ich ja damals als einer der ersten Mitglieder geworben wurde«, erklärte ihr Jane stolz. »Du wirst sehen, wie sich deine Figur verändern wird.« »Mama, erstens finde ich meinen Körper wunderbar, und zweitens kann ich mir sicher nicht eine monatliche Mitgliedschaft von 900 Dollar leisten, fast die Hälfte meiner Wohnungsmiete«, rief Bea ernst. »Wer redet denn davon? Natürlich nicht! Ich schenke dir ein Jahr in diesem Club«, erwiderte Jane eifrig. »Glaube mir, du kannst nicht früh genug damit anfangen, der Cellulitis den Kampf anzusagen«, stöhnte sie. »Marjorie ist alles Geld der Welt wert, abgesehen vom Luxusservice, Massagen, Traum SPA, et cetera, und das alles inmitten der High Class von New York, mit lauter vermögenden Menschen in hohen Positionen. Wer weiß, wen du da alles kennen lernst. Man weiß ja nie, wie das Schicksal so spielt.«

Wenn ihre Mutter sich etwas in den Kopf gesetzt hatte, dann konnte sie niemand stoppen. Ihre Eltern waren immer noch in diesem Ort Bath in Maine an der Küste, wo sich ihr Vater Robert ein renoviertes Oldtimer-Segelschiff anschauen wollte. Jane begleitete ihn dorthin. Wie es Robert gelungen war, Jane aufs Land zu diesem entlegenen

Küstenort mitzunehmen, war Bea schlichtweg ein Rätsel. Außerdem hatte ihre Mutter absolut nichts mit Booten am Hut. Noch war sie ohne jede Nachricht von ihren Eltern, aber spätestens am Sonntag wollten sie zurück in Greenwich sein.
Bin wirklich gespannt, ob Robert sich jetzt tatsächlich ein Segelboot anschafft. Davon träumt er schon seit Jahren. Bea schmunzelte, während sie ihre alten Sportsachen aus der Kommode nahm. Du willst doch nicht diese Steinzeitsachen in das schickste Sportstudio von Manhattan anziehen, hörte sie schon ihre Mutter schreien. Ja, das muss ich aber, Mama, da ich noch keine Zeit und Lust hatte, mir etwas Neues zu kaufen.

Bea war wie ihr Vater, der sich aus Mode eigentlich nichts machte. Sie hatte zwar gerade auf Druck ihrer Mutter die neuesten Kollektionen bei Bernard, dem Hof und Modezar von Jane, eingekauft, eine Tortur, die sie bis heute nicht vergessen hatte. Danach wurde sie von Jane auch noch zu Jacó, ihrem Starfriseur in New York, geschleppt, und innerhalb eines halben Tages konnte sich Bea im Spiegel nicht mehr wiedererkennen. Nun kam es ihr so vor, als drehten sich die Menschen sogar manchmal nach ihr um.

Und was war mit Geoffrey, ihrem Chef? War er schon vor ihrer Verwandlung auf sie aufmerksam geworden, also als sie noch mit drei Kilo mehr auf den Rippen herumlief, oder erst danach? Sind Menschen so sehr auf das Äußere fixiert, dass sie sich am Anfang nur davon blenden lassen?

Ja, sie hatte das veränderte Verhalten der Menschen ihr gegenüber eindeutig bemerkt. Wie vor ein paar Wochen, als sie nachts in das Fairmont Hotel in San Francisco eingecheckt hatte, zum ersten Mal in ihrem Leben komplett gestylt in einem Christian-Dior-Kostüm und mit einer lässigen neuen Frisur, eben von dem besagten Jacó. Damals hatte sie sich so gefühlt, als ob sie neben sich stehen und sich selbst wie eine Fremde beobachten würde, eine neue Bea, die mit leiser Stimme zu der Rezeptionistin sprach. Zu ihrer Überraschung hatten Geoffrey und die blendend aussehende Kollegin Sally wartend hinter ihr gestanden und sie zuerst kaum wiedererkannt. Als sie sich dann zu ihnen umdrehte, war Sally ganz blass geworden und dann sogar etwas grünlich, dachte Bea schmunzelnd, während sie ihre alten Turnschuhe fest zuband. Geoffreys Augen dagegen hatten sie bewundernd betrachtet. Beim Gedanken an seinen Blick bekam sie sofort eine leichte Gänsehaut.

Meine Güte! Ein Blick auf die Uhr erinnerte sie daran, endlich aufzubrechen. Es waren mit dem Fahrrad fünfzehn Minuten zu Marjorie. Schnell griff sie zum Schlüssel, und wenige Minuten später radelte sie die 20th Street in Chelsea hinunter Richtung Soho.

Gestern Nacht, dachte sie, während sie jetzt die Straße mit ihrem Fahrrad heruntersauste, hatte er ihr geschrieben und zwar ungefähr zur gleichen Zeit, als sie von ihm geträumt hatte: Liebe Bea, habe mich lange nicht gemeldet, war ein wenig im Stress, ich hoffe es geht Ihnen gut. Ich würde es sehr begrüßen, Sie in Zukunft auf den Großkundenaccounts dabei zu haben. Dazu werden Sie zu uns ins 28ste Stockwerk ziehen, um eine effizientere Zusammenarbeit zu ermöglichen. Meine Kollegin und ich freuen uns auf die gemeinsame Teamarbeit. Bitte kommen Sie am Montag um 9 Uhr in mein Büro, um alles weitere zu besprechen. Ein schönes Wochenende wünsche ich Ihnen, Geoffrey. P.S.: Sabrina lässt herzlich grüßen und vermisst Sie.

Nach dieser E-Mail hatte sie kaum noch schlafen können. Warum schrieb er ihr das mitten in der Nacht, eigentlich eine rein sachliche Mitteilung, die er ihr doch auch irgendwann während des Tages hätte schreiben können? War es, weil sich ihre Blicke zufällig gestern Nachmittag trafen, als sie beide jeweils in verschiedenen an der Ampel wartenden Taxis saßen? Dieser Moment jedenfalls ließ sie nicht mehr los. Deshalb hatte sie in der Nacht danach auch diesen unglaublichen Traum mit ihm gehabt, der sie sehr erregt hatte. Erging es ihm auch so? Schrieb er ihr deshalb mitten in der Nacht? Und dann der Nachsatz: Sabrina vermisst Sie. Er aber nicht? Blödsinn! War es nicht er, der sie vermisste?

Seit dieser Nachricht fühlte sie sich mit einem Male so unfassbar leicht. Eine Traum-Message, dachte sie glücklich, er schätzt meine Kompetenz und vermisst mich. Ach, und ja klar, Sally soll also begeistert zugestimmt haben. Bei dem Gedanken musste sie laut auflachen. Hoppla, fast hätte sie mit dem Fahrrad den Randstein übersehen. Mit welcher Genugtuung Sally ihr beim letzten Treffen mit triumphierenden Augen mitgeteilt hatte, dass sie nur Backoffice-Mitarbeiterin sei und somit an keinerlei Meetings teilnehmen sollte. Richtig bösartig. Hatte Sally etwa solche Angst vor ihr?, dachte sie nachdenklich, während sie ihr Fahrrad vor dem exklusiven Fitnessstudio in der Greene Street abstellte.

Wow, ihre Mutter hatte nicht übertrieben: ein ehemaliges unverputztes Backstein-Fabrikgebäude, komplett neu renoviert, auf drei Stockwerken mit deckenhohen schwarzen Metallfenstern, und vorne mit einer fünf Meter hohen schwarzen Doppelportaleingangstür. Bea stand staunend davor. Ihr Blick schwenkte fasziniert auf den ersten Stock, wo hinter riesigen Fenstern schlanke Silhouetten scheinbar in einen fließenden Tanz vertieft waren. Na, dann mal los, und schon waren die Gedanken an Geoffrey und Sally beiseitegeschoben. Bea stiefelte voller Wagemut in die Arena des Schweißes, mit der Konzentration und Hingabe einer eingeschworenen Gemeinde, deren oberstes Ziel es war, sämtliche Muskeln des Körpers aus dem Dornröschenschlaf zu erwecken.

Eigentlich hasste Bea Sport. Sie empfand den Preis für einen durchtrainierten Körper als viel zu hoch, zu mühsam, zu zeitaufwendig und obendrein das Ziel als almost-impossible-to-reach. Das Schlimmste aber war, auch falls man am Ziel angekommen sein sollte, dass es trotzdem eine Never Ending Story blieb! Doch wie konnte sie das ihrer Mutter erklären? Jane hatte sich nun einmal in den Kopf gesetzt, Bea zum Sport zu treiben. Also was blieb ihr anderes übrig, als zu kapitulieren.

So schlich Bea in die Höhle der besonderen Crowd, wo sie auf eine schicke, dunkelhäutige, super durchtrainierte Empfangsdame mit circa Anfang zwanzig traf. Sie trug ein enges rosa Sporttop und dazu passende, nahtlose taupefarbene Leggings, die wie eine zweite Haut saßen. Mit einem breiten Colgate-Lächeln begrüßte sie Bea: »Hi, mein Name ist Jaqueline. Welcome im Club Marjorie. Wir haben dich schon erwartet. Du bist sicherlich die Bea.« Sie streckte Bea eine Hand mit rosa manikürten Fingernägeln entgegen. Aha, dachte Bea, die erwarten mich schon, unglaublich, hier komme ich nicht mehr so schnell wieder raus. »Bitte folge mir!« Das Mädchen in rosa lächelte, schaute dann kurz etwas irritiert auf Beas verblichene Sportklamotten, und setzte dann fort: »Wir würden dich gerne zuerst kennenlernen bevor wir dir alles zeigen«.

Mit sportlichen Schritten ging sie auf einen vollständig verglasten Raum zu. mit riesigen Palmen, einer knallroten Chesterledercouch, braunen Cocktailledersesseln, farbigen Perserteppichen am Boden und einer metallischen Bar, auf der alle Varianten von Eiweiß- und Detoxshakes bereitstanden. Wow, dachte Bea, super stylish, hier könnte ich mich mit einem guten Buch stundenlang aufhalten.

Hinter der Bar stand ein dunkelhaariger Drei-Tage-Bart-Typ, circa dreißig Jahre alt, in einem schwarzen T-Shirt und weißen Shorts, mit verschiedensten Leinen und Lederarmbändern am Handgelenk. Als er Bea sah, kam er sofort auf sie zu und küsste sie auf die Wange. »Hello, Bea«, sprach er mit weicher Stimme, die so gar nicht zu seiner äußeren Erscheinung passen wollte. »Welcome. Ich heiße Lewis und bin der Manager des Clubs. Setz dich bitte.« Er drückte ihr einen knallroten Drink in die Hand. »Unsere neueste Kreation, ein Rote-Beete-Drink mit Ingwer, Zitrone und frischer Minze.«

Bea, die sich eigentlich auf Schweiß und Anstrengung eingestellt hatte, saß nun plötzlich gemütlich in einem wohlriechenden bequemen Ledercocktailsessel, einen Drink schlürfend und offenbar in ein Bewerbungsgespräch verwickelt, als nähme sie an einer Jobinterviewrunde von McKinsey teil. Manchmal befindet man sich im Leben in skurrilen Situationen, ohne überhaupt damit gerechnet zu haben. Gleich fragen sie nach meinen Universitätsabschluss, dachte Bea belustigend.

Lewis beugte sich mit ernster Miene zu Bea. Sein durchdringlicher Blick durchbohrte sie. »Weißt du, wir suchen Menschen, die unsere DNA haben. Unsere Klientel sind besondere Menschen, die Elite aus Mode, Werbung, Kunst, hier und da auch mal ein Genie aus der Finanzszene, viel Prominenz. Sie alle wollen hier lässig agieren können, nicht angestarrt werden; sich fühlen, als ob sie zu Hause wären. Wir sind eine Gemeinschaft, eine Community in einer riesigen Stadt. Und nur die passen zu uns, die selber easy sind, die immer cool bleiben, egal wer vor ihnen steht«, erklärte er großspurig. »Alle unsere Mitglieder sind kreativ talentiert. Darauf legen wir großen Wert. Über die Aufnahme eines neuen Bewerbers beraten wir uns lange. Wir stimmen ab und sagen dir Bescheid. Ohne Kommentar. Ja passt, nein, passt nicht. Halt, wie gesagt, alles easy. Falls du genommen wirst, erlebst du eine Verwandlung von Body und Mind«, ereiferte er sich. »Wir haben alle das gleiche Ziel und erreichen es auch. Das verstehst du bestimmt.«

Bea schaute ihn ernst an. Schon lange hatte sie nicht mehr so einen Bullshit gehört. Dieser Lewis kam ihr so gar nicht easy vor, eher etwas verkrampft und fanatisch. »Ja, Lewis, das verstehe ich«, antwortete sie ruhig und langsam, und nuckelte dann an der roten Beete. Sie wollte unbedingt lässig wirken. »Aber bevor ich mich hier bewerbe, zeige mir doch erstmal euren Laden. Dann sehen wir weiter.« Sie tätschelte ihm leicht das Knie. »Falls es dann für mich stimmt, erzähle ich dir gerne etwas über mich.« Dann erhob sie sich locker. Levi schaute sie verdattert an und sprang auf. »Okay, ja, why not, Jaqueline wird dich herumführen. Du kannst auch gerne heute eine Probestunde machen. Wir geben dir dann die Bewerbungslagen mit. Deine Mutter ist ja Mitglied bei uns, dein Vater eigentlich auch, aber den sehen wir hier wirklich sehr selten. Normalerweise machen wir keine Probestunden, doch in diesem Fall machen wir gerne eine Ausnahme«, sagte er gönnerhaft. »Na, das ist cool«, antwortete Bea und versuchte, ihr Lachen zu unterdrücken.

Wenige Minuten später befanden sie sich in den schicksten Fitnessräumen der Stadt: Helle, große, verglaste Räume mit Parkett und teils schwarzem Kunstrasen ausgelegt, mit zahlreichen breit ausfächernden Palmen – wegen der natürlichen Sauerstoffzugabe, wie ihr Jaqueline mehrmals stolz erklärte – und überdies mit den modernsten Fitnessgeräten, die der Markt hergab. In der Ferne hörte Bea laute Jazzmusik. »Ja, da oben, im Penthouse, darf nur eine ihre Stunden geben«, erklärte Jaqueline in respektvollem Ton, »und das ist Marjorie. Immer restlos ausgebucht. Aber keine Sorgen, wir haben ja noch andere gute Trainer«, fügte sie hinzu. Nun wurde Bea neugierig, »Also ihr gehört der Club? Sie hat ihn gegründet?« »Ja, sie ist hier der Boss«, antwortete Jaqueline kurz und bündig. »Kann ich bitte zumindest mal zuschauen?«, fragte Bea gespannt. Jaqueline schaute sie ernst an. Dann flüsterte sie: »Eigentlich geht das gar nicht. Madonna tanzt da manchmal mit und will absolut nicht beobachtet werden. Heute allerdings ist sie nicht da. Deshalb könntest du einen Blick hineinwerfen. Wir haben ein Guckloch für die Ausbildung der Trainer. Da fühlen sich unsere Kunden nicht belästigt.«

Wenige Sekunden später stand Bea allein am schmalen Fenster und erblickte eine kleine Gruppe perfekter Körper, die zu Donna Summers »It's my last Dance« tanzten. Doch eine der Bodies unterschied sich von den anderen, eine dunkle Schönheit mit einem Körper zum Träumen. Aber nicht nur das faszinierte Bea, sondern ihre Bewegungen zu der Musik waren ungewöhnlich, dynamisch wie ein Vulkan und doch unfassbar geschmeidig, und ihr Gesichtsausdruck strahlte dabei pure Leidenschaft aus. Diese Tänzerin schlug alle Teilnehmer der Gruppe in ihren Bann, ließ sie die Anstrengung nicht mehr als solche spüren, hüllte sie in die coole Musik ein, versetzte ihre Körper unweigerlich in eine Ekstase und riss ihre Sinne in eine andere Welt fort, weit weg vom Alltag und seinen Problemen.

Bea stand einfach nur da und beobachtete die Szene, Zeit und Raum vergessend. Das musste Marjorie sein, dachte Bea, das konnte nur sie sein. Jetzt wusste Bea, aus welchem Grund sie hierherkommen wollte, nämlich um den Last Dance zu tanzen, und das hier oben in diesem Penthouse, mit dieser Person. Und nur eine konnte ihr dazu verhelfen, einen Platz in der Gruppe zu ergattern, und das war Jane, ihre Mutter.

SCHULDIG

Sally war höchst zufrieden mit sich. Harry hatte die Nuss geschluckt. Nun arbeitete er am Wochenende an einem Konzept, das in die völlig falsche Richtung ging, eine Falle, die sie sorgfältig ausgeheckt hatte. Der schlaue Fuchs tappte tatsächlich prompt hinein. So einfach hatte sie sich das nicht vorgestellt, aber die Gier und Hoffnung, diesen Auftrag unbedingt zu bekommen, hatte Harrys gesundes Misstrauen benebelt.

Hatte sie ein wenig Gewissensbisse? Nein, nicht wirklich, dachte Sally. Nun, vielleicht ein kleinwenig. Schließlich wollte er sie am letzten Wochenende in seiner Wohnung über den Auftrag aushorchen. Beinahe wäre es ihm auch noch gelungen. Sie war total beschwipst gewesen und deshalb auch unvorsichtig und ein wenig sentimental. Beinahe hätte sie ihm alles über ihr Konzept für den potentiellen Kunden erzählt in der Annahme, er sei ihr Freund und nicht ihr Konkurrent. Dieses Schlitzohr! Dann hatte er ihr immer mehr Cocktails angeboten, um sie betrunken und gesprächsbereit zu machen. Doch sie hatte plötzlich nicht mehr reden wollen, nur noch tanzen, ja, und dann hatten sie noch den Sex des Jahrhunderts – ein super Abschluss für den letzten Sonntag.

Am Freitag war sie in seinem Büro gewesen und hatte den falschen Köder ausgelegt. Jetzt arbeitete er bestimmt schon fieberhaft am Konzept, Hamburger Läden in vegetarische Schnellrestaurants umzumodeln, ohne zu wissen, dass der Kunde daran gar nicht mehr interessiert war. Armer Harry, aber du wolltest mich reinlegen, und nun bist du selbst das Opfer.

Euphorisiert von diesen Gedanken stand Sally mit bester Laune im Fahrstuhl, um in ihr Apartment zu gelangen. Ob ihre Mutter zu

Hause war? Oder trieb sie sich etwa wieder mit diesem Italiener aus dem oberen Stockwerk rum? Wenn das ihr Vater wüsste! Sie hatte ja auch schon bei, wie hieß er noch mal, Casimir übernachtet, obwohl sie ihn gerade erst zufällig im Fahrstuhl kennengelernt hatte. Vor zwei Wochen war ihre Mutter überraschenderweise vor ihrer Tür gestanden, aus Berlin geflohen, zum Entsetzen von Sally. Ihr Vater befand sich auf der Flucht, da er Bestechungsgelder angenommen und nicht einmal mehr die gemeinsame Wohnung bezahlt hatte. Was war ihrer Mutter anderes übrig geblieben, als sich vom letzten Geld ein Ticket zu ihr nach New York zu kaufen? Aber sich gleich kurz danach einen italienischen Lover anzuschaffen, das war ja wohl kaum nachzuvollziehen.

So nun endlich Feierabend! Höchst zufrieden öffnete sie die Tür ihres Apartments. Seit ihre Mutter bei ihr wohnte, war es stets aufgeräumt und geputzt, ein Vorteil zumindest, überlegte Sally und trat ein. Zu ihrem Entsetzen stand ein Mann mit dem Rücken zu ihr in der offenen Küche. Vor Schreck fiel ihre Tasche zu Boden. Der gesamte Inhalt ihrer Brieftasche, samt Kleingeld, entleerte sich holterdiepolter über das Parkett. Als der Mann sich umdrehte, hätte sie vor Überraschung beinahe laut aufgeschrien. »Papa, du hier ... Ich fasse es nicht. Wie bist du überhaupt reingekommen?« »Deine Mutter hat mich reingelassen.« Er schritt auf sie zu und umarmte sie fest. Sally, erstarrt zur Salzsäule, ließ sich wortlos umarmen. »Kind, lass dir helfen«, hört sie die warme Stimme ihres Vaters. Schon war er dabei, ihre Sachen am Boden aufzusammeln. Sally, sichtlich erblasst, schaute zu und stammelte dann mit belegter Stimme: »Papa, was machst du hier? Ich denke, du bist auf der Flucht?«

Sie spürte, wie sich in ihrem Mund eine Sahara ausbreitete. Das darf doch alles nicht wahr sein. Jedes Wochenende taucht hier jemand aus Deutschland auf, nistet sich bei mir ein und ruiniert mir mein Wochenende. Erst die Mutter, dann dieser Italiener, der hier in meinem

Apartment mit meiner Mama einen Tanzmarathon hingelegt hat, als ich total übermüdet von einer Geschäftsreise zurückgekommen bin. Und nun steht hier mein Vater, der Betrüger. Den kann ich hier gerade gar nicht gebrauchen, dachte Sally erbost. »Seid ihr denn alle völlig übergeschnappt!«, schrie sie zornig. »Was denkt ihr euch eigentlich? Dass ich hier das Auffangbecken für gestrandete Eltern bin?« Sie schaute sich kurz im Wohnzimmer um. Wo hatte sich eigentlich ihre Mutter versteckt? »Ich habe zufällig ein eigenes Leben, und das ist schon schwer genug, glaube mir, aber hier unangemeldet reinzuschneien, finde ich ganz schön krass und unverschämt!«, schrie Sally aufbrausend. Dabei stampfte sie mit ihren Füßen auf das Parkett wie ein wildgewordenes Pferd, während ihr Vater hilflos vor ihr stand, mit einer Miene unschuldig wie die eines frisch geborenen Lammes. Sally schaute ihn wütend an und rannte schreiend ins Bad: »Ich mach mich jetzt erst mal frisch.« Knallend fiel die Tür ins Schloss. Für eine Sekunde kehrte Stille ein.

Dann trat Rachel, Sallys Mutter, aus ihrem Zimmer, mit einem Taschentuch bewaffnet. »Ich kann einfach nicht glauben, was du uns angetan hast!«, schluchzte sie laut und steuerte aufs Sofa zu. »Jahrelang betrügst du mich, schwindelst mir was vor, und dann verschwindest du für Wochen, ohne die Miete zu zahlen. Es ist ein Wunder, dass ich noch zu Sally fliegen konnte.« Sie schniefte in ihr Taschentuch. »Was glaubst du denn, wie das deine Tochter findet, einen Vater zu haben, der betrügt. Hast du je darüber nachgedacht, wenn du schon nicht an mich denkst, Frank?« Der Angesprochene betrachtete sie zerknirscht. Er kam er auf sie zu und versuchte seinen Arm um sie zu legen. »Lass das bitte!« Hektisch sprang sie auf und lief zur Küche, um sich einen Tee zu kochen. In diesem Moment trat Sally aus dem Bad. Mit einem zum Turban getürmten Handtuch schritt sie im weißen Bademantel mit hoch erhobenem Kopf an ihnen vorbei ins Schlafzimmer, ohne ihren Eltern eines weiteren Blickes zu würdigen. Knall, die nächste Tür, die ins Schloss fiel.

Das Kochen eines Tees konnte auch dreißig Minuten dauern, wenn man eine Zeremonie daraus machte, und das tat Rachel. Frank fielen langsam die Augen zu, so müde war er von der Reise. Doch kurz vor dem Einschlafen auf der Couch trampelte Sally in einem cognacfarbenen Hausanzug aus dem Schlafzimmer, was Frank daran hinderte einzuschlafen und Rachel bewog, die Teezeremonie als beendet zu erklären. Sally schritt mit schnellen Schritten zum Kühlschrank, um sich mit einem gekühlten Glas Roséwein bewaffnet auf der Couch niederzulassen, hinter ihr kam Rachel mit dem Tee. Wie letztes Wochenende musste sie Sportprogramm und Detoxgetränk wieder mal canceln, schoss es Sally durch den Kopf. So saßen die beiden Frauen, die eine mit Wein, die andere mit Tee, schließlich nebeneinander auf der Couch und musterten Frank mit feindlichen Blicken. Das Urteil war längst gefällt, ohne eine Anhörung des Angeklagten. Schuldig, entschied die Jury der zwei Frauen, und das lebenslang.

Wie geht es weiter
in
TOP FLOOR 2 ?

Der Roman TOP FLOOR 2 knüpft an die Erzählung aus dem ersten TOP FLOOR Buch an, das den Leser drei ereignisreiche Wochen der fünf New Yorkerinnen Sally, Bea, Jill, Celine und Jane unmittelbar miterleben lässt.

Das Wochenende hat begonnen. Bea, fleißige Mitarbeiterin in der Marketingfirma Mansfield & Strutton, bei der auch Sally als eine der Top Executives tätig ist, bekommt in der Nacht eine Email von ihrem attraktiven Chef Geoffrey, bei der sie ahnt, dass es nicht nur um Geschäftliches geht.

Sally will sich ihren Vater, der ihre Reputation in New York belasten könnte, so schnell wie möglich vom Halse schaffen. Ein teuflischer Plan beginnt.

Jil verfällt in die vermeintliche Leichtigkeit des Seins, in dem sie sich immer mehr in die Hände des erfolgreichen Malers Michael begibt. Eines Tages jedoch taucht plötzlich Jesse in New York auf.

Jils Eltern Susan und Chris bekommen finanzielle Sorgen, da Robert auf Druck von Jane nicht das teure renovierte Segelschiff kauft und somit die beiden in ihren Schulden stecken bleiben. Doch ein Engel kommt ihnen zu Hilfe.

Celine, die sich von ihrem Mann Bill nicht mehr angezogen fühlt, beginnt eine versteckte Liebesbeziehung mit Harry, den sie den einsamen Wolf nennt. Sie fühlt sich dabei unendlich schlecht, doch eine magische Anziehungskraft lässt sie einfach nicht von Harry loskommen. Eine familiäre Katastrophe scheint unausweichlich.

Sally bemerkt zu ihrem Entsetzen, dass sich Harry stark verändert hat. Als Grund argwöhnt sie eine Affäre mit einer anderen Frau. Ihr Verdacht fällt auf Celine. Eine rasende Eifersucht breitet sich in ihrem Herzen aus und lässt sie zum Vulkan werden. Dabei entdeckt sie etwas, was sie niemals auch nur im Ansatz erahnt hätte.

Und weiter funkeln die Lichter in New York und beleuchten die Versuchungen, Leidenschaften, Intrigen, Sorgen, eben das ganz normale Leben im ewigen Kampf darum, doch noch einen Platz im so ersehnten Top Floor zu erwischen.

Danksagung

Ein tiefer Dank gilt meinen Mann Vincent, ohne seine unermüdliche Unterstützung, seine unschätzbaren Ratschläge und Motivation wäre dieses Buch niemals zu Stande gekommen.

Ich bedanke mich bei Kirsten, die durch ihre Erfahrungen im Verlagswesen mein Buch für das Publishing durch Wind und Sturm gesteuert hat.

Ich bedanke mich bei Lisa Breitsameter, Lektorin bei einem renommierten Verlag, die meinem Buch mit rasanter Geschwindigkeit und sicherer Hand den letzten Schliff gegeben hat.

Zu guter Letzt bedanke ich mich bei meiner Freundin Conni, für ihre Hilfe und Begeisterung für mein Buch. Gerne denke ich an die gemeinsamen Lesestunden und ihre leuchtenden Augen zurück.